想象力是科技创新和科学发展的“核动力助推器”。

中国核工业集团有限公司

党组书记、董事长

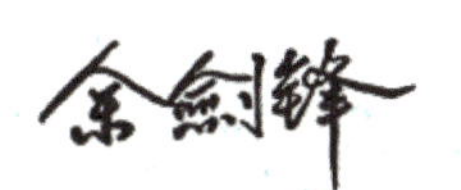

科　幻
硬阅读
DEEP READ
不求完美 追逐极致

N UNIVERSE

王晋康 李兴春 等 著

北京理工大学出版社
BEIJING INSTITUTE OF TECHNOLOGY PRESS

N宇宙

前言

曾在一篇访谈中提到，我闯入科幻文坛的初衷是因为对大自然的敬畏，以及由此产生的科学情结。大自然的深层机理简洁、优美、普适。比如，生命原本来自无生命的物质原子，因为偶然机缘变成能够自我复制的原子团，从而跃升为生命，最终进化出缤纷多彩的生物世界，包括具有智慧的人类。在这个过程中，大自然的运行等同于上帝的神力。

在中核集团主办的“N 宇宙”科幻奖的作品中，我欣喜地看到了相关的科幻想象：当构成生命的原子团受到高度发展的核科技加持、转化为高能量粒子后，幻化为迥异的生命形态。一般来说，核科技都局限于能源领域，但在科幻作家笔下它还能延伸到生命领域。

科幻文学的繁荣与国家经济和科技发展水平密切相关。

中国科幻发展到今天，可以说已经实现了温饱甚至小康，但远未真正繁荣。单是科幻作家的数量就远远不够，至少得扩大十倍。中核集团宣传文化中心联合中国核学会主办的“N 宇宙”科幻奖已经举办了四届，参与投稿的作者从成熟的传统科幻作者到科幻新星，从社会大众到专业的能源行业专家，应有尽有，遍及全国34个省级行政区域，年龄下至12岁，上至75岁。中核集团作为中国核科技的开拓者，设立科幻类奖项，在科幻与科技前沿之间建立了直通路径，有利于扩大作者群和粉丝群，进而促进中国科幻的深度发展。

这本《N宇宙》作为“科幻硬阅读”（第3季）特刊，是北京理工大学出版社与中核集团宣传文化中心联合开发出版的、面向青年及科幻书迷的中短篇科幻小说合集。每一篇作品都是作者基于一定的核科技知识、展开合理想象所构筑的一个科幻宇宙，体现出对人类命运与宇宙命运的深刻思索。

由衷期待中核集团“N宇宙”科幻奖诞生更多优秀的科幻作品、更多有影响力的科幻作者！

王晋康

2024年5月22日

目录

001 月球夏令营
/ 王晋康

025 维格纳的朋友的朋友……
/ 李兴春

041 点灯人
/ 廖乐

059 “心愿号”
/ Sleeper

081 N 宇宙
/ 杨斌

103 彼岸花开光照路
/ 甘建业

123 饵
/ 李鹏

139 磁带的 AB 面
/ 冯文欣

153 马帝洛大桥
/ 陈某

171 地球之子
/ 尚婧

189 心愿
/ 张力中

211 抓住那只咪朵
/ 张墨

231 先驱
/ 陆宇航

259 拉维亚的太阳
/ 滕野、西西里丫、刘烨镔、韩宇弦

月球夏令营

王晋康／作品

施天荣扫视了一下屋里的五个人，对董事会秘书安妮说：“这边的人到齐了，把全息视频接通吧。”

他是昊月公司的董事长兼总经理。昊月公司是一个跨国股份公司，注册地在中国，但股东来自多个国家。七个董事中，除施天荣作为控股方 SGCC[①] 的代表外，还有中国人陈大星、沙特人阿米兹、美国人罗伯特、印度人拉赫贾南、德国人施罗德、以色列人莫法兹。公司从事在月球进行太阳能发电和氦-3[②] 发电及电力无线输送业务，是全世界设在月球的唯一电力公司。今天应施总要求召开临时董事会。安妮打开全息视频的开关，立时一个穿工装的人闪现在会议桌旁 —— 当然这只是罗伯特的全息影像，他本人还在月球呢，罗伯特董事兼着月球基地的总管。

施总向他伸出手，说：“人到齐了，开始吧。”

两三秒钟后罗伯特才伸手同施总相握（因为信号传递的时

---

① SGCC 是中国国家电网的英文缩写。

② 氦 - 3 是氦的同位素，含有两个质子和一个中子，可以和氢的同位素氘发生热核聚变。在这一过程中产生的中子很少，所以放射性小，易于控制。估计 100 ～ 200 吨氦 -3 可满足地球上一年的全部能量需求。但地球上氦 - 3 的已知储量只有约 500 公斤，难以满足需要。科学界对月球氦 - 3 储量的估计，从百万吨到上亿吨不等。按保守估计，够地球使用数万年。

滞），点头说："开始吧。"

施总说："今天是一次很重要的会议，议题已经提前一星期发给各位了。说正题之前，首先回顾一下昊月公司的历程。21 世纪初，各大国竞相开始登月工程，主要目的就是月球上丰富的氦 -3 资源。天下逐鹿，唯高才捷足者先得之，幸运的是我们获得了最后的胜利。这有力证明了国有企业与私人企业结合的优越性，也是中国道家思想的胜利。2000 多年前的先贤老子就推崇阴阳互补嘛，哈哈。"各个董事也都笑了，只有美国人罗伯特的笑容因时滞晚了几秒钟。"中国企业家一向注重'捞第一桶金'，我们公司也是这样做的。我们有两大优势：第一，月球从法律上说还是无主地，不用向谁交资源税；第二，发电成本低——当然是指运行成本而不是建设成本。太阳能是不要钱的，氦 -3 的开采提炼成本也不高，这就使得月球发电的利润率可以达到 3000%。我们占尽了天时、地利、人和，想不发财都不行。"

莫法兹笑着插言："董事长为我们描绘了如此光明的前景，我的血液要沸腾了！可惜，公司的财务报表上还没去掉红字（注：指亏损数额）——大家不要误会，我不是批评。12 年前，董事长基于理想主义，力排众议，一定要把发电厂建在月球，我最终还是投了赞成票的。"

与会诸位会意地微笑。没错，施天荣当时突然提出这个想法时，所有人都认为他是疯了，更有人调侃他，作为原国有公司的老总干惯了"赔本买卖"（就像中国赔钱给边远地区建电力网、通信网）。公司业务原是纯粹开采氦 -3，运回地球发电。由于每年只需 100 吨氦 -3 就能满足全人类发电需要，运费很低，利润率很高，根本不需要在月球投入极其高昂的费用建发电厂，再用微波输送到地球。所以 —— 疯了，绝对是疯了！

但这位疯子最终用几条理由说服了大家：第一，月球是人类向太空进军的前站，而向太空进军不久后就要开始的。谁能先在月球跑马圈地，不仅会享受理想主义的圣洁光芒，还有金钱的璀璨光芒。第二，电力高密度存储技术很快会突破，那时太空飞船将全部改为电力驱动，月球电厂将是最经济的补给站。第三，电力向地球微波输送，虽然单从输电这个领域来说既困难又昂贵，但一旦建成，就相当于建成了一条地球到月球的“运河”，地球到月球可以实现极廉价的航运！飞船将彻底告别化学驱动，沿途汲取微波能就行了。如果说太空电驱动星际飞船还属于未来，“地月航运”可是明天的事！

他 12 年前的预言应验了，“地月航运”的处女航就在今年。只要这种航运一开通，人类就进入“地月时代”，而昊月公司就会赚得盆满钵溢，让人眼红得想扑上来来咬几口。可是，12 年前，谁敢把千亿资金投向这个黑洞？又有谁能体会到 12 年来公司的艰难和压力？所以，这会儿站在山顶回顾，大家不光是喜悦，更多是感慨，甚至是后怕。

施天荣扫视大家，面色变得凝重，“可是，我们的好日子就要到头了。也难怪，我们赚钱赚得太疯，谁都会眼红的。日前联合国已经通过了‘世界反垄断公约’，将迫使所有公司，包括远在月球的我们，严格执行。按我的估计，最多一两年之后，昊月公司将被迫拆解、分立。”

其他董事都知道这些情况，平静地听着。

“想到这么好的公司，我们一生呕心沥血的结晶，就要被分解，实在于心不甘哪。”施总笑着说，然后复归严肃，“但我不愿公司被分立，还有更深刻的原因，那就是主动顺应科学发展的大势。因为，新科技开发的费用越来越高，必然要导致技术独裁，就如50年前全世界只有一家光刻机公司那样。月球发电也是一样，且不说它所需要的巨量资金，只说产能，我们一个公司的产能足以应付全球的能源需要，哪里用得着再成立一个公司！在过去，垄断常被看成万恶不赦，因为垄断若和人类的贪婪本性联手，就将大大阻碍社会的进步。这是对的，也已经被过去的历史所证实。但人们忘了，人类也是在进步的，开明的、有社会责任心的企业家们已经不再把财富作为追求目标，比尔·盖茨就决定在生前就把所有财产回报给社会。所以，只要企业家能高度自律，垄断完全无害甚至有益，因为它避免了无序竞争或恶意竞争，消除了人类社会的内耗。所以，我想努力促成这件事，即：在保证企业家高度自律的前提下，把反垄断法扔到历史的垃圾堆里。”

这个意见他私下已经同大家交流过，几个董事虽然同意他的观点，但认为这个想法太超前了。不过看来施天荣已经决心推行它。施总接着说：“那么首先我们要自律。先不说我们能否达到盖茨的境界，但至少应做到把公司本来应交的资源税全部回报社会，这样能有效减少社会对我们的敌意。这也就是我今天要说的意见。”

下面是各个董事发言。由于已经有了充分的会前沟通，所以董事会很快就以下两点达成一致：

第一，昊月公司必须建立高度的自律，包括主动大幅降价，和投身大规模的公益事业。

第二，借助舆论，尽量抵制对公司的拆解。

下面施总说：“很好，关于这两点董事会已经通过了，至于公司要做的第一个公益项目和近期应抓的舆论宣传，陈大星董事有一个很好的提议，让他说吧。”

陈大星走到屏幕前介绍道：“这个想法是我浏览中文网站时偶然见到的。那是个青少年网站，网上经常提一些娱乐消遣的主意。有一个主意牵涉到我们公司，而且有很多尖刻的话，所以我仔细看了两遍。看后发现，我们其实可以借用它的构想。现在请看有关内容的摘录。”

黑板上投影出以下内容：

……

电击小子：我忽然有个想法——到月球上举办一次青少年夏令营！蓝色“地光”下的月面漫步，低重力跳高、跳远比赛，操作太空挖掘机挖洛格里特——知道不？这是月壤的正规叫法——一定爽呆了！

华西丽莎：好主意！吻你！我头一个报名。

小天狼星：你们傻啊。去月球旅行一次恐怕要花一千万人民币，谁掏得起？也许你们谁谁是亿万富翁的公子？

电击小子：你才傻！你说的那个费用是20年前的老皇历，昊月公司即将启动的“地月航运”运费低多了，我想不会超过每人100万元。听说处女航就在今年。

小天狼星：100万元还算小数目？至少我老爹的工资付不起。

红莲花：我老爹老娘加起来也付不起！电击大侠站着说话不腰疼！

电击小子：你俩这种土鳖，我真懒得开导你们！谁让你们掏钱啦？让昊月公司掏！他们从不交资源税，利润率3000%，钱多得没处花。让他们出这点血是便宜他们。要是一毛不拔，哼，咱们合伙儿收拾它，在网上骂得它七窍流血！

华西丽莎：好主意！咱们联合起来逼昊月公司出血，否则骂他们个七荤八素。

小天狼星：能这么着倒也不错，那我也算一个！

……

陈董事关闭了投影仪：“就看到这儿吧。这是三天前的事，如今那个网站上还在鼓噪这个月球夏令营呢。说不定他们真能鼓噪成气候，那时我们就被动了。我和施总商量，干脆借力打力，借着地月处女航，举办一个免费的月球夏令营，参加人员为100人左右，花费嘛也就是100人的船票加月球夏令营的营费，也就两个亿吧。”

对于昊月公司眼下的财务报表来说，两亿元人民币也不是小数目。其他几个董事沉吟着，没有立即回答。陈大星解释道：

“施总还有一个很好的想法：我们可以先规定一个条件，

即月球夏令营的参加者必须是有志于太空开发的青少年。换句话说，这次夏令营可以看作昊月公司月球项目的黄埔一期，这100个青少年将是公司未来的中坚，两亿元可以当作我们预投的实习费。这么一来，虽说是公益项目，但我们花的钱还是会有收获的。这是一箭双雕的好事。”

月球基地的罗伯特把他的意见传了过来：“董事会既然已经决定把未交的资源税全部回报社会，两亿元就不算什么了。我同意陈董的建议，这件事如能操作成功，一定能吸引全球的眼球，对公司也是个很好的宣传。”

德国人施罗德和身边的沙特人阿米兹低声商议片刻，说：“我对陈董的提议大体同意。但请认真考虑安全问题，毕竟这是处女航，即使技术再可靠，也有千分之一的危险。一旦失事，100个人的赔偿将是一个天文数字，会把公司搞垮的。”

施总替陈董回答：“这点我也考虑到了。因为这是公益活动，万一飞船失事，公司不承担额外的赔偿责任，只负责丧葬费。我打算在组建夏令营时就要先签好有关的法律文书。”施罗德轻轻摇头，觉得董事长的想法有点一厢情愿的味道。施天荣知道他的想法，笑道：“当然，这样的规定有一个前提，那就是我要和他们乘坐同一班次的飞船，享受同样的待遇——我如果意外死亡，同样不要求公司的赔偿。这样一来，营员们应该能同意吧？”

大家觉得这个安排还是可行的，施总既然身体力行，与营员们共担风险（其实他乘坐原来的化学飞船去月球已经是家常便饭)，估计那些热血青年们都会做出“不要赔偿”的承诺。而且董事们也从施总的打算中看到他推行此事的决心，于是很快就形成了董事会决议。

安妮把决议稿打印出来，各位董事签了字。施总对秘书说：“立即在网上发布吧。你安排个时间，我要在网上接受采访。”

昊月公司董事会决议第二天在网上公布。公司对月球夏令营的营员只有两个要求：

第一，12周岁以上、18周岁以下，身体健康；

第二，立志从事太空开发。

其他不做任何限制，实施完全的网络民主，由网民自己报名，自己组织评选。这个决议立即在网上如引爆了原子弹一般，一时间好评如潮。这是很难得的，网评的苛刻众所周知，网民们在真实生活中可能都是谦谦君子，一到网上就变性了，个个尖酸刻薄，狂得没边，天王老子第一我第零，越是名人越容易挨砖头，所以凡是名人都怕网上舆论。但这次网上却几乎是一边倒的赞扬！几个最先撺掇此事的孩子们没想到昊月公司这么快就有了反应，而且一出手就是两亿元的大手笔！且不说社会责任心这些官话，单说自个儿“受重视”的感觉，也让他们沾沾自喜，所以也就投桃报李，不吝啬对昊月公司的赞扬。

这天施天荣回家，儿子施吴小龙主动迎上来，嬉笑着说：“老爹这回干得不错！不愧是世界首富的气魄！网上你的崇拜者可不少啊，老实说，连我都有点崇拜你了。”

这正是施天荣想要的社会效果，不过他没想到还有附加的家庭效果。常言说丈八烛台照远不照近，世界顶尖企业家在自己儿子眼中可从来不是伟人。施天荣在朋友中自嘲，说他在公司中是一把手，在家里是三把手，要受妻子和儿子的双重领导。这会儿他笑道：

“能得到我儿子的夸奖，真是太难得了，太难得了。”

“这说明我对你没有偏见嘛，只要你真有优点，我还是能及时给予表扬的。”

“是吗？那我太感谢你了。你也打算报名吗？”

“当然！这种热闹事能少得了我？”

施天荣略略沉吟，从心底说，他不想让儿子报名。昊月公司在连续 12 年巨亏的财务压力下出血两亿元举办夏令营，最重要的目的是抵制拆解公司的压力。如果媒体抓住儿子做文章，说他利用职权让儿子坐顺风车，那就难免干扰大方向。不过他考虑片刻，决定不干涉儿子的自由。反正儿子要参加网络评选，几亿网民中选中 100 个，轮到他的机会太小了。施天荣决不会利用自己的地位帮儿子入选，既然如此，乐得随其自然。于是他衷心地说：

“好的，祝你能入选！”

儿子自信地说：“我绝对会入选的，你等着好消息吧。”

七天后，施天荣在网络上接受了视频采访。采访中他始终位于屏幕上，而提问题的网民的头像则随时切换。他为这次访谈做了充分的准备，回答起来思路清晰，娓娓而谈，举重若轻。

施：大家已经知道的我就不多讲了。昊月公司成立十几年，的确来没交过资源税。并不是我们偷税，而是无处可交。从国际法讲，月球属于无主地，其实应该由我们这些月球常住民成立一个月球共和国，自己给自己交税。但今天我不打算扯什么法律，不想和社会玩太极推手。我愿代表昊月公司宣布，本公司所有应交而未交的资源税全部回报地球社会，用于公益事业。这次的月球免费夏令营只是第一步。

西风瘦马：欢迎昊月公司的决定，全世界的青少年都会感谢你们。但你们选营员的条件太苛啦，长大后不从事太空开发的人就不能报名参加？不公平。

施：很遗憾，这个条件不能放宽，务必请你理解。私人公司的金钱也是社会的财富，同样应精打细算充分利用。如果办夏令营同时又能培训太空开发的技术管理人员，等于为这100个孩子的人生提前准备了一架天梯，于社会、于个人都有好处，何乐而不为呢？

Nasser：施先生说把未交的资源税回报社会，我看远远不够。以前的世界首富比尔•盖茨决定在去世前把所有财富回报社会，请问施先生，作为今天的世界首富，你能做到吗？

施：你错了，我只是SGCC的代表，那些金钱并非我所有。至于公司其他私人投资者，只能由他们自己决定，据我所知，他们想事先为创业者争取平等。你希望成功者捐出财富，可失败的创业者有人关心吗？太空开发初期风险极大，不光是经济上的风险，还包括生命上的风险。我们的第一次货运飞船发射时，竟然找不到保险公司来承保！如果当时发射失败了，我们倒是一死百了，儿女将变成衣食无靠的孤儿。所以我希望社会能做到以下的公平：凡创业者如果能事先承诺以所赚得的利润全部回报社会，那么，他如果破产或死亡，其家属有权得到较高的社会救助，比如，得到其损失投资额的三分之一。我希望这成为 21 世纪新的行为规范，创业者与社会形成良性互动。

千年虫：很佩服你的直率，也佩服你的超前设想。问一个问题：这次月球夏令营除了室内跳高、跳远比赛等，能否来一次月球漫游？我很想逛逛冷海、澄海、酒海和宁静海。

施（微笑）：恐怕这一次不行。在月球漫游需要 100 件舱外太空衣，这又是 10 亿投资。目前月球基地上多使用低廉的舱内太空衣，因为舱外太空衣太贵了。我想，你不会忍心让我因本年度巨额亏损而引咎辞职吧？再说，月球漫游还有一个安全问题，月球上的流星可没有大气层保护。

电击小子：我们当然不希望施总辞职啦，还等着你来推动第二届月球夏令营呢。不过安全问题不用太多虑，凡是敢上月亮的人已经把生死置之度外了。真要被流星击中，就请在月球进行太空葬，更不要赔偿。

施：要不要赔偿我们都得追求绝对安全。很遗憾，月球漫游只能等下一次了。如果大家没别的意见，这事就算定了，请网民们自己组织报名和评选，一个月后把名单报到昊月公司来。

自网上访谈之后，施总有七天没有回家。他一向是这样，凡公司的重大举措他是要一抓到底的。夏令营项目已经开始实施，有很多工作要做，包括地月处女航的复查，夏令营安全问题的检查，营员活动与正常生产的衔接等。这天他回来，妻儿都在家。妻子吴雪茵笑着问：

“欢迎远方客人。客人打算在我家旅馆入住几天？”

施天荣笑她：“瞧，你怎么变成一个怨妇啦？这可不像往日的吴女士。”

“哼，你忙，儿子也忙，一放学就待在网上，在家就像不在家。如今屋里只有我一个人形影相吊了。”

妻子身体不好，45 岁就退休了。如今她的生活重心全在两个男人身上，尤其是儿子。她总想把儿子护到羽翼下，但 17 岁的儿子已经不需要这些了，这让当妈的很有失落感。饭桌上施天荣问儿子在忙什么，儿子说：

“那还用问？网上评选呗。网民们先推举了几个联络员，我是其中之一。”

施天荣有点意外——没想到儿子能被推为联络员，沉吟着没说话。还是那个原因，他不想让儿子在此事上参与太深。小龙非常敏感，立即问：

“有什么问题？是不是你说过的‘瓜田李下’？”

“没错。商场如战场，脑筋不复杂不行。昊月公司举办这次夏令营，确实是心地坦荡，没有暗箱操作。但你如果参与太深，难免遭人怀疑。咱们何必落这个话柄哩。”

小龙立即反驳："既然心中无鬼，为啥要担心别人怀疑？我又没打你的旗号，一直是使用网名参选。难道一定要加一条：施天荣的儿子没有参选资格？这是另一种形式的不公平，是对名人子弟的歧视。"

施天荣摇摇头，没有同儿子争论下去。当然儿子说得都在理，但世上的事并不都是按牌理出牌的。好在儿子是匿名，就由他去吧。

有关月球夏令营的一切都在顺利进行。地月处女航早就准备就绪，活动营地是借用已有的公司月球基地。罗伯特负责夏令营活动的安全，他在精心筹划之后对施总立了军令状，说可以保证万无一失。那边，网上的评选进行得如火如荼，全世界有两亿青少年参与报名，各媒体竞相报道，对昊月公司的社会责任感大加赞扬。公司宣传部门喜洋洋地说：多少亿的宣传费都达不到这样的效果啊！鉴于公司设的"夏令营网站"点击率极高，不少企业想在上边做广告，下边人不敢做主——这是公益网站，他们怕收广告费造成不良影响，于是来请示施总。施天荣略略考虑，干脆地说：

"做！不过，所收广告费不用交昊月公司，直接捐给国际红十字会和红新月会。"

这个决定又为昊月公司赢来一波赞扬。

几天后施总到月球基地去了一趟，亲自检查基地上的准备工作。月球总部设在月球南极，因为这儿差不多常年有光照，便于使用太阳能。不过他去的那天恰逢这儿的夜晚，地球把水一样的明亮蓝光洒在月球的荒漠上，是那种如梦似幻的光华，漂亮极了。基地外，几十台太空挖掘机在进行露天采挖，操作手在密封驾驶舱里向施总招手致意。挖掘机非常安静——即使有噪声，在没有空气的月球也不能传递。坚硬的月壤被挖起来，送往基地的提炼厂，在那儿，太阳风 46 亿年来吹撒在月壤中的氦 -3 将被提取出来，送往地球，成为干净高效的能源。蓝色地光下，更远处的太阳能板一望无际。施天荣对陪他视察的罗伯特说：

“这样的蓝光真是百看不厌啊，相信对那 100 个营员来说，这次月球之行将是他们终生的记忆。”

罗伯特笑着说：“我记得你的生日是 1969 年 7 月 20 日吧，很巧，正是阿波罗登月的那一天。你的一生注定要和月球为伴。”

施总感慨地说：“57 年的变化太快了，尤其是对中国人来说。半个世纪前我还是山里的穷孩子，只知道吴刚、嫦娥的神话。现在呢，孩子们都能在月球举办夏令营了！噢，对了，听说你准备学比尔·盖茨，不给孩子留遗产，去世前要把所有财产全部回报社会？”

“嗯，我打算这么做，内人和孩子都无异议。”

施总由衷地说：“我很佩服你，我觉得美国的富人是真正的开明，什么时候全世界的富人都像盖茨和你就好了。老实说我还做不到，并不是守财，而是不忍心剥夺儿子的幸福。”

罗伯特笑着说：“也许你儿子比你更开明呢。”

“但愿吧。”

太空车内的电话响了，说地球上总部安妮秘书来电话，有急事向施总汇报。电话转过来，安妮急急地说：

“施总，网上评选出的 100 个营员名单已经出来了，你猜第一名是谁？是电击小子，那个最先提出月球夏令营建议的网民！”

“这很正常啊，他是发起者，当然容易被选上了。”

“但施总知道电击小子是谁吗？我们已经同入选的人通了电话，了解了他们的真实身份，他是你的儿子小龙！”

施天荣愣了。他一直不愿让儿子在这件事上参与太深，但他绝对想不到，原来儿子既是始作俑者，又成了第一名营员！难怪这个“电击小子”对公司的情况如此了解。他心中隐隐作痛——父子之间太隔膜了，儿子这么多活动，当父亲的竟一概不知，连儿子常用的网名也不知道。而且——第一个在网上鼓噪“昊月公司不交资源税”，要公司“出血”，否则就要合伙儿收拾昊月公司的家伙，竟然是自己的儿子！

这些且不说，现在他最担心的是：这个消息如果捅出去，肯定有人怀疑父子俩是在演双簧，公司精心策划的这个宣传，效果肯定大打折扣。他问安妮：

“电击小子的真实身份泄露出去了吗？”

“没有，目前只有我知道。”

“你做得好，请继续保密，我尽快赶回去处理。”

他苦笑着挂了电话。罗伯特一直同情地看着他，劝道：

“没什么大不了的，小龙既然是按正当的程序被选上的，就让他参加吧。”

施天荣直摇头：“不行，你们西方人的脑筋太简单了。你想想，当儿子的带头拆老爹的台，逼老爹的公司出血，外人怎么能相信？他们肯定认为是父子串通，小骂大帮忙。不行，我得让他赶紧退出，匿名退出去。”

罗伯特警告说：“这不一定是好办法，纸里包不住火。”

施天荣叹口气：“反正不能让他参加，我考虑一个万全之策吧。”

飞船返回时，等发射窗口耽误了几天，等到他与儿子见面时，小龙已经是严阵以待。父亲说：

“原来是你提的建议啊，是你第一个鼓噪昊月公司不交资源税，要逼着我们出血。”

他说得很平静，但难免带一点酸味。小龙嬉皮笑脸地说：“是啊，我这是大义灭亲。”

“哼，原来施天荣的儿子也有仇富心理？当年我若是失败，你小子正在捡垃圾哩。”

“捡垃圾也饿不死我。不过毕竟你是成功了，对富人要求严一点并不为过。”

施天荣心中略有不快。儿子不知道公司曾几经生死，甚至他本人也几经生死；不知道昊月表面风光但截至目前还是巨亏。过去他从不把难处向家人透漏，现在看来，得为儿子补上这一课。他说：

“这些不说了，但你一定要退出夏令营。编个理由，仍用那个网名退出。虽然在这件事上咱们没有任何暗箱操作，但瓜田李下，不得不防。你别忘了，美国的登月行动还曾被怀疑为造假呢，怀疑论者竟然为此鼓噪了100年。你要去月球等以后再说，我给你提供旅费。”

他估计儿子肯定会反抗的，但出乎意料，儿子的眼睛转了两圈，非常干脆地答应了，弄得施天荣准备了一肚子的理由没了着力处。儿子答应后就平静地离开了，回到自己书房。施天荣心中一块石头落地，驾车去公司。但途中他已经隐有不安，依多年的商战经验，凡事若太顺利，常常暗藏玄机。这一回问题会出在哪儿？施天荣一向以思维敏捷著称，但——如今网络上事件进行的速度实在太快了。还没等他思考成熟，安妮秘书已打来电话，让他赶紧上网看看，说小龙已经把10分钟前两人的谈话捅到网上，网上已经乱成一锅粥了！他赶紧打开车上网络。原来儿子对这次谈话早有预谋，把谈话秘密录下，在网上做了直播。直播中施吴小龙坦然承认了自己的身份，但保证他的所有行事（包括那个建议）父亲并不知情。他说，如今父亲大人逼我匿名退出，但我不会屈服于施总的权威。君子坦荡荡，心中没鬼，我不怕别人的怀疑。现在我把所有实情全部公开，究竟我该怎么办，听大家的公断。

砖头很快就拍上来：

“欲盖弥彰！一定是你们父子合谋！”

“鬼才信你的坦荡荡！”

但正面的意见远远超过反方：

“相信电击小子！”

“君子坦荡荡，小人长戚戚！”

然后把矛头对准他的父亲：

“姓施的什么玩意儿，竟敢篡改两亿网民的评选结果？他以为自己是谁，秦始皇？成吉思汗？希特勒？”

“施天荣是假道学、假正经外加伪君子！”

网上的进程就像是添了时间加速剂，被选上的另外99人私下进行了串联，仅仅两个小时后，施总回到办公室时，一份99人联合声明已经登在网上：

相信电击小子的清白；

施天荣董事长看似高姿态的决定，其实是对网民意志的亵渎；

99人与电击小子同进退，如果昊月公司仍坚持让电击小子退出夏令营，我们也将退出。

施天荣还不大习惯网上的尖刻，让这些砖头（正面的和反面的）拍得面红耳赤。不过心中也很欣慰，儿子这么一闹，歪打正着，反而给出一个满意的结果。细想想自己的做法确实不妥，假如儿子真的匿名退出，事后又被捅出来，那才是屎不臭挑起来臭，到那时有一千张嘴也说不清了。正在这时，他看到了儿子的帖子：

施总老爹大人阁下，这会儿你是不是在网上？你还让我匿名退出吗？哈哈，匿名也来不及啦！

施天荣只回了三个字：

臭小子！

三天后，被选上的100名幸运者在昊月公司总部集合。施天荣在公司门口亲自迎接，夫人吴雪茵也来了。由于这件事最先是在中文网站上折腾起来的，所以100人中，中国人比较多，竟占到64名。施天荣曾觉得这个比例太大了，很想“高姿态”地平衡一下，但想想此前的教训，这句话一直没敢提起。事后证明他不提是对的，因为没有任何人对“中国人比例过高”提出异议。网民们只关心评选是否公正，不关心什么“比例”“平衡”之类的因素。其他36名营员来自各个国家，黑、白、棕、黄各色人种俱全，当100个营员把施总围在中间时，人人眼中跳荡着对太空之旅的向往。

施吴小龙作为营员的代表，向爸爸郑重地呈交了100人签名的承诺书，内容是：

所有参加人承诺，成年后将从事太空开发事业。

如果活动期间发生意外，各参加人都不要求任何赔偿。在不造成太空污染的前提下，请就地实行简易太空葬（我们愿永远守在寒冷的外太空，默默守护着过往的旅人！）。

他们还非常周到地在100人中做了专业分配，有人搞太空采矿，有人攻太阳能发电，有人攻微波无线传输，有的研究太空营养学，有的研究太空生物学，等等。这里面有一个学文的，即网名为“华西丽莎”的那位小丫头，以雄辩的理由挤进这堆理工学生中。她说：凡认为太空开发不需要文学的人，都是无可救药的技术至上主义者。月球基地需要飞船船长和挖掘机工程师，同样需要太空诗人！她说她来自唐朝著名边塞诗人岑参的故乡

（南阳），岑参的许多著名诗句，如“北风卷地白草折，胡天八月即飞雪”“一川碎石大如斗，随风满地石乱走”“纷纷暮雪下辕门，风掣红旗冻不翻”等，虽2000年后读来，仍使人血脉偾张。而她愿步岑参之后尘，为人类留下壮丽的新边塞诗歌。

施天荣被她的激情打动，痛快地裁定，太空诗人这一职业符合公司先前定的条件。

儿子做事总是出人意料，在送交这份承诺书后，他随即又宣读了一份个人声明：放弃对父母财产的继承权，大学毕业之后他就自立，拒绝父母的抚养。

这个声明太突然了，施天荣和妻子都颇为怅然。从骨子里说，他俩是很传统的中国人，家业都是为儿孙挣的，其实他们自己的日常生活一直比较简朴。现在儿子突然来这么一手，让他们的父爱母爱没了着力处。当妈的尤其心疼，如果儿子大学毕业就自立，他的日子至少在若干年内会相当艰苦。她劝道：

“今天只谈月球夏令营的事，放弃遗产的事日后再说吧。”

儿子不答应：“不必了，我今天宣布的决定不会再更改了。爸你放心吧，总不能我不如比尔·盖茨的儿女们吧？”

施天荣也想开了，笑道：“那我和你妈总不能比不上比尔·盖茨夫妇吧？行，我答应你。我也宣布，我们夫妻俩的财产将在去世前全部回馈给社会。我将很快成立一个慈善基金会，负责这些善款的使用。希望我们退休后，这个基金会由你接班。”

儿子突然庄重地说：“爸爸，我向你道歉。”

施天荣奇怪地问：“道歉？你小子又闯什么祸了？”

“我是为之前说过的话道歉。这些天我查了很多有关昊月公司的资料，才知道你曾经历了那么多艰辛，甚至还曾有生命危险。”

儿子眼眶红了，施天荣也颇为动情，笑道：“你整天吊儿郎当的，今天乍一认真，我有点儿不适应。不用道歉的，我儿子懂事了，我很欣慰。”他转向大伙，“好啦，到这儿为止，可以说是结束了月球进行曲的前奏，下面要进入主旋律了。请大家到公司培训中心，开始太空之旅的正式培训！”

一个月以后，举办了地月通航庆祝典礼。各家媒体齐聚三亚电磁发射基地为乘员们送行，当然也包括SGCC总部的代表。100名夏令营营员看到斜指蓝天的电磁弹射轨道，恰如一把倚天弯刀，登时爆出一波狂热的欢呼；等他们坐进摆渡飞船，以$6g$的加速度沿着轨道直上九天时，又是一波更狂热的欢呼。同行的施天荣则一直微笑旁观，多少有点惆怅地回忆着自己的青葱岁月。

摆渡船来到位于同步轨道的中继站。中继站面积不大，但附近的微波分流站却气势磅礴。月球射来的强大微波在这儿分成数百道细流，再发射到各个地面接收站，以免过于集中的微波流会破坏电离层。

乘员们换乘专用的微波飞船。一根极长的微波接收天线横向伸出，类似过去电动公交车顶上的接收臂，但要长多了，这是为了飞船尽可能远离微波流，保护乘员健康。所以，微波飞船并不是在“河道中”航行，而是“濒河”航行。太空没有重力，如此细长的接收天线也有足够强度。比较令人失望的是飞船完全没舷窗，不能观看太空美景（只能通过摄像头），这是因为全封闭的金属外壳有“法拉第笼”效应，可以隔绝微波，保护舱内乘员。

航程还是比较长的，20 个小时的途中，孩子们焦急地看着屏幕，看着月亮越来越大。到达目的地时是月球的夜晚，蓝色的地光沐浴着蛮荒的月球，而美轮美奂的基地犹如蛮荒之地的仙宫。孩子们被这样的仙境震撼，短暂的平静后又是一波狂热的欢呼。小龙大声宣布：

“同学们，我敬爱的老爸，从这一刻起，我们的一生就和月球连在一起了！”

维格纳的朋友的朋友……

李兴春／作品

加装了铅板的直升机飞过人群上空，目标是五十公里外发生核泄漏事故的核电站。望月恨不得能跳上直升机一起飞过去，他的爸爸是核电站的工程师，现在正带领技术人员留在核电站里进行抢险救灾。核电站刚刚发生了氢气爆炸，核辐射超出正常标准数万倍，留在那里的人们处境危险。

新闻报道了直升机飞到核反应堆上空进行注水作业，冷却高温超压的堆芯，但效果不理想；地面人工注水也进展缓慢。因为缺乏冷却水，反应堆的燃料棒已暴露在外，开始熔化，整个反应堆就像一个干烧的高压锅，一旦把防护罩安全壳全部烧穿，放射性物质大量泄漏，不但现场的人一个也活不了，全世界都要遭殃。望月的心仿佛和爸爸一起在那干烧的高压锅里煎熬着；又像直升机底部那块沉重的铅板，一直压在他心头。

他现在在 50 公里的疏散半径外避难，除了担心害怕，他似乎什么也不能做。但他脑子里不停地转着一个念头：那该死的反应堆里的核辐射，怎样才能叫它不再泄漏出来呢？这个时候他想起了一个人，一个也许可以帮助他和他的亲人的朋友。

这个朋友的名字很奇怪，叫作“维格纳的朋友的朋友”。

两年前，望月刚刚高一，学校组织了一次野外地质考察，他在山里第一次认识了“维格纳的朋友的朋友”。

那是一个看上去和蔼可亲的中年男子，正在山里露营。他和望月结伴同游了一个小时，饶有兴趣地看着望月采集云母的矿物样本。他问望月为什么采集云母，望月说：“我喜欢它的颜色，拿回去用显微镜看，还可以看出像彩虹一样的圈圈，很好看。”

中年男子突然笑了笑说：“巧了，别人刚好借给我一台显微镜，我正带着，可不可以让我先看看？”

望月说：“当然没问题。”中年男子从他开来的越野车里取出了一台显微镜，比一般的显微镜大得多，式样也很古怪。他把云母的薄片放在显微镜下看了看，满意地轻出一口气，对望月说：“你来看看。”

望月凑到目镜上一看，没有看到云母片通常有的那一圈一圈像彩虹一样的色晕，他感到奇怪，怀疑自己采的不是云母，但把云母片翻来覆去仔细观察，他确定没有采错。

他问中年男子这是为什么，中年男子并不想解释，小心地把显微镜收好，没头没脑地说：“我给你讲一个笑话，你还可以把它听成是神话或者童话。说的是有一个很笨的恐怖分子，劫持了一屋子的人质，他还在屋里安了颗炸弹，随时准备和人质同归于尽。眼看警察要冲进屋子了，他在人质中间挑了个小孩，逼这小孩从十数到零，只要数到零，他就按下按钮，引爆炸弹。小孩开始倒计数了：十、九、八、七、六、五、四、三、二、一，就在他准备在小孩数到零就按按钮的时候，小孩继续数：二分之一、三分之一、四分之一……数字是越来越小，但就是到不了零。恐怖分子愣住了，按钮一直按不下去，结果被警察冲进来抓住了。”

望月说：“这个笑话不怎么好笑嘛。真有这样笨的恐怖分子？再说，他自己不会数吗？”

中年男子说：“是不好笑，假如我告诉你说，恐怖分子其实是打算毁灭世界的魔鬼，而小孩是上帝派来拯救人类的天使，魔鬼炸弹的起爆按钮安装在组成世界的所有物质的原子核里，它的开启和关闭由放射性物质的衰变来决定。小孩数到零，放射性物质开始衰变，启动开关，世界就会被炸毁；小孩数不到零，放射性物质不衰变，开关没有启动，世界就一直保持原样。为了拯救世界，天使变成的小孩就只好一直不停地数着，到今天都还在数，已经不知数到几亿亿分之一了。我能和你在这里安安全全地讲话，全靠这小孩一直数着数，要不然魔鬼的超级核炸弹早把我们炸没了，那样这个笑话就更不好笑了。顺便告诉你这小孩的名字，他叫‘量子芝诺’。”

望月还是没听懂，中年男子掏出一张纸写了个电话号码给他，问：“你刚才说你父亲是个核电站的工程师？”

望月说：“是的。”

中年男子说：“那我们可能还有机会见面，拿着我的电话号码，你要愿意可以随时来找我。”

望月看纸条上没有落名字，问：“请问叔叔，该怎么称呼你呢？”

中年男子哈哈一笑：“别叫我叔叔，我们可以成为朋友，你就叫我‘维格纳的朋友的朋友’吧。”

望月说：“这名字太长了吧！”

中年男子说：“一点不长，就这么叫，其实这名字后面还有一串省略号，我这个维格纳的朋友的朋友……是重复下去没个头的，不过中国有句古话，叫‘道生一，一生二，二生三，三生万物’，现代又有个说法叫‘周期三意味着混沌’，维格纳、维格纳的朋友、维格纳的朋友的朋友，到这第三个就可以代表一切了。哈哈！再见。”

这个说话有点神神秘秘疯疯癫癫的中年男子走了。望月回到家里，把采回来的云母片放在显微镜下重新看，那应该有的一圈一圈彩晕又出现了。他很奇怪，把这件事告诉爸爸，请爸爸帮他想想是什么原因。

爸爸说：“云母片的彩晕其实是它里面含有的放射性元素在进行有规律的衰变时形成的，如果你当时看不到彩晕，现在又看到了，只能说明当时云母片里的放射性元素停止衰变了，但这是不可能的，你当时一定是没有看清楚。”

望月仔细回想，确定自己当时是看清楚的，但他也没有再去找那个奇怪的维格纳的朋友的朋友。

现在他想起了维格纳的朋友的朋友，如果他真的有这种本领，能让放射性物质的衰变停下来，那么他不就可以停止反应堆的核反应了吗？放射性物质也就不会再泄漏出来，这场危机就彻底化解了。

病急乱投医，望月拨通了纸条上的那个电话。

维格纳的朋友的朋友接到电话不但立即来了，还带了一大群助手，开来了几辆大型卡车。他对望月说："我当时就有个预感，知道你早晚还会来找我的。"

望月说："叔叔应该也看到核电站的事故了，我爸爸就在里面。我也有个预感，知道叔叔能够帮助他的。"

维格纳的朋友的朋友笑着说："看来我们的预感都很准。时间就是生命，别耽搁了，上车出发吧。"

到了疏散半径的警戒关卡，看到很多想进去的车辆都被警察拦回来，望月发愁地说："我们怎么进去？"维格纳的朋友的朋友说："别慌，我也做了准备。"他让大家都穿上防核辐射的白色防护服，连头带脚都罩住了，看上去就和在核电站里工作的人员一样，然后车辆也贴上抢险救灾的标志。警察放他们过去了。

进入核电站，偌大的电站现在变得有点空荡荡的，这种平静其实更加重了紧张的气氛。望月父亲他们都在反应堆附近作业。虽然隔着防护服，望月还是很快认出了爸爸。他偷偷溜到爸爸身边，叫了他一声。

望月的爸爸费了半天劲才从面罩里认出是自己的儿子，大吃一惊，随后生气地问："你怎么来了？你不知道这是什么地方吗？谁放你进来的？"

望月说："爸爸，我请来了一个叔叔，他是个好朋友，可以帮助我们。"

维格纳的朋友的朋友过来说："你是望月的爸爸吧？可不可以借一步说话。"

望月的爸爸和他走到了一边，他们交谈了好一会，再走回来的时候，望月的爸爸脸上带着有点惊异和迷惑的神色，但显然他被说服了。他对望月说："你的朋友可以留下来帮我们，但你必须马上离开这里，这里的辐射太强了，出去之后你还要到医院检查。"

望月不愿意走，维格纳的朋友的朋友也说："让他留下吧，说不定我还需要他帮忙。"

望月的爸爸这才勉强说："那你只准待在休息室里，不准乱跑，我们需要你来的时候，会派人叫你的。"休息室围有铅幕，可以阻挡核辐射。望月进去后，望月的爸爸把休息室的门反锁上了。

望月坐在休息室里，虽然他很累，但仍然不想躺下来睡上一觉。坐着坐着，他困意上来，打了个盹。本想小睡一觉就醒，结果睡沉了。

等他醒来再被叫出休息室，已经是第二天了，他感觉到周围的气氛似乎轻松了很多，还看到维格纳的朋友的朋友带来的助手有几个露出了笑意。他被带到反应堆前，看到那里多出了一个奇怪的设备，带着长长的一根大管子，像一条机器蛇，一头扎进反应堆里，一头接在一个巨大的仪器上。那个仪器的前台，放着一台显微镜，就像维格纳的朋友的朋友曾经让他看云母片的显微镜一样。

"你想不想再看看显微镜里是些什么东西呢？"维格纳的朋友的朋友含笑问。

望月当然想，他立即凑到目镜上，看到了显微镜里是一个个静止不动的光点。

维格纳的朋友的朋友说：“这些点就是反应堆放射性元素的α粒子、β粒子等等，放射性元素本来是要衰变的，一衰变这些α粒子、β粒子等就会往外跑，放出强烈的辐射，但现在我们把它们盯住了。它们都很调皮淘气，我们不盯住它们，它们就会乱跑，而且能同时跑到两个地方，叫我们猜不准它们具体在哪里；而一旦跑到原子外面，它们就成了有害的核辐射。当我们死死地把它们盯住，它们就只能乖乖地一动不动了，元素不衰变，核辐射也就停止了。如果你学过量子力学的基本知识，就能知道我说的是量子的行为。”

望月惊奇地问：“我学过一点，但我还是不太懂这台显微镜是用什么东西盯死α粒子、β粒子的？”

维格纳的朋友的朋友说：“坦率地说，我也不是很懂，因为这台仪器是一个天才的科学家发明的，它最神奇的作用就是能连通我们身处的宏观世界和我们在显微镜里看到的粒子微观世界，这台仪器他本来从不外借，是我硬借了过来，因为我是他的朋友，对了，他的名字叫维格纳的朋友，所以我才叫维格纳的朋友的朋友。按照他当初告诉我的说法，就是我们的目光盯死了放射性元素的粒子，或者准确地说，是我们的目光在宏观层次进行的选择盯死了放射性元素的粒子。我们的目光通过这台显微镜，层层递进到微观世界，然后在微观世界选择了一个或几个粒子盯住，比如说，你选择了镭元素的两个质子和两个中子盯住，两个质子和两个中子组成的氦原子核就叫α粒子，镭元素放出α粒子就衰变成了氡元素。由于你盯住了α粒子，镭元素就无法衰变成氡元素了。这个过程，专业术语称之为‘量子芝诺效应’。”

望月开始有点明白了，当年那片云母也就是因为量子芝诺效应失去放射性形成的彩晕的。而换用家里的普通显微镜观察它，没有这种具有量子芝诺效应的目光盯住，放射性物质恢复衰变，云母片的彩晕又回来了。

望月高兴地说：“那么现在反应堆里的放射性元素是不是也已经像这样被盯死，停止了核反应，不用担心核辐射泄漏出来了？”

维格纳的朋友的朋友点头说：“是的，已经没有核泄漏了，原来的反应堆像一口干烧的高压锅，现在被我们利用量子芝诺效应把它盯住，它永远烧不开了。人们常常用‘盯住的水壶总是烧不开’形容量子芝诺效应，那是因为人们急于想把水烧开，一直盯住水壶，结果总感觉到它就是烧不开。核反应堆这口高压锅也像这样的水壶，不过我们可不希望它早点烧开，对不对？”

望月长出一口气，不再担心可怕的氢爆，不再担心放射性尘土随风扩散到处污染，不再担心辐射病和以后可能患上的血癌、骨癌，一场噩梦结束了，他和他爸爸可以安全回家了。

他这才发觉爸爸不在这里，四下看了看问：“我爸爸呢？”

维格纳的朋友的朋友说：“他们帮我们把这套设备安装好，已经累了，去休息去了。没有他们指引，我们很难把设备安装在最合适的地方，谢谢你带我们进来，取得你爸爸的信任和帮助。现在，我还想请你再帮个小小的忙。”

望月现在对他是充满了敬佩之情：“我一定帮。”

维格纳的朋友的朋友说：“还记得我给你讲过的那个笑话吧？这个世界，是靠一个天使变成的小孩不停数数来哄住打算毁灭世界的魔鬼，维持世界的正常运转。他数数的过程就体现了一个量子芝诺效应，我相信，所有物质的稳定性都是靠这个量子芝诺效应来支撑着。没有这个效应，连质子也会衰变，世界终将毁灭。我不想毁灭世界，但现在，既然我掌控了这座核电站，我可以让核反应停下来，当然也可以让核反应重新开始，核辐射重新泄漏，只要我不再盯住我的显微镜。现在我是用一台电脑代替人眼盯住它。为此，我已经书面向政府提出了我的一些小小的不太过分的要求，比如释放我在监狱里的一些战友，为以前给我们造成的损失做出合理的经济补偿等。如果政府不答应，那么，我至少可以毁灭这方圆几千公里吧？”

望月瞪大了眼睛，过了好半天，他才惊呼出声：“原来——你就是个恐怖分子！”

一场天灾变成了更大的人祸，望月没有太多时间为自己引狼入室后悔，因为维格纳的朋友的朋友给政府规定的期限已经到了，政府在千方百计拖延，维格纳的朋友的朋友已经很不耐烦了。他把望月带来，想和望月开个残酷的玩笑，也对政府施加压力。

他指着显微镜旁边的电脑说：“我给你个机会，我们来玩个游戏。那是代替我们人眼盯住核反应堆的电脑，我给它装了个声控软件，里面储存了你的声纹，只有你的声音才能控制它是继续盯住核反应堆，还是不盯。现在你就像我说的那个笑话里的小孩一样，从十开始倒计数，数到零，它就不再盯住核反应堆了，咱们大家一起同归于尽；你数每个数的间隔可以停顿一秒，超过一秒或者你停下来不数了，它也不再盯住反应堆，咱们还是一起玩完。

“你也可以像笑话里的小孩一样，数到一之后偷奸耍滑，不再数零，而是数二分之一、三分之一……一直数下去。我也是那个很笨的恐怖分子，把电脑设置成允许你这样数。现在你就成了拯救世界的天使，至少方圆几千公里的人们的生死，就掌握在你的手上或者说嘴巴上。你能数多久数多久，直到政府答应我的要求，这个游戏才结束。”

望月知道自己没有其他选择，他提了个条件：“我要先见见我爸爸，只有我看到他没事我才给你数。”

维格纳的朋友的朋友想了想答应了他的要求，派助手押送望月去见他的爸爸。望月的爸爸和核电站其他工作人员也被恐怖分子持枪限制了自由。见到爸爸，望月别的不管，就先问：“爸爸，我交到了一个坏朋友，我这个坏朋友已经告诉了我什么是量子芝诺效应，但我不太懂。我还想多了解一些那台显微镜的情况，当初我就说它能停止核反应，可你还不信。”

望月的父亲说：“我要知道它能制造量子芝诺效应，我就信了。简单地说吧，它为什么能制造量子芝诺效应？放射性元素是一个不稳定的量子系统，说它不稳定是因为没有人去干扰它，它就会自然地放出质子中子电子，衰变成其他元素。在一般的情况下，这种不稳定状态使我们不知道这个元素究竟衰变成其他什么元素，甚至衰变还是不衰变都不知道，而作为量子的质子、中子、电子可以同时跑到两个地方甚至几个地方，所以在宏观世界里我们也不知道它究竟能不能作为稳定物质，存在于我们找得到的地方，通俗地打个比方，就是‘月亮在你不看它的时候是不存在的’；反过来，如果你连续不断地干扰它，也就是通过那台显微镜一直盯住它，那么你就破坏了它的不稳定状态，使它变得稳定、踏实了，这时候，你就确切地知道它没有衰变，它的质子、中子、电子都在原位，你就能通过它的质子、中子电子数确切地知道它是什么元素，在宏观世界也就是以稳定物质存在了，这叫‘月亮在你一直看它的时候它才存在’。那台显微镜，我估计是一台‘胶子显微镜’，不但能聚焦质子、中子、电子，还能聚焦胶子，连同配套的整个设施，其实也相当于一个超级粒子加速器。由于原子核里的质子、中子是通过不停交换的胶子黏合在一起的，当你通过胶子显微镜进行观测的时候，你看到质子、中子、胶子的同时，也就等于是用你眼睛反射的光子去间接碰撞、固定、控制它们，使它们变老实，不会同时跑到两个地方甚至几个地方。特别是控制胶子，让它们更加牢牢地粘住质子、中子，不让质子、中子随便分开并远离原子核，物质固有的放射性就被你改变了。但前提是你必须连续不断地盯好，稍一眨眼皮，它们就有可能逃脱，元素就会发生衰变。

“再以元素里的中子为例，微观世界里它可以既衰变又不衰变，处于‘量子叠加态’；而在宏观上它只能要么衰变，要么不衰变。当通过胶子显微镜盯住了它不衰变的量子态，相当于把宏观上要么衰变、要么不衰变的观测状态带到微观上，改变了中子既衰变又不衰变的量子叠加态。这意味着中子衰变的量子态‘消失’了，只留下不衰变的量子态，它在宏观上也就显示出稳定状态。

“这台胶子显微镜其实就是一种‘冯·诺依曼链’，是用大数学家冯·诺依曼的名字命名的。你这个所谓维格纳的朋友的朋友，他的名字也和这条冯·诺依曼链有关，同样暗示了量子芝诺效应。不过在这种场合，我也没法给你细讲了。”

望月被重新押回到胶子显微镜前，他开始数了：“十。”

很快数到一，接着数二分之一、三分之一……电脑果然照常盯住胶子显微镜，盯住反应堆。数到半小时之后，望月已经是口干舌燥，任何人包括望月都已经明白了维格纳的朋友的朋友的险恶用心，即使一和零之间可以无穷地分下去，望月也不可能一直数下去，他是凡人不是天使，总有累得坚持不住的时候，维格纳的朋友的朋友就在耐心地等待这个时候——如果政府不答应他的要求的话。

电脑屏幕上同步闪现着他数的数，仿佛世界末日即将来临的倒计数，这也间接表示胶子显微镜对核反应堆进行连续测量的次数。屏幕右上角还有几个数字，是核反应堆重新开始发生核反应后，放射性元素进行衰变的半衰期，按理这应该保持为常数。但有几次望月数得稍微慢了点，他注意到那些半衰期数字随着变大了；而数得快一点，半衰期数又随着变小了。

望月突然加快了数数的速度，而且越来越快，一秒钟内能数好几个数字。维格纳的朋友的朋友诧异地看着他：这种情况下他本应尽量利用一秒钟的间隔，得到短暂休息，拖延更多时间，但他数得越来越快，这等于是透支精力，提前自杀。莫非这小子数昏了？或者干脆求个速死？维格纳的朋友的朋友冷眼看着他。

当电脑屏幕右上角的半衰期数字显示出一个极小的数字，望月突然停了下来不数了。除了他剧烈的喘气声，现场一片寂静，时间一分一秒地过去，过了三分钟、五分钟……现场仍然似乎没有什么变化，电脑早已不再盯住胶子显微镜，不再盯住反应堆了。

但谁都没有感觉受到强辐射的灼伤，现场的检测仪器也没有发出警报，没有检测到任何超标的放射性物质。

望月足足喘了十分钟的气，才缓过劲来，对维格纳的朋友的朋友说：“这个游戏真不好玩，我不玩了。”

维格纳的朋友的朋友发着愣，过了好半天，他才发现电脑屏幕另一角显示的数字，铀 -238 的半衰期从 44.7 亿年突降为不到 1 皮秒，钚 -239 的半衰期从 2.4 万年突降为不到 1 飞秒，至于铯 -137、碘 -131 的半衰期，更是短得不值一提。

突然之间，他醒过神来了，朝助手大吼：“看看反应堆里的燃料，变成什么了？”

一个助手检查了后报告：“全部变成铅了。”

整个反应堆的核燃料其实已经重新开始进行核反应，并在不到 1 皮秒的时间就衰变完了，变成了铅。这样短的时间，衰变产生的射线不要说是对人造成危害，连防护罩都出不来。

维格纳的朋友的朋友跌坐在椅子里，只说了几个字：“量子反芝诺效应。”

以恰当的次数盯住反应堆放射性元素原子里的粒子，量子芝诺效应可以保持放射性元素不发生衰变；如果这个次数太多，反而会对粒子造成另一种能量干扰，使粒子更快释放，元素加速衰变，出现量子反芝诺效应。望月在发现他数数的速度和放射性元素的半衰期长短有紧密关联的时候，他产生了一个大胆的想法，故意数得越来越快，恰好制造了一次量子反芝诺效应，大大改变了放射性元素的半衰期，让反应堆的核反应一下子完成，时间短得不可能对外界产生任何影响，核危机彻底解除了。

在被警察带走之前，维格纳的朋友的朋友对望月说了一句话：“看来，我确实是个很笨很笨的恐怖分子。”

点灯人

廖乐／作品

1

我记得，那是在父亲为之奉献了一辈子的西北边陲。

风沙如同暴雨般匆匆，他——那个被母亲说成“离家出走”的男人——正和另外三位身穿同样制服的工友一起从十几米的输电塔上颤颤巍巍地爬下来，仿佛随时都会被寒风和沙尘打落的几只小虫子。

父亲的脸冻得难以辨认细节，印象中他的相貌是模糊的，不仅因为当时我只有五岁，更因为他总是待在离家 4900 公里远的中国版图的另一个角落，聚少离多，因此当母亲让我喊爸爸时，我愣住了，竟认不出那四个高大黝黑的身影中哪个才是他。

其中一个人从广漠的沙地上小跑着过来，生涩地喊了一声母亲的名字，她沉默，两人的目光凝固下来，很疏远。

“我这次过来，是想让你签个东西！”母亲一口公事公办的语调，从包里掏出一张纸，一张后来叫作离婚协议书的东西。

父亲犹豫很久，签了字，但一直攥在手心，仿佛叹了一口很长很长的气。

那之后，父亲请我们品尝了他常吃的又冷又硬的小麦馒头，接着对我说："小瑶，爸爸没有给你准备什么礼物，不如就变个魔术给你看吧。"

于是还没等母亲同意，他便牵我走到一个小山坡上。在那里可以看到，前后有两座核聚变输电塔，相隔大约四千米远。父亲从工友手里接过一枚 LED 灯泡（市面上很不起眼的那种），然后俯下身对我说："小瑶，爸爸要用魔术点亮这盏灯。"

"怎么点亮？"

"你看……"他不加解释，直接将灯泡往头顶扔去，白色的球体仿佛快速升起的小月亮，当抵达最高点时，没有任何线路连接的灯泡——顿时——亮了起来，我心里"咯噔"一下，仿佛触动了柔软神经和对神秘事物的好奇。只那么一下，灯又灭了，因为它转而下落，回到了父亲布满疤痕和老茧的手掌里。但那短暂的亮光一直印刻在我的脑海里。

"爸爸，这是……"

"下面爸爸要说的内容你可能一时还不理解，但没关系，很多人也没法理解我们的工作。"他看了一眼远在山坡下面的母亲，低头再次对我说，"爸爸的工作是'东电西输'项目的其中一个环节。中国东部，科学家们在渤海、黄海、东海、南海分别建立了十八座海上核聚变平台，那是一座座图钉般扎入海底的高大建筑，它们从海水里抽取氘元素用于托卡马克装置的核聚变，用核能加热海水进行发电，再将电能通过 MPT 微波电能传输技术将电力供应到全国各地……"

以我当时的小脑袋，根本无法理解这些内容，但不被母亲理解的他只好向我来倾诉。

“……在这里，稀薄的空气中游荡着高功率微波，能将微波感应灯泡凭空点亮。你看，在这落后的中国西北边陲，是无线输电技术最后需要覆盖的偏远之地，爸爸的使命就是点亮这个广寒的荒漠，将核电送达千家万户。”

我似乎理解了什么，盯着父亲被泪水浸红的双眼，他说的“千家万户”里或许也包括我们这个即将破裂的小家。

这恐怕就是后来——我为何放弃在北上广深的就业机会，坚决要报考大西北某高校刑警专业的原因吧。

2

6月7日，02:31

20多年后的今天，我们在素有“丝路口岸”之称的核电新城阿勒泰北部的综合机场待命，准备执行任务。

机场出口处，防爆装甲车里坐着11名便衣刑警，我是其中之一。刘队作为这次行动的总指挥，正在超薄面板上规划人员站点。他操着一口老刑警的腔调说：“……现场情况就是这样。下面分配人员……王瑶，你和高小北扮演夫妻，在登机口附近便衣巡逻，范围在这里……”

队员们发出羡慕的嘘声，因为我是队里唯一的女刑警，所以和我扮演夫妻这样的“福利”落到谁身上都是令人羡慕的。

“便宜你了，高小北。这可是王瑶最好看的一次。”一名老队员说。

确实，我穿一身光纤连衣裙，裙摆可以变换不同花色，简洁干练的头饰上悬浮着几颗白色几何体，可以随时折叠收放的LV包包是A货，胳膊和小腿露出来的性感部位绘有流动的光子文身。他们没见过一向男孩子气的我竟然也可以如此妩媚。

“哎，不是，王瑶，你老是举起右手是在干吗？”

我说：“为了更好地扮演已婚女性，我做了个电子美甲。这东西你们知道的，往美甲上植入通话微型设备就可以当手机使用，要不是因为刑警特训不允许赶时髦，我早就做了。”

“他是问你为什么举手。”

“哦！车里的微波输电隔绝得太彻底，不举起来还真充不了电啊。”

“也难怪，现在没有什么东西是不需要远程输电的。”

“好了好了，言归正传。”刘队敲了敲电子笔，“注意听，我们这次任务非常紧急，据线人提供的情况，本日下午六点左右会有一名OPNG的成员对机场发动炸弹袭击，目前提供的画像中能确定……嫌疑人为中年男性，卷发，高鼻梁，眉间距很窄。还得等同步审讯结果出来后得到更多情报才能缩小范围。”

OPNG组织（油气垄断组织）作为以维护石油和天然气等化石能源为目的的商业暴力组织，一直以边界武装势力为依托抵制核聚变能源的推广，父亲在世之前没有少和他们打交道。联合国出面干预至今十几年时间里，部分残余势力依然时不时要出来搞事情。

行动开始前，刘队专门提醒我："王瑶，这次千万别再像上次那样自作主张了。"

我点头，做了个调皮的表情——然后和高小北走出防爆车，绕道进入机场登机口，此时天空中由微型机器人组成的悬浮"光幕"播放着各种广告，在这个因为边界开通而刚刚步入发展快车道的小城市而言，已经算是很新鲜的事物了。

高小北小声对我说："登机口安检处已经通知下去了，我们做好自己的这部分就行。"

"刘队为什么不在机场出口也安排警力？全部集中在登机口不合适吧。"

"你别问我。情报只表明嫌疑人会出现在登机口。"

接下来，我们按照"剧本"的设定，假装是举着告示牌需要寻找亲人的一对夫妻，实际上是在摸查具有相关特征的嫌疑人。高小北的演技并不好，脸上几乎还是刑警一贯的严肃表情，我倒是觉得自己更擅长这类伪装。我穿行在登机口人流最密集的一个卡口处，方向必须与人流相反，这样不仅能更好地观察到对方的脸，也能在第一时间正面拦截对方。

"王瑶，说个题外话，你这么大年纪了为啥还不找个对象啊？"高小北问我。

"要你管。唉，不是，我哪里就年纪大了？"

"当我没说……"他退得离我远了点。

我做出一个即将掐死他的动作。

阿勒泰机场有很多借由“空中丝绸之路”到我国的来自俄罗斯及西亚、东欧和北非国家的外籍乘客。父亲曾经预想过西北如果能够全面通电，远程核电运输飞船将由此边界进入欧亚大陆的核心。如今，他的愿望实现了。

这些行色匆匆的旅客多半穿着光纤布料，加上记忆合金，可以变换不同的颜色和款式，其中一些年轻旅客甚至每十步就会改变衣着形式，这为我们的识别工作带来了一定难度。在我旁边，一个小女孩胸前捆着绑带，恐怕是刚刚换了颗人工心脏，头顶上还临时安装了类似天线的东西用于时时接收输电塔提供过来的核电，很难想象心脏一旦断电，后果有多严重。我想到了小时候缺乏安全感的自己。

我的 AR 角膜正在快速记录和分析行人的脸部特点，三角框在无数颗人头间穿梭扫描后，最终锁定到了一个男子身上。相似度 40%，我走上前，准备近距离看看他有无可疑的行为。

“高小北，疑似目标一号在你侧前方，我先去会会。”我做出打电话的手势，大拇指和小拇指的指甲盖代表了手机的接听和对话端口。

我推开人群，上前几步，假装撞上那个男人。

那男人的磁悬浮背包被我推到地上，但磁场收紧，背包又弹回到他的背上，只是经我这个散打冠军的一撞，他整个人踉踉跄跄地乱了步调。

“嘿，没长眼睛啊！”他的上衣立即变成了愤怒的火焰色，像是炸毛的河豚发出的警告。

我佯装向他道歉，他并不领情。我注意到，他的鼻梁和眼间距与画像中的很相似，但他的AR角膜上闪过一些愤怒的emoji（绘文字）表情包，这是十几岁的年轻人才会有的“眼表情”交流界面。与嫌疑人的年龄并不符。

然而，他接下来的动作引起了我的注意，他把手伸进外衣夹克里，仿佛准备掏出什么进行反击——而这个过程勾起了我深痛的一段记忆——

那是我读高中的时候，正筹备高考。离婚已有十数载的母亲接到一个电话，警方要我们前往西北边陲的一座临时工地里认尸。一路上我把该哭的泪都哭完了，到了几千公里外的现场，裹尸布掀开后，那个曾经被我叫作父亲的人已经被污血涂满整张脸，母亲趴地上大声哭号，哭晕了两次，最后警方是通过我来确认死者真实身份的。

他们见我已经成年，又具有比我母亲更强大的心理素质，就给我看了案发当天车载摄像头拍摄的画面：只见在一个车灯照不到的阴暗角落里，两个男人在输电塔下边扭打在一起，一个男人处于下风，被打跪在地上，紧接着那个OPNG组织的成员从夹克里掏出手枪，打中了父亲的胸口，又打碎了车灯——视频遁入黑暗。

打那以后，我对父亲这个人有了更深的认识。不知道是在怎样的心态下，高考完便选择了刑警专业。可能是内心那颗复仇的种子潜藏下来的原因吧。

从记忆中回过神来，我冲昏的头脑意识到了危险，便以我散打中的一招“锁脖横劈”将对方如同稻草人一般翻了个跟头，然后背手压制在地板上。由于是一位白裙少女的突然反杀，又由于额头碰地的响声，周围的人惊恐地退远，并投过来慌乱的眼神。

可是，我抓错人了，那人从夹克里掏出的——居然只是一张机票而已。

3

我违背专业素养的过激行为遭到了刘队的破口大骂，当然，他是在防爆装甲车的指挥室里骂的，由于隔音设备很好，骂得尤为起劲。

“你个 ×× 的真是蠢到家了，知道这次任务有多 ×× 重要吗？你以为机场是你炫耀散打的舞台吗？上次任务你把人家的出租车司机打伤了，再上一次，还敢跟领导动手。”

“可我不是出色地完成了任务吗？”

“啊！是！你牛！你出示刑警证征用人家的出租车可以，但你不能因为对方不配合就用左勾拳把人家的下巴打脱臼啊。就你这暴脾气，我看你到四十岁也别想嫁人了。”

其他我都认理，但涉及私人问题我就不乐意了。等刘队把我一个人关在车子里面壁思过的时候，我肚子里的火包不住了，一个铁拳把车里唯一热包子的微波炉给砸塌了，然后眼泪止不住地往下流，同时大吼一声。我不恨刘队，只恨不能亲手收拾 OPNG 那帮家伙。

无奈，我只好待在防爆车的控制室里待命，偶尔打开“天眼”监控系统查看机场的人流分布，或者拉近行人的脸细致地分辨。直到 05:26，嫌疑人依然没有现身。不太喜欢“坐办公室”的我松懈下来，盯着八面屏幕发呆。

我看到机场出口处的行人道上停着一排共享飞车——造型如同银质汤匙的电动飞摩，几个人从车栏上取下“汤匙”，跨过“汤匙”的把柄，坐在“勺面”上，“嗦”的一声飞了出去，仿佛是《哈利·波特》中骑着飞天扫帚的男女巫师。这种交通工具也得益于核聚变能源和无线输电技术。

抬起头，我看到了“光幕”上滚动播放的广告，那光幕由十几万个萤火虫般大小的微型无人机组成，密集地排布成一面矩阵，充当屏幕，而每一个无人机都是一个像素点。同样的，这款产品也因为几乎可以提供无限能源核聚变才能永远悬浮在那里。

如果父亲当年没有在此建立传输塔，东部沿海的氘核聚变能源也无法催生西北经济的繁荣。我还记得，离婚十几年的父亲有一次给我打电话，告诉我他们在推进“东电西输”和“空中丝绸之路”的工作时遇到了跨国际的 OPNG 组织，他们抵制新技术对其既得利益的“侵蚀”。我当时并不知道，这通电话会成为父亲最后的遗言。

他——那个不仅点亮了这片疆土，同时也点亮了我生命的人——已经远去。

此时，06:34，控制室的通话器亮起了红灯。

我点开，里面传来了刘队的声音，不是对我说的，而是对其余队员发出的新指示。

他说："刚刚审讯组有了重要突破，对方交代了嫌疑人投放炸弹具体的方式。听指令，现在，锁定一名中年男子，手提黑色的RIMOWA悬浮箱，具体款式和特点已经投射到你们AR角膜上。"

我赶紧调出图片查看，这款RIMOWA悬浮箱的手柄与箱体分离，旅客只需要握住不到20克重的手柄，就能通过悬浮技术拖动很重的箱体。

刘队说："嫌疑人之所以使用悬浮箱，是为了提起90千克的重物，箱子内正是我们要拦截的炸弹，一枚50年代'貓'式潜艇中退役的'微波炸弹'，可以直接破坏电子系统和供电网络，或利用热效应的超高温度对人体组织造成灼伤甚至致死。"

"刘队，我问一句，"高小北说，"他们为什么不用常规炸弹？微波炸弹的起爆有一定难度。"

"这不是我们该考虑的东西，我们只负责拦截。你是炸弹专家，想办法遏制引爆流程。"

微波炸弹！我心想：无线输电技术使用的也是微波作为核电的传播媒介——难道——

我赶紧点开指甲盖上的触屏，给刘队的内置听骨打了个电话。

"刘队！"我说："我明白OPNG之所以使用微波炸弹的意图了。他们想要通过制造这次事件给公众传递一个错误观念，即高功率微波可以充当炸弹，对人体有害，从而在舆论上压倒

‘东电西输’继续向欧亚大陆的核心扩展，提升他们‘油气商圈’的经济地位。”

刘队很不耐烦地说：“好了，即便如此也不是我们现在应该考虑的。你好好给我待着，别再出来添乱。”

高小北见状，偷偷将通话器切换到单对单模式，与我私下对话：“王瑶，防爆车装甲门的备用钥匙在微波炉下面的小隔层里，憋得太闷就出来透透气。别跟老大说，他会削死我。”

“嘿，真有你的——高小北。”

4

06:55，高小北锁定了目标，通话器里一下子热闹起来，五名便衣刑警从四个角度做包围态势，高小北的任务是盯住悬浮箱里的微波炸弹，避免嫌疑人启动开关。

我从“天眼”提供的画面中清晰地看着这次惊心动魄的行动，捏了把汗。

07:01，五名刑警扑杀过去，高小北趁机从拥堵的人群中窜入，夺过嫌疑人手中的箱子，然而，他的表情立即僵住了——我心底一凉，以为在那短暂的瞬间炸弹已经启动，然而，并非如此——高小北缓缓站起身，掂量了一下箱子，突然对五名压制嫌疑人的队友说：“空的，箱子是空的，我们中计了！”

我反应很快，在防爆车控制室的大屏上迅速调取车站出口的人流画面，用脸部识别算法和特征分析器找到了一名同样手提RIMOWA悬浮箱的男人。

我在通话器上对他们喊道："不是机场入口，是出口！调虎离山计——他——他正在打开箱子？不，他应该是在密码锁上输入起爆密码——"

"来不及了！"刘队把夺过来的RIMOWA悬浮箱的把手砸到地上。

"来得及！"我说话间从微波炉下面拿出钥匙，打开门，再一脚踹开防爆车的铁门（本来可以用手推的，只是，当时是真的来劲了），然后如同策鞭的野马一般狂奔过去。

"王瑶，快疏散群众。"刘队说完，指挥队员进行了疏散流程。

"不，我有自己的办法！"

"什么办法？"

"我可能又要给您'惹事儿'了。"

说罢，我快速推开出口处多达几千人的"潮汐"，沿着疏散区的行人道跑去，那里有一排银白色的交通工具正好可以派上用场。我停下，坐上其中一架靠在栏杆的"汤匙"造型的飞摩，用指纹解锁，飞摩响起一连串广告语和提示语："核电生活，微波共享。欢迎骑乘'银影'电动飞摩，请双手扶好中央竿，抬起或压低可以调节起飞角度，双手反向扭动可以控制飞行速度……赶紧享受轻便的驾驶体验吧！"

"赶紧啊！赶紧啊！废话那么多。"广告语之后，飞摩启动了，我如同飞天小魔仙一般斜着蹿上天空，第一次驾驶这么新的玩意儿还真是难以控制。

飞摩发出询问:“您的操作有误，是否开启自动驾驶模式。”

“我能行。”说完，我旋即感觉与一个机器对话是很愚蠢的。

我把飞摩压低，回到地面，在人群中找到了那个放置在墙角下的黑色箱子，嫌疑人已经离开，我看到，密码锁上显示的数字是倒计时 —— 只有区区 92 秒。

情况紧急，我一把抓起箱子，放在飞摩后座的“汤匙”的“勺面”上，很重，90 千克的实弹相当于增加了一个 180 斤的大胖子，好在我比较瘦，飞摩的承重可以接受两个人身材丰满的人同时驾驶。

飞摩缓慢起升，刘队和其余队员赶了过来。

“你要干吗？”

“我虽然不是炸弹专家，但我了解微波 ——”我借助通话器对他们喊道，“它并非以爆炸能量杀伤敌人，而是通过定向扩散型的电磁能对周围五百米开外的物体造成热效应，就像微波炉加热食物。这种体量的发射器所产生的微波，在开阔的空中耗散地比较明显。”

“不，我是说，你不知道危险吗？”高小北气喘吁吁地说。

“先做了再说。”

“你要干什么事情，不用问我吗？”

“刘队我都不问，问你干吗？”

“我我我，我是你丈夫！”高小北当然知道自己只是个假扮的丈夫，但他要表达的不是这层意思，而是铁汉子那种暧昧的、无法说出口的羞涩情感。

我听就罢暗自好笑——

刘队切入通话器，对其他人说："快，别愣着，去空中接应。"

"可我们没有派空中支援啊。"

"不会像王瑶那样，征用民用交通工具吗？"他骂道。

于是十名刑警也坐上了"汤匙"化身为骑扫帚的巫师。

5

我当然知道危险，也做好了一去不复返的心理准备。但我不能眼睁睁看着——那些人摧毁我父亲一手点亮的城市，不能摧毁人们对于新技术的信任。

07:28，倒计时还有 41 秒，飞摩已经上升到了空中管制区域，加上 500 米之上是没有覆盖微波输电网的"电能稀薄区域"，飞摩发出了危险提示音，如同为我送葬的一曲挽歌。在那最为紧急的 40 秒之内，我想起了母亲，那个很少会被我想起的人——她，一直不愿我重走父亲的老路，到大西北支援建设，她不愿我报考刑警学院，她认为奉献是需要有限度的，在兼顾家庭利益的基础上有限度地、有保留地奉献即可。我笑她是精致利己主义者，但她，她在我身上的付出，难道不是无限度地不计回报的吗？

泪水盈满眼眶，我更加觉得自己今天的决定是正确的，我走了父亲的老路啊，把血洒在这片异乡的土壤上。妈妈，这血是您给的，您给我一点点积攒的，但对不起，它将滋润更宏大的梦想。

07:34，倒计时 35 秒。

在这个高度上，我看到了“空中丝绸之路”那些运输飞船的曲线一直蔓延到欧亚大陆的深处，在另一边，我看到群山的腰身上，一根根蜡烛般挺立的输电塔，那是爸爸为我庆生点亮的烛光吗？在更远处，我看不到的沿海老家的方向，那些图钉造型的核聚变海上平台上亮起的“核太阳”——是否是您——妈妈——期盼我回家的目光？

但我或许不能回家了，我要去往爸爸的怀抱了——就像您送我到西北的机场里，您声嘶力竭的那句“不必回来了”那样，我可能真的回不来了。

07:49，倒计时 20 秒。

我从后备厢托起微波炸弹，以我毕生在散打和拳击中练就的单手臂力，将那 90 千克沉重的物体抛起，飞出一两米高，如同当年父亲扔出去的那枚LED灯泡，它在弧线的定点转而向下。

然而，因为抛起重物导致的后坐力，我被深深推向地面，连同飞摩一起迅速下沉。片刻间，飞摩脱手，我认为即便我不被微波烫死，也会因坠落而粉身碎骨。在那一刻，我闭上眼，记忆如同下落时刷刷的风声一般冲击着脑门。

爆炸的电磁能冲击过来，我感觉背部一阵热浪翻涌，衣服燃烧着，原以为会很痛，但疼痛瞬间消失了，我皮肤上的痛觉神经恐怕已经被彻底烫伤。微波袭击没有任何可见的痕迹，所以下面的人群只是看到那个黑箱子和我重新坠落地面而已。

然而，忽然间——

我感受到胸前被什么网状的东西拦截下来，像是被父亲巨大的温暖的手接住了。

在我即将昏迷的时候察觉到，那个接住我的网不是别的什么，而是由无数微型无人机组成的“光幕”，那些正是借着父亲的输电塔才得以永恒飘悬在这里的装置。

骑着“汤匙”的支援队来了，我庆幸自己没死，但恐怕那张还算好看的脸要毁容了。当我那位假扮的丈夫——高小北将我从“光幕”上抱起来时，我脑子里浮现一个画面：

那是在月球上回望地球的画面，在夜半球上，城市逐渐被流萤般的灯火覆盖，那是来自核聚变的曙光所照亮的文明之光，仿佛普罗米修斯传递给人类的永恒燃烧的火炬。

「心愿号」

Sleeper／作品

第一章 特别的博物馆

今天是博物馆开放的第一天，也是战争结束后，海峡人最多的一天。宽阔的码头挤满了前来排队参观的人，然而这些人在博物馆的对比下，显得十分渺小。

因为这所博物馆是一艘退役的战舰改造而成的。

舰内的核动力系统早已移除。它静静地伏在码头边，像一只沉睡的猛兽。今天没有风，轻微的海浪丝毫撼动不了它巨大的钢铁之躯。“狮王号”三个大字被烙印在舰头，上面还有雄狮的舰首像，让人不禁联想到它退役前在海上乘风破浪的雄姿。

参观的人群中，有一对父女刚刚通过安检，进入了这个特别的博物馆。父亲看上去三十多岁，身形魁梧匀称。女儿七八岁的样子，长得很可爱，乌黑的杏仁眼，长长的睫毛衬托着精致白嫩的脸庞。

“爸爸，这个博物馆好奇怪呀！我还是第一次来这样的博物馆呢！”小女孩拉着男人的手兴奋地说，目光在博物馆的陈设上跳来跳去。

男人宠溺地摸了摸小女孩的头发：“我们去生活区转转，

你不是一直好奇里面的床是什么样的吗？”

查理领着女儿走入了冗长的通道，开始往舰艇深处的生活区走去。

艾莉仰起头，兴致盎然地说：“爸爸说自己年轻的时候曾在战舰上服役过，是这艘吗？”

“不是，虽然很像。但那艘战舰不是这个国家的，而且……”

查理沉默着继续走，他的目光黯淡了许多。通道昏暗的光打在他的脸上，有种忽明忽暗的飘忽感。

艾莉看不出爸爸在想什么，但她看得出来他有些悲伤，于是悄悄牵住了他的手。通道还有很长一截。

“这艘叫‘狮王号’对吗？那爸爸的那艘呢？叫什么名字？”艾莉轻声问，想把他从回忆中揪回来。

“‘心愿号’。”查理掷地有声地说，语气中油然而生的骄傲，连自己都没察觉到。

“好美的名字呢。”艾莉笑容灿烂地说，“听起来很温柔。”

“是啊，像个小姑娘。”查理情不自禁地微笑着说，不禁陷入了回忆之中。

第二章 “心愿号”和小查理

茫茫大海中，一艘作战舰艇正有条不紊地航行着。除了推开海浪的声音外，再无其他声音，因为战舰的动力皆源自静悄悄的核子重组反应。

“报告舰长，我们在战后搜查时发现一名敌国黑衣军士兵昏迷了，没跟上他们的人逃走，醒来后他说他什么都不记得了。”一位士兵向艾琳舰长报告。

艾琳利落地将麦浪般的金色长发扎好，说：“带他进来。”

进来的人又瘦又小，头发枯黄，面颊干瘪，一副营养不良的样子。他穿着一身黑衣，看打扮是骆国的黑衣军士兵无疑，可怎么看他也还未到参军的年纪，只有十二三岁的样子。

男孩看到艾琳后，立马跪倒在地，身体像枯叶般剧烈地抖动着，仿佛一阵风就能把他吹走。

“我们又不是什么童话里的巨人，不会把你拿来煲汤的。你很害怕我们吗？”李摆弄着自己奇形怪状的帽子，好笑地看着男孩。

李是艾琳舰长的得力助手，如果说艾琳是指挥一切的船长，那李就是她最忠诚信任的舵手。李的判断力、执行力以及随机应变的能力都是顶尖的，就是说话永远都是嬉皮笑脸的，好像从来都不知道“发愁”两个字怎么写，什么时候都戴着一顶奇怪的三角形帽子，据说是稀有猎人帽的一种。

“不……我害怕……我害怕战争。”男孩满眼都是恐惧，沾着炮灰的脸因为极度紧张而扭曲发抖。

从男孩断断续续、颠三倒四的描述中，艾琳耐心地理出了头绪。

骆国拉开战争序幕不久，一路拥兵北上，战线越拉越长，为了补充兵力，除了招募别国的雇佣兵之外，本国开始了强制服兵役，而服役的年纪也一降再降。终于，两个月前，狗急跳墙的骆大帝颁布了一条法令——12 岁以上的男童，一律强制参军。

孤儿院这种无人问津的地方首当其冲，这个在孤儿院长大的有癫痫病的男孩便是第一批童子军中的一员。这些童子军，都被安插在各个先头部队，让他们去“冲锋陷阵”，去送死。

男孩叙述完毕后，凝重的沉默在指挥室里蔓延开来。最后还是男孩小声地提了个问题，打破了沉默。

“刚才……你们，为什么不攻击我？你们明明……瞄准我了，却没有、没有攻击我。”男孩对刚刚死里逃生的场景心有余悸，当时，在他紧张到癫痫病发作之前，默默移开的枪口是他最后记得的东西。

艾琳舰长平静的声音比任何豪言壮语都令人印象深刻：“我们不会攻击孩子的。”

男孩显然被彻底惊呆了。在骆国的残暴面前，敌国的仁慈让他震惊到无以复加。

“舰长，请让我留下来吧。我虽然年纪小，但我可以做很多事，打扫做饭都会，我不愿伤害别人，我、我不想再回骆国了，那里……真的太可怕了……”

说完，男孩鼓起勇气，迎上艾琳的目光，他的眼中闪着泪花，却也带着令人不能无视的笃定。

“你叫什么名字？”艾琳的声音变得温柔起来。

“……查理。”

“欢迎你，小查理。”艾琳舰长说，“‘心愿号’欢迎你加入。”

“‘心愿号’？”男孩仰起头。

李倚在座位靠背上，边咂嘴边再次抗议说：“舰长你看，连小查理都觉得这个名字奇怪了，别人的都是什么‘巨峰号’‘幻蛇号’‘雷火号’，咱的名字也太温柔了，‘心愿号’，像个小姑娘。”

“怎么，不好听吗？”艾琳挑眉瞥了他俩一眼。

“不，她的名字……很美。”小男孩怯怯地说。

“心愿号”和小查理。男孩非常喜欢这两个名字。

第三章 唱诗机器人

自从上次的突袭战后，舰上平静了好一段时间。但舰内，这个新加入的骆国少年却掀起了一场不小的波澜。

舰长安排小查理在厨房帮忙打扫，让他靠自己的劳动吃饱饭。但是有一部分士兵极度仇视骆国人，即使他只是个十二三岁的孩子。艾琳十分理解他们，他们中很多手无寸铁的家人、朋友、邻居，都倒在了骆国人无情的“铁蹄”之下，其中也有很多和小查理年纪差不多的孩子。他们觉得，不杀这个骆国孩子就已经足够仁慈了。

他们虽然同意小查理留下，但有一个条件。他们不能忍受小查理和他们在一个屋檐下居住，所以小查理住到了甲板上一个存放清理工具的杂物间。虽然他们不会再提出让小查理滚下战舰的要求，暗地里却经常给小查理一些杂活欺负他。

夜已经很深了。艾琳抬头望了望高挂在空中的月亮，又看了看远处埋头洗床单的小查理，看他费力地拧干床单的水分，然后踮着脚把它挂到晾衣绳上。长期的营养不良让他显得十分单薄。

战争真是分外无情，它在这个瘦弱的孩子身上留下了不可磨灭的痕迹，它连这些最无辜的领地都要占领。

艾琳轻轻叹了口气，问：“李，我是不是做错了？”

李沉默了很久，说：“当一位舰长需要英雄气概，收容一位战争孤儿也需要英雄气概。”

艾琳的思绪随着微风渐渐飘远。如果这里的庇护能给他一点安心的话，那么，她愿意面对其他人的质疑。

仿佛下定决心般，艾琳从胸前的口袋里拿出了一个小小的东西，捧在手里看了许久，像在看着一个珍贵的宝贝，最后终于开口说：“你去把这个给他吧。”

李坐到了小查理旁边，从怀里掏出艾琳让他转交的东西，对小查理说：“这是艾琳舰长送给你的。”

小查理喜出望外，小心翼翼地接过来，仔细端详。它好像是个玩具机器人，只有巴掌那么大，脑袋、胳膊、腿都是长方体组成的，嘴巴也是方形的喇叭。它整体泛着有些暗淡的金属光泽，胳膊的一角还有些凹陷，很明显它并不是全新的。但小查理还是惊喜万分，因为这是他人生中收到的第一份礼物。

“这是什么？！”小查理激动地问。

“唱诗机器人。它里面有微型核能发动机，试试让它动起来。”

“舰长居然有这么可爱的东西！”小查理捧着它看了又看。

“它原来是艾琳舰长的孩子小罗伯特的。”

“那小罗伯特呢？他不要了吗？”小查理摆弄着小小的机器人，灿烂地笑。

小查理歪打正着碰到了它的开关，唱诗机器人跳到甲板上，站直身体，吐字清晰，字正腔圆，声情并茂地开始唱诗，同时还播放着优美动听的旋律。

他们的愿望是见证没有悲哀的世界，
他们的愿望是斩断仇恨的锁链，
他们的愿望是构筑和平的未来。
让他们的愿望充满这世界的每个角落，
让他们的生命源远流长……

李静静地听它结束才开始说话，仿佛他的喉咙废弃许久，刚刚找到了钥匙，打开了一些旧开关。“战争刚开始不久，骆国的核炮就夺走了他的生命。”

小查理脸上的笑容瞬间垮了下来，脸色变得苍白、嘴唇发抖，然后把头埋进膝盖，偷偷哭了。

第四章 与众不同的人才能改变世界

早饭过后，艾琳舰长通过舰上的播报系统向全舰发布命令，各处的喇叭同时响起，整个战舰都回荡着艾琳舰长威严且不容置疑的声音。

“今晚我们要经过一片骆国控制的海域，‘心愿号’要潜入水下航行，全体做好准备。各组轮流换岗，严密监控雷达的反侦察系统，直到顺利渡过这片海域。李，两小时后去控制室把桅杆收起来。”

小查理一整天都魂不守舍，一方面担心战舰会被骆国发现，更现实的问题是，今晚要潜水航行的话，他就不能再去甲板上的杂物间睡觉了。而舰舱里有很多讨厌他的人，他也不能去。

看来只能在厨房凑合一晚了。小查理边洗碗边想。

“还有晚饭吗？”一个熟悉的声音从身后响起。

小查理被吓得一激灵，手里的盘子差点滑落。他回头看到艾琳舰长在冲他微笑，一手托腮支在厨房的出菜口，脸上带着毫不掩饰的疲惫。

即使他年纪小，但也知道作为一个舰长的压力大得他难以想象。小查理印象中的艾琳舰长都是精神抖擞、坚毅果敢的，尤其在士兵们面前，仿佛永远都不知道累。

“小查理，我记得你说过你会做饭。今晚是个不眠夜，去给我做点好吃的吧。”艾琳拉开椅子，坐在了厨房玻璃窗对面的座位上。

小查理结结巴巴地应了一声，然后赶忙放下盘子开始找食材。他想尽量做得丰盛可口些，他用腌菜和罐头做了炖菜，配上炸小虾，再做了一大份芝士通心粉。

做好后，小查理忐忑不安地端到了艾琳面前，紧张地揉搓着工作服的衣角。

艾琳像是饿了一整天，马上拿起餐具开始大快朵颐。

“好吃，小查理，真好吃。”艾琳对着食物频频点头。

受到表扬的小查理稍稍安心了一点，“谢谢您，谢谢您把那么珍贵的礼物送给我。”他小声说，“您不讨厌我吗？即使我是个骆国人……”

艾琳停下咀嚼抬头看他，然后摇了摇头。

“可他们为什么都讨厌我？”

“因为你与众不同。”艾琳说，“你是舰上唯一的骆国人。”

“与众不同是坏事吗？”小查理不解地问。

“不，与众不同是好事，与众不同的人才能改变世界。”艾琳微笑着说，笑容依旧疲惫，却多了几分温柔。

小查理原本还想和她道歉，现在却怎么也说不出口了。他觉得艾琳正是因为已经看穿他要说什么，才说出这番话阻止他。那一瞬间，他对艾琳舰长不只有感激，更多了几分崇敬。

“舰长，五分钟后进入敌方雷达的侦查范围。请求舰长指示。”艾琳的通信器突然响起。

“好，五分钟后准备执行计划。”艾琳铿锵有力地说，脸上的疲惫瞬间一扫而光。她又是那个无坚不摧的“心愿号”舰长了。

“心愿号”早已在海中泅潜很久了，只等艾琳舰长的一声令下。

“我要去指挥室了，小查理，一会儿说不定会遇到攻击而颠簸。餐厅太空荡了，不安全，你去我的房间睡。”艾琳说罢，将房间手环递给小查理，然后大步流星地走了。

第五章 我想要一个妈妈

舰长的房间在生活区走廊尽头，房间并不像小查理想象中那样宽敞奢华，它跟其他士兵的房间一样大，只不过门牌上写着“艾琳”两个字。

房间里的基本色调呈绿色，全息壁纸投射出深绿色的条纹壁画，床上铺着草绿色的纯色床单，让小查理仿佛置身草原。

唯一特别的是，房间墙上挂着一张照片，一张纸质的照片，用相框裱好挂在床头的墙壁上。小查理觉得很稀奇，因为他已经很久没见过纸质的照片了。

好奇心促使他轻轻摘下了相框，仔仔细细地端详了半天。

照片上艾琳搂着一个笑容灿烂的小男孩。男孩十岁左右的样子，带着生日帽，应该是艾琳和她的儿子在生日那天拍的。

羡慕之余，小查理发现原本挂照片的墙壁上有一个小小的按钮，下方还有一个小孔。如果不把照片取下来，是看不到的。

应该是某种紧急通信设备吧，小查理想。之后，他小心翼翼地把照片挂回了原处。

小查理没有直接躺到艾琳的床上睡，他觉得那样不礼貌。他试探着按了按储物箱，发觉它们足够坚硬，可以承受自己身体的重量，便把几个箱子并到一起，把带来的毯子铺到了上边。他躺下盯着房间的天花板，却无法入眠，一种莫名的压迫和恐惧让他有些窒息。

小查理拿出了随身携带的唱诗机器人，他缩成一团，小声地朝它自言自语：“我害怕。”

他根本没想要回应，他知道，它只是一个唱诗机器人，只会执行预设好的唱诗程序而已。可他没想到，小机器人像是听懂了他说的话，咔嗒一声后，一个熟悉的声音从它方方的喇叭里传了出来。“小罗伯特，别怕，妈妈给你讲故事。”

是艾琳舰长的声音。

“从前，有个小女孩叫多萝茜，她住在堪萨斯大草原的中部。多萝茜是个孤儿，亨利叔叔和爱姆婶婶收养了她……”那个声音自顾自地开始讲起故事来。

小查理愣了一会才反应过来，这是艾琳舰长以前录好的。他可以想象到，艾琳舰长经常不在家，她的孩子，唱诗机器人原来的主人小罗伯特在世时，肯定非常思念她，于是她提前录好故事，小罗伯特想她的时候，或者害怕的时候，就可以听听母亲的声音。

想到这里，小查理忍不住想掉眼泪。一方面是觉得身为骆国人而耻辱，但更多的是为了艾琳舰长所受的痛苦。喇叭里传出的声音不同于艾琳平时的声音，它既温柔又宠溺，充满了母爱的光辉，这再一次提醒了小查理，艾琳不止是一位舰长，她还曾是一位母亲。

小查理痴痴地听着那爱怜的声音，突然有些羡慕小罗伯特。虽然小罗伯特已经去了天堂，但他至少被母亲视若珍宝过，体验过母爱的滋味，而小查理却从来不知道拥有一位母亲是什么样的感受。

美好的故事还在继续，艾琳的声音轻柔地钻进小查理的耳膜。

稻草人说："我想要一个头脑。"

铁皮人说："我想要一颗心脏。"

狮子说："我想要一点勇气。"

多萝茜说："我想要回家。"

……

小查理抱着唱诗机器人，蜷缩成一团，喃喃地说："我想要一个妈妈。"

伴着艾琳讲故事的声音，他睡着了，均匀的呼吸异常安稳，他很久没睡得这么踏实了。

第六章 新年宴会

“心愿号”顺利通过了那片海域，小查理也如愿以偿地融入了它。大家渐渐习惯了这个沉默温顺的男孩，对他亲近的人越来越多。

战争还在持续，而“心愿号”也赢下了一场又一场的战役，艾琳的名字也越来越响亮。

今天是新年，“心愿号”停泊在了途经的码头。落日即将沉入海平线，余晖给周围的事物都蒙上了一层金色，格外好看。

李提议去镇上包下一间酒馆开个新年宴会，让士兵们痛痛快快喝一场，不醉不归。

果然，人们更喜欢脚踏实地的感觉。酒馆里爽朗的笑声，欢快的音乐，还有阵阵酒香，把周围的居民也陆续吸引了过来。小查理同大伙一起挽着胳膊跳舞，相互传染着快乐，战争的阴影被暂时抛到了脑后。他觉得这是他有生以来最快乐的一天了。当然，如果李也在就更好了。

登陆前，李说“心愿号”上必须有人值守，所以他带了一队人留在了舰上。艾琳表示也想留下来的时候，被李推出了指挥室。李说：“哪有开庆祝新年的宴会，舰长却不在的道理。”艾琳只好被士兵们簇拥着离开了。

正当气氛热烈到顶点时，头顶上方传来了一声巨响，酒馆房顶的一角猛然塌了下来，正下方坐着喝酒的士兵和居民被掉下来的石块砸中，有几人当场毙命。

艾琳的笑容僵在脸上，酒馆内外瞬间混乱了，居民喊叫着四处逃窜，士兵们也酒醒了大半。

“报告舰长！骆国黑衣军来袭！”在门口守卫的士兵冲进酒馆，一脸惊慌。

艾琳怒从心生，却努力逼着自己冷静下来。“一队人组织居民避难，剩下的人立刻撤回‘心愿号’！”

他们为了取得居民的信任，并未带什么重武器，只带了几件防身的小型核能枪，从刚刚黑衣军的攻击架势来看，他们根本无法和准备充足的黑衣军正面交锋，在陆地上他们毫无胜算。

艾琳边撤退边想：为什么在这个中立的国家会有骆国的黑衣军？他们训练有素，行动有序，仿佛早已策划了这次袭击，就等着我们自投罗网。这究竟是怎么回事？难道是镇上的居民事前向黑衣军透露了我们的消息？可居民们也在炮火中受伤严重，应该不会是这样。并且“心愿号”上有一队兵员在值守，而这个小镇只有这一个码头可以登陆，他们不可能没有注意到黑衣军。

“心愿号”上一定出事了！李出事了！

第七章 “心愿号”就是我，我就是“心愿号”

艾琳带领着手下的士兵们，一路奔向码头。诚然，她渴望登上战舰，用精良的武器和装备狠狠反击骆国的黑衣军，可眼下，她最渴望的，却是赶回“心愿号”，救下李一行人。

然而，从码头的方向冲上来了几十上百个黑衣军士兵，艾琳正在犹豫该如何应对，突然听见路旁有一个稚嫩的声音在喊她。

“艾琳舰长，这里！”

是小查理。他在来时就发现大路下面有一条小道直达海边，那条小道两边长满了荆棘和蕨草。在昏暗的月色下，这条小道是再好不过的捷径。

艾琳带领士兵们三步并作两步登上了战舰。可甲板上的光景让她再无法挪动一步。

只见守卫战舰的士兵们都被绑起来跪成一排，而他们身后站满了黑衣军士兵，而那些人前面，是他们的指挥官，这次埋伏的始作俑者。他背对着艾琳，一袭黑衣，头上的猎人帽显得格格不入。

他转过身来，艾琳看到了她刚刚最想要救下的那张脸。是李。

李招牌式的嬉笑不见了，他凝视着艾琳，整张脸显得很悲伤。

“艾琳舰长，投降吧。”

她大脑一片空白，耳朵轰鸣，差点因为晕眩而倒下。为什么？为什么是他？

看艾琳没有回答，李继续说道："对不起，我不愿再继续战斗了。骆国绝大多数的士兵也是被逼的，他们跟小查理一样，被迫跟家人朋友分开，被送上战场，他们也在盼望着战争结束。你们只需要放下武器，服从骆国的统治，那么就不会有人再送命了，一切都会结束了。只要你让出'心愿号'的控制权。"

李之所以这么说，是因为他发现"心愿号"的操纵系统，需要艾琳的声纹才能解锁。没有艾琳的声音，他无法私自发射一枚核炮，无法将它挪动一分一毫。

他终于明白了艾琳曾不止一次说过的那句话。"'心愿号'就是我，我就是'心愿号'。"她早就做好了与"心愿号"共存亡的准备。

冷静下来后，艾琳双眼含泪，把指甲深深地掐进手掌，整个身体颤抖起来，她正在做一个艰难的决定。

"现实残酷，却无可否认。我们被包围了，毫无胜算，也无处可逃。但我们可以选择如何赴死。是像寻常俘虏一样被核能枪射穿，还是像战士一样反抗到最后一刻？你们自己选！"说完，她看到对面的人质们挺直了身体，眼里充满了决绝的眼泪。

随着一声高呼，艾琳冲向黑衣军。听着身后追随的呐喊，她知道，自己并非孤军奋战。

艾琳从未奢望过她会在自己的床榻上，在悲痛的子孙环绕中寿终正寝，她只不过希望自己能够像童话里的英雄那样离世。但是，在此之前，她有一个心愿。她想要救下一个人，哪怕只一个人……

甲板上厮杀成一片，核能枪的能束划出无数条炫目的直线。艾琳看着士兵们一个个倒在了脚下。突然，一声巨大的轰鸣让“心愿号”剧烈地震颤起来。

随后，核炮台垂直发射系统迸发出强烈的火光和热量。“心愿号”的自毁程序被启动了。

火，亮得能扩大她的瞳孔。

爆炸声，足够响亮且震感强烈。

所有的脸庞，都淹没在火光和浓烟中。

所有的叫喊声，都沉入进炮轰的巨响里。

“心愿号”在嘶鸣，那声音让整个海洋都为之震颤心碎。

“怎么会？没有你的声纹，自毁程序怎么会启动！”李的叫喊声变得模糊而遥远。

“啊，‘心愿号’，我的‘心愿号’，我们不能被敌人掳去当刽子手。”艾琳闭上了眼睛。

第八章 小查理，别怕

在沿着小道撤离的路上，艾琳已猜测出了战舰上会有埋伏。她把小查理唤到身侧，交给他一项无比重要的任务。

“小查理，我送给你的唱诗机器人里有我的声纹，你应该已经发现了吧。”

小查理愣了一下，点了点头。

“稍后我会主动发起攻击，给你制造混乱，你趁乱去我的房间，那幅照片背后，就是自毁程序的按钮，按下去，播放唱诗机里的故事，然后千万不要出来，等救援队来救你，听明白了吗？”救一个，哪怕只一个。这是我仅有的心愿。艾琳心里这样想着。

“可是，那‘心愿号’和你们……”

“孩子……跟死亡讲道理很难，对所爱之人放手也很难。”艾琳轻声说，“不能让‘心愿号’变成骆国的巨型杀人工具。”

小查理眼眶里涌上了泪水。

正如艾琳所预料的，混乱中，谁都没有注意到一个瘦小的男孩悄悄溜进了舰舱中，按下了一个小小的、至关重要的开关。

全舰只有他一个人活了下来。

救援队赶在战舰沉没之前，救出了小查理，他在强烈的震荡中撞伤脑袋昏了过去，而唱诗机器人却被永远遗落在了“心愿号”上。

数年过去了，北方军队团结在一起，纷纷转守为攻。骆国部队的数量虽然仍旧占据优势，却要防御几千里长的战线。

小查理不再是那个柔弱的小男孩，他已经长成了成年男人，肩膀宽阔，身强力壮，每周剃一次胡须。他作为北方军队的一员参战到最后，亲眼见证了骆国的失败。

战争终于结束了，一切都被急水湍流裹挟而去，一切欲望都在对和平的期盼中被冲决。

艾琳要是能看到就好了。思念艾琳的时候，他常常这样想。

“爸爸，这个房间的名字跟我好像啊！”女儿摇了摇查理的手。

查理抬头看见了房门上的“艾琳”两个字。房门是开着的，他不敢置信地缓缓走入房间。

像草原一样绿油油的壁画，房间中央还放着一个展台，狭小的房间内站着三两个参观的人，正在围着展台看。

查理拨开人群，看到了一样他日思夜想的东西，一个方方的、还没有巴掌大的小机器人。它锈迹斑斑，上面已经没有了金属的光泽。查理不顾众人诧异的目光，颤抖着双手拿起它，按下了启动键，等了好久，它却始终没有反应。

怎么可能有反应呢？不管它是不是他的唱诗机器人，它都已经太破旧不堪了，喇叭可能都已经坏了。查理苦笑着想。

“爸爸，这个是什么？”小女孩踮起脚，碰到了墙壁上一个老旧的、小小的按钮。

随后，整个战舰的播报系统被启动了，一阵刺耳的杂音后，舰内各处的喇叭同时响起，那声音震耳欲聋，颇为壮观。来参观的人纷纷驻足。

他们的愿望是见证没有悲哀的世界，

他们的愿望是斩断仇恨的锁链，

他们的愿望是构筑和平的未来。

让他们的愿望充满这世界的每个角落，

让他们的生命源远流长……

是他的唱诗机器人！是她送给他的唱诗机器人！

这艘战舰也不是什么“狮王号”，它是“心愿号”！

查理呆呆地愣在了原地。他脸色苍白，嘴唇颤抖，脑袋一片空白，震惊得一句话也说不出来了。

查理以为“心愿号”早已沉入海底，却没想到它被改造成了别国的战舰，冠上了别的名字。不管别人认不认识它，可查理认识它，它终于又是“心愿号”了！他强忍着激动的眼泪。

忽然，一个熟悉的声音从头顶的喇叭里传出，一个他已经20年未曾听到的声音。那声音还是那么熟悉，熟悉得好像这20年的时光并未改变，好像他还是那个瘦弱胆小的男孩。

“小罗伯特，别怕，妈妈给你讲故事……”那声音温柔地说。

一瞬间，他仿佛穿梭回了20年前的那个夜晚，那个他蜷缩在坚硬的储物箱上，怀里抱着唱诗机器人的夜晚。

男人的力气像是被什么无形的东西一点点抽出，他慢慢地，慢慢地跪了下去，开始掩面痛哭。

而博物馆——那艘战舰，仿佛在回应他一般，发出了巨大的、低沉的呜咽。

丢失多年的孩子，终于回到了母亲的怀抱。

N宇宙

杨斌／作品

1

“雷小风，赶紧起床了！”一个棕发蓝眼，身材婀娜，很有气质的漂亮姑娘，对着门口的对讲机，不耐烦地说，“都睡了三个多月了，还睡不够啊，赶紧起来工作。”

“哈妮队长啊，我这是为了咱们飞船节省粮食。再说了，咱们不是刚过天王星轨道嘛，着什么急呢？要不，你进屋里来，把我拉起吧。”对讲机里传来雷小风略带困顿的声音。

“你起来看看咱们都飞到哪了，冬眠前的飞行告知你都忘了，还看得见天王星吗？”哈妮队长停了停，换了一下口气说道，“‘小雷锋’同志啊，可别让外国人笑话咱们中国人，可别在 40 亿千米外的太空丢中国人的脸啊。你们房间的印度人、日本人、巴基斯坦人、南非人和巴西人早就都起来了。”

“好吧，哈妮克孜同志，我的美女队长。”雷小风忽然穿着整齐地钻出了他休眠的房间，“其实我早起了，咱不能让外国人说咱们懒。我其实就是等你叫我呢。”

2

“‘开拓者号’换班时间开始，请第 15 批次工作人员尽快各就各位，第 14 批次工作人员完成交接工作后，尽快进入休眠准备。”广播中开始用“汉、英、法、俄、阿、西”六种语言在反复播出。

“我觉得应该加个维吾尔语再说一遍。”雷小风一边在跟随队长和其他队员们前往工位，一边调侃，哈妮队长没有理他。“队长，今天是你们的诺鲁孜节（维吾尔民族的节日）吧，你应该让赵船长给你专门放个假，让汉斯队副替你一天。”

“诺鲁孜节是昨天，我申请比你早起一天过的节。现在的值班船长是来自俄国的亚历山大船长。船长的休眠周期和咱们不同，赵船长现在还在休眠。汉斯队副这几天会被借调到食品生产部协助修理自动食品烹饪机。”

“哦，队长声音是真好听。”雷小风嬉皮笑脸地说道，“这些呢，其实我都知道。之前在火星附近那次值班休息时，我还请过大山船长（雷小风给亚历山大起的昵称）吃过我亲手做的煎饼果子呢。汉斯队副是自己申请去的吧？这小子肯定是帮他们改造啤酒机去了。”

此时的哈妮克孜队长心里已经无语。她不再回话，这几年在飞船上，她始终想不明白，组织上是怎么把这个小混混安排进“开拓者号”飞船的，让他代表中国参与这么大的一个项目。她感觉到自己多年的努力争取来的机会，居然被安排成让这么一个人从地球一直骚扰到了海王星。

终于到了飞船核反应堆的工位。14 期队长，美国黑人大汉佛洛依德居然学会了用中文和哈妮克孜交接工作，只不过有些河南口音，总是“哈妮儿、哈妮儿”的，看来他的郭云鹏副队长没少下功夫。交接完成后，郭队副还冲雷小风来了一个坏笑的表情。

过了一会儿，前方主屏幕里传来了亚历山大船长的影音：“哈妮队长，感谢你和你的队员再次轮值。现在‘开拓者号’已经远离了天王星轨道，正在接近本次的目标星球海王星。再过 1000 小时后，飞船就要按计划开始逐步减速，以达到在最终抵达海王星轨道附近时，可以被海王星引力捕获的速度。你们这次轮值的工作任务很重要，有什么问题随时向我报告。”

“好的，船长。”哈妮队长认真地回答道。

“对了，‘小雷锋’，你轮班休息时告诉我一声，朴二副说你还会做狗肉包子，味道不错，我想尝尝。”

“好的，没问题，大山船长，不过那是狗不理包子，是猪肉做的，狗是人类的朋友，俄国人在太空也不能吃的。飞船上的狗肉都是配给给朴二副他们韩国人的。”雷小风接着说道。

哈妮队长回头白了一眼雷小风，此时她深深觉得，雷小风是拍马屁混进来的。可雷小风却被哈妮队长回眸一白眼的美所深深陶醉，觉得自己不枉此行。

哈妮队长让队员们按照交接单和工作手册全面检查飞船核

动力推进系统的各项指标。至于雷小风，静待。因为员工手册上雷小风显示的是：特殊保全岗位，执行特殊任务工作，隶属于核动力哈妮克孜分队。哈妮只能任由他在工位上打盹。不过，雷小风人缘很好，和队里的各国队员关系都不错，他在飞船上还成立了“星核社”相声社团，还让天津话成为核动力分队的官方语言。于是，大家都管这个热心的小伙子叫“小雷锋”。

哈妮队长对雷小风的来历做过无数次猜测：国家安全局派来的？会有这么吊儿郎当的特工？高干子弟来镀金，这可是可能有去无回的任务啊，再说了，监察委的火眼金睛正等着抓腐败分子呢。特殊技能人才？除了会做点天津饭菜外，连英语都不太会说，感觉最多也就是高中毕业。她觉得最大可能就是，上级给她们队里安排了一个“猪八戒”式的心理疏导开心果，帮助她树立威信，防止长期星际旅行出现心理疲劳，导致发生核动力系统故障，出现灾难性事故。如果不是‘小雷锋’老是骚扰（追求）自己，这事也就认了。不过，她主要还是不喜欢这种不求上进的人，虽然他长得也还挺帅。

“雷小风，现在你抓紧时间把这三个月来党的文件学了，别忘了还有学习心得，要手写的。”哈妮队长愤愤地给雷小风安排了任务。

3

三天后，哈妮队长在例行的飞船干部培训会上，聆听本次轮值随船讲师法国人雨果教授的报告。

“各位精英们，很高兴能作为距离海王星最近的教师为你们授课，让我们继续从任务开始讲起。”

大家面面相觑，也不敢多言。

“100 年前，中国贵州省的巨型射电望远镜 FAST，发现了一颗正在靠近太阳的褐矮星（一种介于木星和太阳之间的亚恒星），质量有 15 个木星大，由于它太暗了，之前又藏在暗星云里，所以一直也没有被发现。据计算，它大约将会在 500 年后与太阳在相距一光年的距离擦肩而过。这个距离对太阳和太阳系内的大行星影响并不算大。但是会对太阳系外侧的柯伊伯带的小行星和奥尔特云带的彗星产生强烈影响。据估算，会有 400 到 500 颗小行星或彗星轨道会受到影响而发生变轨进入地球内侧轨道，他们中的大部分会被木星、土星等大行星所捕获，但是至少有 20 颗会撞上地球。虽然我们地球人已经在月球和火星上建立了基地，并且改造了若干小行星，击毁若干小行星不成问题。但是只要有一颗小行星落在地球上，我们美丽的家园就会重蹈 6500 万年前恐龙的覆辙。于是人们给这颗褐矮星命名为‘恶魔’星。

“而且，还有很多科学家认为500颗的估计过于保守，他们认为这个数字可能会突破1万颗。而且那些小行星和彗星太小了，远距离根本观测不到，而近距离又来不及反应，若它们真是对地球实现了饱和攻击，那一切都晚了，人类就会彻底灭亡。不管怎样，在这种生死攸关的事上面，人类绝对不能赌博，必须加大保护筹码。

“于是来自中国南京大学天文系的杨青诚教授向联合国提出的‘N宇宙’方案获得了全票通过。

“此方案的目标是在太阳系最外侧的海王星建立前哨基地。该基地将在海卫一上建立稳定基地，由飞船上运载的小型核反应堆提供动力。由聚变反应堆提供动力的‘开拓者号’将继续留在海王星轨道上建立移动基地。飞船上这次携带了地球上多年来军备竞赛各国积攒的上万枚的核弹、氢弹、火箭等装置。我们的任务就是对未来有威胁的小行星和彗星进行前期观察，早期预警和紧急处理。因为在这里只需要对小行星或彗星进行一点点干涉，让其轨道有一点点偏差，那么对于要撞击40多亿公里外地球的小行星来说，就如同狙击手得了帕金森——打（撞）不着了。因为海王星‘Neptune’的第一个字母是‘N’，所以这个方案又被称为‘N宇宙’方案。

“你们都是各国推选的精英，无论你们之前来自哪个国家、哪个民族，说何种语言，信仰何种宗教，你们现在和将来都已经是人类拓展生存疆域的勇士了。全世界的人们都将感谢你们的付出。

“未来的生活将是长期艰苦的，考虑到行星运行轨道的影响，第一批补给和人员换班的飞船预计最早要10～20年后才能到来，你们中会有相当一部分人终生留在这里。海王星和‘开拓者号’将成为你们人生的归宿。或许你们再也无法回到地球，但是，你们为人类保护地球和探索宇宙的大无畏精神，将和太阳系永存……”

“雨果老师啊，为啥你们每个老师每次都要讲一遍这些？”

“你们是各个队伍的精神支柱，超长时间的旅程会磨灭你们的使命意识和战斗意志。你们各个队长必须要时刻精神饱满。而且，这也是我们的授课大纲要求的必讲项目。”

“老师，那您觉得路易十三（一种法国葡萄酒）和这种洗脑课哪一种效果会更好？”通信队的意大利马尔蒂尼队长问道。

“当然是法国队战胜意大利队夺得世界杯效果更好了。可是，现在这里没有酒也没有足球赛了。”

“那我们的狮身人面像的鼻子呢（被拿破仑开炮轰掉了）？”后勤组的埃及人穆罕默德问道。

“我为拿破仑皇帝当年的过失再次向你们国家道歉。金字塔和附属建筑是全人类的宝贵财富，就像我们现在所在的飞船，将会永远在太阳系的史册上熠熠发光。”

……

又是世界民族大团结的论调，民族大团结在我国早就是不言而喻的事情了，现在居然还要在几十亿公里外的飞船上继续讲团结，还是生活在中国好啊。哈妮队长在思忖着。

“老师，听说您是参与过飞船设计的，我想问您一下：为什么在飞船首尾部都要安放核反应堆？还有就是为什么这次要在推进反应堆后面，带上全球的核弹？‘恶魔’星不还是有好几百年才来吗？后续的补给飞船慢慢运来不是更安全吗？”哈妮问道。

“美丽的哈妮队长，我真后悔早生了20年了，要不然我也能追求你了。你的问题真是和你本人一样漂亮。是这样的，船首核反应堆将来是要放在海卫一基地上的，船尾呢则是留在‘开拓者号’上的；至于核弹呢，那是博弈的结果，哪个大国都想多留一颗，于是互派监督员，最终的结果就是一起运走。这些核弹被串成一串串的放在了咱们船尾，就像你们中国的糖葫芦一样。”

4

当巨大的湛蓝色海王星映入眼帘之时，飞船减速变轨的时刻也就到了。哈妮队长和队员们在亚历山大船长的指挥下，按照既定计划，让船头船尾所有的核反应堆满功率开启，被反应堆加热的水向太空高速喷射而出。

在连续24小时内，开拓者号将沿途捕获的1000多吨的融水全部喷射向太空，30万吨重的‘开拓者号’变成了海王星夜空中一颗闪亮的人造彗星。

当飞船减速工作完成后，24小时没有休息的哈妮队长和队员们获得了来自地球联合国的一次嘉奖。当然，那个在厨房组帮忙将近24小时的雷小风也获得了嘉奖，不过看在烤馕和红柳羊肉串的分儿上，大家倒是也没提啥意见。

5

“开拓者号”胜利抵达海王星轨道后，船首和船身正式分离。船首部分按计划降落在海卫一上。“开拓者号”重新进行了人员组队，大部分船员都被安排进了海卫一建设队伍。在大家的共同努力下，海卫一上的基地按照计划如期建设，而卸掉“脑袋”的“开拓者号”则在赵船长的指挥下变轨飞进海王星内侧轨道，对海王星进行深入考察。哈妮和雷小风也留在了船上。

也许是工作压力的减少，也许是“小雷锋”的手艺，也许是周围熟悉的人太少了，哈妮也不再对他那么冷淡了，二人的交流渐渐增多。

一天工作快结束时，雷小风找到了哈妮。

“队长，今天在地球上是咱们的国庆日，咱们‘开拓者号’上的中国人一起吃顿饭庆祝一下。支部书记赵船长说有神秘礼物。”

“好啊。”

“那我去准备一下。咱们一小时后见。”

一小时后，在飞船的穹顶餐厅，在海王星蓝色光芒的照耀下，“开拓者号”飞船上的十几位中国船员齐聚餐厅。

赵船长说道：“今天我不是船长，也不是党支部书记，而是和你们一样都是中国人。今天是我们在海王星轨道上过的第一个国庆节。我特意破例拿出私藏多年的好酒借着海（王星）色，与大家畅饮。”

这时雷小风端上来一箱啤酒。

“哈妮，这可是你们新疆特产的大乌苏，没想到吧？在座的女同志就咱俩，你今天也破破例，陪陪我，稍微喝一点助助兴，好吧？”赵船长对哈妮说道。

“好吧。”哈妮腼腆地回答道。

与此同时，食堂的屏幕上传来了海卫一建设团队的画面，画面中呈现的是此时正在海卫一建设基地中的全体中国人，他们正在海卫一支部钱书记的带领下向镜头举杯庆祝，而且镜头中居然还有茅台瓶子的身影。

“共祝我们伟大祖国繁荣昌盛，兴旺于星辰大海！”大家举杯共饮，齐唱《我和我的祖国》。

齐唱后不久，由于“开拓者号”绕到了海王星另一侧，大家和海卫一支部之间的视频通话就暂时中断了。

又过了一会儿，赵船长被亚历山大船长叫走，慢慢地，其他同志又都被赵船长陆续叫走。偌大的餐厅里，只剩下哈妮和雷小风两个人，在海王星的星光下撸串。

“飞船上养的羊肉和你们新疆的肉哪个好吃？”雷小风问道。

“我是在北京长大的，没对比。不过我觉得失重的羊吃失重的草长出来的肉吃了会减肥。”

“为啥？”

“失重呗。”

二人哈哈大笑，后来又聊了很多。估计是哈妮不胜酒力，困倦了，雷小风就送她回舱室，在门口分别时，雷小风忽然问道：“队长，作为第一名中国籍的火外（火星外侧空间）单身女宇航员，你对于结婚，有过啥特殊的想法吗？”

“嗯，”略带醉意的哈妮想了想说，“既然是这样，那我结婚时，就不要漫天的鲜花落下了，我要漫天的星星落下，像钻石般闪耀的星星，那才浪漫。”

“队长，生日快乐。你醉了，早些休息吧。你会幸福的。”

哈妮抿着嘴停顿了一下，点头说道，“谢谢你，小雷锋。我一直觉得你挺帅的。”然后又笑了笑。

雷小风看着哈妮进屋的背影，慢慢地帮她关上了门。

6

不知过了多久，哈妮终于醒了过来。她发现自己身边竟然坐着赵船长。

“不好意思，船长，我第一次喝酒就醉了。耽误工作了，是我的不对，请您处分。”

没想到赵船长非但没有生气，反倒是非常和蔼地说道：“你已经睡了1个月了，先缓一缓。一会儿到主会议室有事和你说。”

哈妮一脸茫然，但很快整理好自己的衣裳来到主会议室。

主会议室里赵船长、亚历山大船长已在等她，另外在海卫一上的英、法、美籍的轮值船长也都在视频屏幕前等待她。

“哈妮，来，你先坐下，不要紧张。”看着哈妮有些局促的样子，赵船长安慰地说道。

亚历山大船长又起身亲自给她沏了一杯热茶。

“哈妮，是这样的。中国国庆那天，你喝的不是乌苏啤酒，而是特制的乌苏啤酒味道的饮料。虽然你没有喝酒，但我劝你喝‘酒’这事不好，我要向你道个歉。你喝的那种饮料里面有一些神经抑制的药剂，你也是因此才进入临时休眠期的。这件事是我们‘开拓者号’船长联席会议一致决定的，咱们海王星党委会（两个支部的上级）对此也是全票通过的，希望你能谅解。具体原因稍后会告诉你。”赵船长说道。

哈妮没有说话。她不知道发生了什么，只是静静地坐着。她在等待接下来要宣布的重大消息。

“你先看一下窗外变化。”赵船长说道。

窗外的海王星依旧很大很蓝，占据了大部分视野。仿佛没有什么变化。“没什么变化呀。”哈妮摇了摇头。

“你到窗口再仔细看看。”

哈妮走到窗口，仔细看了看，她发现在海王星上仿佛出现了一个之前没见过的大旋涡黑斑；同时，感觉海王星的转速也变快了，好像更亮了一些，而远方那颗最亮的恒星——太阳，它的角度仿佛也与之前不同。当她通过窗户扫视“开拓者号”时，她惊奇地发现，飞船尾部那一串串装满各国核弹的“糖葫芦”竟然不见了。

“啊？这是怎么了？”哈妮惊得叫出了声。

“你回到座位上，我慢慢告诉你。”赵船长依旧十分平静。

等哈妮坐好，赵船长开始说：

“以下我所说的所有内容都是高度机密的，不是中国的级别，而是更高级的联合国级别的绝密。纪律你是知道的，我就不说了。”

看到哈妮点头后，赵船长接着说道：

“首先，我告诉你，你之前听到所有‘恶魔’星的信息都是不准确的。为了不在地球上引起恐慌，‘恶魔’星的真实路线其实一直是高度保密的。按照观测的结果进行推演，‘恶魔’星真正的路径是要被太阳捕获的，并终将成为太阳的伴星。这颗驶入太阳系的 15 倍木星质量的伴星将会彻底破坏太阳系稳定的行星结构。不只是柯伊伯带和奥尔特云会受到影响，八大行星全部会受到影响。有一种演算结果是 2 万年后地球被太阳所吞噬，还有一种演算结果就是地球被万有引力甩出太阳系，成为真正孤独、寂寞、寒冷的‘流浪地球’，亿万年不知去往何处。而之前广为宣传的地球被彗星和小行星饱和攻击则是地球最好的结果，其概率不足百万分之一。

“杨教授提出的那个‘N 宇宙’方案确实是目前技术水平所能达到的，又能够拯救地球的唯一方案。但是方案中的字母‘N’并不是代表海王星的‘Neptune’，而是代表核动力的‘Nuclear’。杨教授的方案其实是用地球上所有的核弹将太阳系最外侧的大行星海王星实现变轨，让其飞出太阳系撞向‘恶魔’星。当然，并不是要直接撞上，只要能干扰‘恶魔’星的路径，让其变轨就行了。这就是你们之前课上讲的，让狙击手得了帕金森——打（撞）不着了。海王星是太阳系质量第三大的行星，仅次于木星和土星，具备足够影响‘恶魔’星的质量身板；而且它又在最外侧，它的消失对地球的影响也是最小的。这个计划就是咱们中国人所说的‘丢车保帅’。另外，还有一个重要原因，地球上的核武器对于完成宇宙级别的任务来说，数量太少，而且爆炸威力总和也太小了，根本就带不走木星和土星。具体炸离海王星的方法我们随后会讲。

“在杨教授的演算模型中，‘N 宇宙’方案让‘恶魔’星完全脱离太阳的成功率只有 48.5%，只影响到奥尔特云的概率达到了 46.5%，影响到柯伊伯带的概率有 2.5%，完全失败的概率也有 2.5%。影响最终结果的主要因素就是海王星脱离轨道时初速度和角度的精确性。

“整个人类除了拼死一搏，已经别无选择了。这才是真实的‘N 宇宙’方案。这个真正的方案，在‘开拓者号’上，除了我们几位轮值船长和雷小风外，其他船员之前并不知道。”

“雷小风？”哈妮更是惊异。但赵船长继续平静地说道：

“雷小风是执行将海王星炸离轨道任务的唯一的执行队员。20 天前，‘开拓者号’中部和尾部的核弹仓储区分离，尾部的两个反应堆也一分为二。那个核弹仓储区就是你们船员们叫的‘糖葫芦’。雷小风就是糖葫芦里唯一的船员。‘糖葫芦’

按照预定路线撞向特定位置的海王星表面。在撞击大气前，糖葫芦上的几百颗裂变核弹将按程序被依次靠火箭发射后引爆。在它们的共同作用下，在海王星外层大气中会形成类似龙卷风的近万公里的旋涡通道；‘糖葫芦’在核动力引擎的推进下钻进旋涡通道直抵海王星高氢固态内核。当‘糖葫芦’到达特定位置时，雷小风将会同时引爆全部的氢弹（聚变核弹），这些氢弹的引爆不仅会发出巨大的能量，而且产生的高温在海王星幔的高压下将引发海王星自身所含的氘氚发生聚变连锁反应，并引发一次超大规模的物质喷射。”赵船长停了停，看了一眼震惊中的哈妮，接着说道，“这次喷射将会改变海王星的公转转速和角度，并最终让海王星飞离太阳系，飞向‘恶魔’星。因为海王星上大气风暴变化过于复杂，且对通信有重大影响，为了确保方案成功，只能选择一个抗辐射能力比较强的人参与，在氢弹尽可能深地落入海王星后手动引爆。至于为什么是他，雷小风，稍后会告诉你。三天前，雷小风的任务成功了，而且是非常成功。海王星正在按照杨教授设计的最佳轨道飞向‘恶魔’星。”此时赵船长已经哽咽住了。

亚历山大见状说道：“后面的让我接着说吧，海卫一和我们的‘开拓者号’的残船此时也在伴随海王星一起飞向‘恶魔’星。你刚看到的那个新旋涡就是小风驶入海王星的地方。目前海王星内部的链式反应规模还在增加，亮度也在提升，自身转速也在提升。预计这次核爆引起的链式反应将会持续3万到30万年才会完全消退，同时加速旋转的海王星会产生更强的磁场，保护周边不受太阳风和太阳系外强烈宇宙射线的伤害，而且海王星也会释放更多的光和热，向周边持续输出能量。现在，海卫一基地和残船上的船员会有两种选择。火星上有一艘叫‘回家号’的飞船已经准备就绪，下个月，它将会根据海王星的实际脱离路线接英雄们回家，并送未来的志愿者勇士们继续远行。大约 10 年后‘回家号’飞船会追上海王星的。因为这两次超大飞船的发送耗费了人类太多的财富积累，这可能将是人类对‘开拓者号’勇士们唯一的一次有效救援。那些留在海卫一上的勇士们，将共同搭乘‘海王星号’超级飞船，成为未来‘恶魔’星系的首批地球公民。人类期盼已久的太阳系外第二家园建设或许就此展开。没有想到，多年的全球核军备竞赛的隐患最终竟然变成了拯救人类的灵药，历史是多么滑稽和无法预测啊。你的‘小雷锋’是个‘哈拉少’的英雄！”

7

“我的‘小雷锋’？”哈妮问道。

“还是让小风自己告诉你吧，这是他穿梭在海王星大气时传来的影音，信号有些中断，你自己看吧。”赵船长平静地说道。

会议室的屏幕上出现了雷小风晃动的图像。

“哈妮，原谅我，那天是我求赵舰长让你休眠的。我不希望我喜欢的女孩看着我去冒险，我怕我想到你在看，我会紧张。国庆节那天是我人生这二十几年来最开心的一天，也感谢大家能给我一个单独陪你聊天的机会。”小风笑了笑接着说道，“我一直喜欢你，船上的人都知道，我也知道自己配不上你，你不喜欢我，喜欢大英雄，当然了我不是英雄，我去完成任务也不是……

“你是不是会问为什么会是我呢？我以前学习不好，没考上大学，就是个小混混，家里出钱在天津买了几个自动煎饼果子贩卖机，我就负责定时补送鸡蛋、绿豆、面粉什么的。结果我一懒，有一台机子用的鸡蛋臭了，被投诉到市场监管委，机器全被没收了。我去理论，说没了生计。他们怕我闹事，就安排我做编外执法辅助队员。前些年，国外有人在中国收集旧的汽车用核电池，我们局接了案，因为怕辐射，没人去，就安排我去参与调查。后来追查到国外，是有人要用旧的核电池做脏弹。于是国外警察去抓人，我也害怕，就在外围等着。结果后来一个人就跑了出来，正好撞上我，还把我撞进了旁边的高放（射）废液池子。后来我被救上来了，那哥们淹死了，他们说我手里抓住的东西是案子最重要的证据，其实那是因为我不会游泳，当救命稻草胡乱抓住的。结果我就被说成了勇跳放射池抢救证据的英雄，组织上还让我破格入了党。当然，我也得了严重的放射病，都以为我就快死了。得亏我们天津医科大学利用最新的脐血干细胞克隆技术，为我克隆了各个受损的器官，结果我不但没死，还痊愈了。后来中科院说我的细胞有种抗辐射能力，可以自我修复，比一般人强很多。于是作为特殊人才，我先在单位转正，后又经中核总部推荐进入了国家宇航局核动力分队，再后来被特批入选了‘N 宇宙’方案的中方队员名单……

“哈妮，我是不是特别 low 啊？开始给我任务时，我是不愿意的，直到在集训队遇见你。听领导说，你是那种贼优秀的红 N 代，祖上有当过解放军解放新疆的，有修过沙漠公路的，有守卫过喀喇昆仑国境线的，有经营过万亩棉田机械农场的，还有好几个当过北大、清华的教授；而你 25 岁就是核工业大学的博士了，而且还想当宇航员。你是那么漂亮，又那么优秀，我就是癞蛤蟆不敢想啊。直到那天，我偶然听说，你那个当高官的舅舅托关系要让上面将你强行退出集训，说是任务太危险了。当时我就来气了，凭啥就让我们这样的去送死啊，于是我就去找领导说，我同意去完成那个任务，但是必须和哈妮克孜在一组飞过去，否则我就不去了。

“于是，接下来就是我在星辰大海中‘气’你前行。慢慢地，我发现你其实不是你舅舅那种人，你远比我之前了解的你要优秀得多。我发现我是真的彻底爱上你了。我也没啥技能，除了做饭、耍贫嘴外啥也不会，只能逗你开心，可能你还嫌我烦；不过我还是感谢你，被迫地陪我度过了我人生中最开心的几年。

“当然，我还要感谢赵船长，我的赵大姨，我的支部书记。您不仅教会我如何操纵‘糖葫芦’，更重要的是，您让我从投机入党，变成了一个真正党员。知道了自己的责任，知道如何在太空当好一名党员。还要感谢您帮我营造最后的浪漫机会……

“我是天津老爷们，出了事我不能让自己心爱的女人去冒险，虽然我用不好的法子把你带来了海王星，我后悔了，但这最危险的事，就让我去做了。你要好好地活下去，要活得更好……

“哈妮，现在外面真的有钻石雨啊，闪闪发光，从天而降。我真的看到了，我把这钻石雨送给你……

“赵书记，您替我向组织说一声，我没给党丢脸……

“哈妮，我爱你，真的爱你，永别了……”

此时无声的哈妮克孜，已经泪满衣衫。

8 （彩蛋）

10年后，在太阳系内的某个教室。面对一群朝气蓬勃的小学生，老师问道：“太阳系有几大行星？”

“七个。”一个棕发蓝眼的小男孩抢先答道，“以前是八个，后来被我爸炸走了一个。”

“回答正确，是七大行星。”老师点点头，“下次记得先举手，叫你再回答，雷小鹏同学。”

彼岸花开光照路

甘建业/作品

原野星兴旺大道上，一个蓬头垢面的男人手里拎着半瓶劣质白酒，满嘴酒气，正在摇摇晃晃地骑着一辆破旧的自行车。那车吱呀作响，仿佛下一秒就要被蹬得七零八落。

“正常人谁骑自行车啊。”

“老婆跑了，孩子死了，怕是已经疯了吧。”

“听说以前还是赛船冠军？”

“什么冠军，偷来的，还害别人一条命，活该！”

男人突然停车，回头盯着那两个小贩。两个小贩见势不妙匆匆骑上电动车逃离。男人又灌了一口白酒，一个没站稳摔倒在地上，却在路边酣然大睡了起来。

人群涌了上来，话筒怼到男人脸上。

“龙星一，请问你如何回应警方对你的谋杀指控？”

龙星一无处可逃，人群将他团团围住。所有人都说他靠作弊赢了比赛，更是谋杀了对手。但是他也没想到对手会冲出赛道，坠入大气层，他只是听教练的指令按下了那个按钮。

“爸爸，妈妈呢？”女儿拽着龙星一的袖子踩在满地的盆碗碎片上。

“七七乖，妈妈要出门很久。”龙星一提到妻子再难忍受了。

再后来，在一个倾盆大雨大风狂作的夜晚，女儿的额头烫得像一团火。

“龙先生你已经欠费，再不缴费的话，你的女儿就不能再待在 ICU 了。”

钱！龙星一的脑子里只想要钱，但他有钱的时候，医院已经把七七推出了病房。

“七七！”龙星一猛然睁眼，汗流浃背。

一杯水放在龙星一面前。龙星一发现自己家中竟然有一个短发黑衣的女人，看起来十分干练成熟。

“你是谁？”龙星一问。

那女人掏出警官证说：“刑警韩英。”

“刑警找我做什么？”龙星一翻过身又躺下。

“我们希望你参加一场比赛。”

“我已经不是赛船手了，请你另请高明。”

“‘光照之路’不需要正规驾照，但一定要赢。”

龙星一哼了一声，“让一个杀过人的赛船手去参加黑赛，你们刑警还真是正大光明。去‘光照之路’的没几个活着回来，我可还要小命。”

“所以要让你这个上上届冠军去，七七得病期间你参加过一次吧。”

“滚，不准你叫她的名字。”龙星一突然坐起来瞪着韩英喊。

韩英并没被龙星一喝住，“那你还记得韩正这个名字吗？”

龙星一当然记得，韩正是他“谋杀”的人。

“韩英……你难道是？”龙星一突然发现眼前这个人长相有些熟悉。

“没错，他是我父亲，另外，对你的指控也是我推翻的。”

时隔八年，韩正案重判，突然出现的新证据推翻了对龙星一的指控，改判其教练为主犯。

“原来是你！”龙星一没想到韩英竟然会帮他这个“杀父仇人”洗刷罪名。

“但不代表我原谅了你。”韩英毫不掩饰地对他说，“我要你参加这次任务，而且我更希望你死在里面。”

韩英双眼直视龙星一的眼睛问：“所以你自愿参加吗？”

龙星一低头笑了笑，反而释然了许多，他当然会参加。

原野星某高级酒店房间内。

“这是伊甸医药公司经理哈里斯。”韩英介绍。一个金发高鼻，穿着昂贵西服的青年男人站在龙星一面前，那人见到龙星一便如同见了救星。

“您就是‘飞龙’龙星一先生吧？”哈里斯握着龙星一的手说。“飞龙”是龙星一曾经的称号，“您能来真是再好不过了，请您一定要夺回‘彼岸花’，千千万万的人在等着她救命呢。”

龙星一听韩英说过，“彼岸花”被医药界称为奇迹之药，是要送往正在暴发瘟疫的纽克星系，但却在押运途中被未知组织劫掠后失踪，现在又突然成为“光照之路”的大奖。

“光照之路”可不一般，是银河系第三悬臂最大的海盗组织“太阳团”在三星星系发起的无规则赛船比赛。比赛中选手可以使用任何手段，包括改装赛船、注射兴奋剂甚至改造肉体，而规则也只有一条：不准驶离赛道。

这很简单，也很难。“光照之路”位于三星星系中，顾名思义便是有三颗恒星，系内引力变化莫测，而要赢得比赛必须第一个穿过三颗恒星的中央。

“哈里斯先生，我一定会尽力的。”龙星一说。

“感谢您，我只恨自己不能上场，不然哪怕豁出我这条命，也要把她抢回来。”说着哈里斯眼中露出一丝真情，“龙星一先生，真的，拜托了。”他深深给龙星一鞠了一躬。

龙星一扶起哈里斯，如此负责的权势之人现在太难得了。

接着，哈里斯指着另一个人说：“这是你的助手，瑞恩，他也将参加比赛。”

瑞恩的左鬓有条明显的疤，身材高大壮实，还戴着一副墨镜，感觉高深莫测，只朝他们点了点头。

“还有就是赛船的事……”龙星一还没说完，哈里斯突然打断道：“赛船已经准备好了，龙先生这边走。”

机库中，哈里斯指着那一架银色修长的赛船说：“龙先生你应该还记得你的赛船‘极地号’吧？”

龙星一快速走近“极地号”，小心翼翼地抚摸它。被开除车队后，他再没见过“极地号”。这熟悉的流线型船身，精确到微米的整体设计以及强大的“心脏”——过热喷射式核引擎。

过热喷射式核引擎核心在于其核燃料堆芯能够将注入的液氢瞬间加热成高压气体喷出，从而提供强大的宇宙航行动力。

但龙星一眼神中却掠过一丝落寞，也正是因为这颗“心脏”才会导致那场惨剧。

哈里斯突然说：“龙先生其实不用太责备自己，在您之后，核引擎反而受到关注，被大力发展。现在喷射式核引擎已经成为星际航行飞船的主要发动机，其后的核电发动机更是解开了电动载具的局限。虽然间接导致了某些载具，比如自行车的消失，但您的尝试无疑是值得赞扬的。”

龙星一听完略微有些慰藉，却转身看见韩英冷冰冰的表情，不敢再奢求赞扬。

“但现在那类核引擎已经配不上‘极地号’，所以我给‘极地号’换上了最新式的等离子挤压式核引擎，其最大马力是喷射式的三倍！”

龙星一听说过！等离子挤压式引擎的反应堆能够提供强大的电流，可将助推剂电离成高温高压等离子体，再通过电磁力喷出。喷出速度理论上可以接近光速。续航和爆发能力都是当今顶尖！

龙星一更加爱不释手，说：“哈里斯经理，谢谢你照顾‘极地号’。”

“不用谢，龙先生。我只希望您发挥出最好的实力。”哈里斯接着说，“不如现在就试驾一下吧。”

龙星一迫不及待地钻进驾驶舱，在机组人员的指引下将

“极地号”开出机库，留下韩英和哈里斯在机库里。

“哈里斯经理，买回‘极地号’以及改造应该要花不少时间吧？”韩英板着脸说，“应该在我告诉你人选是龙星一之前。”

“您在怀疑我，韩警官？”哈里斯脸色突然一变，“您将那些苦等药物的将死之人置于何地？”说完转身离去。

“抱歉。”韩英失去了底气。她确实不该怀疑哈里斯，他也是为了救人。

经过一个月的恢复训练，龙星一已经完全适应了改进的“极地号”。当年驰骋星域的感觉似乎又回来了，只是早已物是人非。

龙星一和瑞恩的船队将开赴三星星系进行最后的热身。

对于“光照之路”，还值得一提的是：其一，不进行身份审查，不管你是星际刑警，还是逃亡罪犯，只要有参赛船就能报名参加比赛；其二，只要是参赛选手进入三星星系就将受到保护，直至比赛结束，连星际联盟都无法干涉。毕竟“光照之路”的背后是“太阳团”。

特别是“太阳团”的团长尤里斯，一个无比传奇的人物，曾凭一小队人马奇袭星际联盟重兵护卫的宝石运输船，完成联盟史上最大的抢劫案。传闻其人心狠手辣，杀伐果断，却从不欺凌弱小，且信守承诺。所以“光照之路”比赛才如此盛大。

比赛前，选手们将在三星星系第四颗行星“乌米”的地外环形舰港热身。呈十字的环形舰港将乌米这颗与火星类似的行星牢牢拘束在其中，使其成为笼中之物。

休息室内，韩英指着平板上一个毛发浓密、五大三粗的男人照片说："不出意外，这将会是我们最主要的对手，'太阳团'战斗长——斯科尔德。这个人曾击落联盟32架各式战斗舰，号称太阳团最强战力。而且，他本来是不参赛的，但现在正兴致勃勃地计划向某人复仇。"

龙星一有些无奈，某人正是他。

"当下最可靠的方法还是靠瑞恩去拖延斯科尔德，然后龙星一凭借速度优势尽快完成比赛，夺回彼岸花。"韩英看向龙星一和瑞恩问："有没有问题？"

瑞恩点点头。

"但这是'光照之路'，事先计划可能并不会奏效，反而会制约，不如……"龙星一还没说完。

韩英的脸色突然变得阴沉，盯着龙星一说："你是觉得自己夺过冠就了不起吗？"

龙星一满脸无辜地解释道："没有，我只是……"

"你什么时候能把这自以为是的毛病改掉！"韩英突然发火，"以前一样，现在也一样，你知道你辜负了多少人吗？"

龙星一默默低下了头，说："我知道，我以前自以为是，犯下了不可饶恕的罪孽，所以我才会有报应。但现在我想赎罪，我想当个好人。"龙星一抬起头看着韩英说，眼神中没有一丝虚假。

休息室内变得悄无声息。

突然"啪"的一声，韩英扔下了笔记本气冲冲地走了出去。但走出门的一瞬间她心里就像打了个结，她不知道自己为什么发火，或许是自己最近压力太大了，或许是对自己的计划被质疑的愤怒。但可以确定的是，她讨厌龙星一。

比赛还是照常进行，将在凌晨37时准时开始。乌米一天时间为57小时。所有赛船开往环形舰港的出发区。龙星一在第一排，显然是特殊照顾对象。斯科尔德像一只复仇的野兽，就在他的后面死死盯着他。瑞恩则在在第一百零九排。

赛场上很多人都认出了龙星一，高喊着“飞龙”和“极地号”，在这里他不再是谋杀犯，而又是一名赛船手。

龙星一把手放在“极地号”的操纵盘上，闭眼深呼吸，如今他不再是为了自己，而是为了千千万万的生命，以及七七，他的生命将再次拥有意义。

“龙星一。”头盔里传来韩英的声音，韩英除了必要交流外再没和他说过话。

“在。”龙星一回答。

“你赢了，我就会原谅你，否则你死都别想。”

龙星一笑了，回答：“一定。”

无数核引擎发动，满场赛船都在喷射制动白色气流，就像无数匹冬夜里喘息着的饿狼。等着三星中最小的“小猪”恒星从遮挡中出现。三星分别为“小猪”“德尔”和“克拉”。

在特殊液压赛船服的全身加压下，龙星一屏住呼吸，绷紧全身肌肉，目光紧盯行星发亮的边缘。

“嘀——”整个舰港发出尖锐的警笛声，所有的灯同时变成红色，血色笼罩着“乌米”——“光照之路”的起点。

肉眼可见，乌压压的赛船飞出舰港，领头的便是“极地号”，其船尾核引擎尾部喷出近光速的淡蓝色的等离子流，将所有赛船远远地甩在后面。但同时龙星一承受着 20G 的加速度，眼前时模糊时清晰，在休克的边缘疯狂摇摆。

要知道最顶尖飞行员的极限也只有 10G，而龙星一硬是通过特殊呼吸法和液压赛船服使自己突破了人类极限。现场的观众瞬间沸腾了，高喊着龙星一的名字。

主解说同样激动，“竟然是最新的等离子核引擎，上上届冠军龙星一果然是有备而来，一开场就以极限的超加速将其他选手甩在了后面。哎，你别抢话筒。”

“斯科尔德大哥，你倒是冲啊！”

“你不是解说吗？”主解说对主办方配置的副解说说。

广播里吵成一团，这样的比赛韩英还是第一次见。

“龙星一看来还是遇上麻烦了。”主解说抢回了话筒。

大屏幕上，龙星一赛船后紧随着数十束不断逼近的白色尾流，而且赛道空旷，根本无处躲避，只见其不停急转勉强规避。

趁这个机会其他赛船开始发力，为首的便是斯科尔德，他驾驶的赛船体积巨大，更是安装了两台喷射式核引擎，没有人敢挡在他的前面。瑞恩紧跟在斯科尔德的船后，准备随时出手。

“斯科尔德就要追上了龙星一了，难道龙星一就要被飞弹牵扯到死吗？”主解说说。

眼看斯科尔德就要超过龙星一，但龙星一无能为力，甚至被逼到了赛道边缘。

“斯科尔德超过龙星一了！”主解说大喊。

“大哥太牛了！”副解说大喊。

瑞恩突然从斯科尔德后面脱离，飞向龙星一，并发射数枚引诱弹使其脱身。

“龙星一这次带了队友，危机暂时解除，但他们已经落后了。”突然镜头一转，主解说大喊：“怎么回事，斯科尔德被击中了！”

半分钟前，两架红色梭形赛船突然加速从斯科尔德头顶飞过，并投下“空雷”将斯科尔德的船舷炸出一个大缺口。

“那也是等离子核引擎。”主解说翻出参赛资料，“是来自纽克星系的莱克兄弟。”

“比海盗还卑鄙，活该家里闹瘟疫。”副解说好像忘了自己也是海盗。

韩英问哈里斯：“怎么回事？”

哈里斯板着脸说：“有人不想付钱。”

彼岸花的价格达到了十亿星际币，足够买下半个星系，而且纽克星系经济因为瘟疫已经濒临崩溃，他们也想赌一把。

韩英死死盯着屏幕上的龙星一，还真和他说的一样，事情全在计划之中。但莱克兄弟赢下也在可接受范围内。

龙星一和瑞恩并行抵达了小行星带赛段，在这里不仅要防止对手的偷袭，还要规避多如牛毛的小行星，极度考验飞行技术。但对于龙星一，“极地号”就好像他的身体，十年来他从来没有忘记那种感觉。

龙星一紧跟前端队伍，斯科尔德看起来已是勉强跟随不成威胁，而莱克兄弟绝对是有备而来，借助小行星带规避攻击，全速领先。

赛程已经过半，出了小行星带就是难度最大的终端赛段，稍微一失误可能就会被诡异的引力扯入沸腾的大气层，死无葬身之地。

但是没有退路，三颗恒星就在前方，它们以肉眼可见的速度变化位置，方向诡异，规律不明。随着赛船的靠近，引力潮也在无形中拍动赛船，就像暗潮涌动的波浪。

龙星一船上的平衡仪开始错乱，船身晃得十分厉害。

毫无征兆地，龙星一身后的三艘船突然撞在了一起。火光在船内燃烧。更可怕的是一艘船的核引擎发生爆炸。瞬间刺眼的亮光照亮了整片空域，赛船以及船上的驾驶员被核爆炸的高温瞬间蒸发，碎片波波及了大片赛船，死伤者不在少数。

这就是“光照之路”，通往死亡的道路。

现在领先的只剩下莱克兄弟、龙星一、瑞恩和斯科尔德。他们刚经过克拉恒星上空，距离终点已经不远，按理说正是冲刺的时候，可事实是光控制飞船已经是竭尽全力。

现在小猪星被德尔星挡在背后，谁也不知道它将在上方出现，还是下方。这就是赌博，赌对的人就可能赢得比赛。

如果莱克兄弟真的下定了决心，他们会兵分两路，这样总有一个会赢，但另一个也一定会死。

显然他们决定了，先一步冲刺，冲向上下。

“龙星一走下面！”耳机里传来韩英的声音。

“你怎么知道？”龙星一手掌渗出了汗，“重力势预测最可能是上方。”

“往后看，不要只顾眼前，要看清所有。”

龙星一突然醒悟，回头一看，克拉星不知何时已经改变了轨道，无形的引力正拉扯着小猪星。

龙星一没有丝毫犹豫，把性命交给韩英，冲向了下方。

果然，小猪星出现在了下方，斯科尔德晚了一步，已经被龙星一拉开距离。只是莱克兄弟中的弟弟，也就是走向下方的人，突然改变航向冲向了上方。

“这是怎么回事？莱克弟弟放弃了取胜机会，是要去救坠入德尔星大气层的哥哥吗？这是多么愚蠢的决定啊。”主解说叹了一口气。

确实，这样的话，两个人都不可能活着回来。但莱克弟弟还是去了，去救他唯一的哥哥，真是愚蠢。

龙星一不忍再去看他们坠落的火光，控制好飞船打算冲过终点。

“龙星一！”听到韩英叫喊的龙星一一愣，只见后方有一物体快速逼近，加速度甚至达到30G。

那是斯科尔德，他藏了一手，将整个船身解体，只剩下小巧的船身和喷出蓝光的双发核引擎。

龙星一来不及思考，瞬间将引擎功率拉满，加速度飙到二十几个G，灵魂都快被扯出身体，在失去意识的边缘挣扎，全凭肌肉记忆和下意识在操纵。

一万公里，一千公里，一百公里！冲线！

“哎呀，大哥你怎么就差了半个船身！”副解说拍着桌子。

龙星一赢了！

“恭喜你，你又赢了。”“太阳团”团长尤里斯在乌米舰港礼堂中央对龙星一说。

那个男人一头金发，五官清秀，拥有独特的异色瞳仁，左边是蓝色，右边是绿色，还穿着一身白色西服，足以迷倒万千少女，和周围五大三粗的海盗形成鲜明对比。

偌大的礼堂四周密密麻麻坐满了各个星系有名有姓的海盗头子，以及潜藏在其中的秘密警察。

龙星一在尤里斯的示意下走上礼堂中央的颁奖台。

“各位，”嘈杂的礼堂瞬间安静，他说：“大家是否享受了一场精彩绝伦的比赛？”

欢呼声响起，震耳欲聋，“是”的声音回荡在礼堂内。

“最后的冠军是谁？”

所有人喊着龙星一的名字，声浪滔天，让人热血沸腾。

尤里斯看向龙星一，说：“谢谢你为我们带来如此精彩的比赛。”然后向所有人喊：“让我们为冠军龙星一欢呼，以及，送上我们的大奖！”

装着“彼岸花”银色密封罐被抬了上来，罐上贴着生化警示标志。

尤里斯走到龙星一身边轻声说：“很遗憾上次你没能救回你的女儿，但这次你能救回她吗？”

龙星一触电般地看向尤里斯，说：“什么意思？”

尤里斯没有回答，而是大声喊道：“让我们打开大奖！”示意龙星一按下红色打开键。

“打开，打开，打开！”声潮一波接一波。

“不准打开，龙星一！”哈里斯突然跳入场内，对龙星一大喊，他身后跟着瑞恩。

龙星一有些不知所措，和当初想的不一样，整件事情应该已经结束了。但尤里斯却不知何时走到了龙星一身边，抓着他的手慢慢按了下去。

全场注目中，密封箱开启，浅黄色的黏稠液体倾泻而出，流了满地，可更让龙星一震惊的是，密封箱内的救命药，彼岸花，竟然是一个赤裸的小女孩。

“这是怎么回事？”龙星一急忙脱下自己的衣服将这个和自己故去女儿差不多大的孩子抱在怀里。

“这你就得问这位先生了。”尤里斯指向哈里斯。

“这个女孩是怎么回事，哈里斯？”龙星一对那个满脸冷漠的男人大吼。

哈里斯见事情败露，脚步开始后退，嘴里说：“这一切我都可以解释，现在拿着彼岸花跟我走。”

尤里斯再次对全场说：“我们虽然是海盗，但我们一不欺压弱小，二不背信弃义，而这些腐朽政府和卑鄙企业的蛆虫竟敢篡改这个女孩的基因生产瘟疫血清，并要投放到纽克星系进行感染实验。这，就是他们所谓的正义。”

这一下全场炸开了锅，篡改人类基因这种破坏伦理之事也敢做，更要把这个弱不禁风的小女孩投放到瘟疫区折磨。

“他说的都是真的吗，”龙星一唯一无法忍受的就是孩子被伤害，“混蛋哈里斯？”

哈里斯眼神冰冷地说：“瑞恩，把东西抢回来。”然后跑向出口，路上还推倒了冲来的韩英。

瑞恩立马冲向龙星一，龙星一抱起孩子就往“极地号”跑，但哪是身手矫健的瑞恩的对手，眼看就要追上，这时一堵肉墙挡在了瑞恩面前，是斯科尔德。

斯科尔德对龙星一说：“你先走，我来对付他。”龙星一点头致谢，然后跑向停靠区。

斯科尔德转身对瑞恩说：“小兔崽子，你的对手是我。”说着双手去抓瑞恩。可瑞恩的力量竟然能跟斯科尔德匹敌，两人僵持在一起。

副解说大喊着，手拿铁棒冲了上来，可突然斯科尔德被瑞恩反身一背，正好把斯科尔德背摔在了副解说身上。

龙星一给孩子穿上备用赛船服，开动“极地号”驶出了乌米舰港，可没走多远发现瑞恩的赛船也飞了出来。带着孩子，龙星一飞不快，于是他急转，面对面飞向了瑞恩。

瑞恩发射出数十枚飞弹，龙星一边躲避飞弹，一边逼近瑞恩，眼看就要迎头撞上。这就是在赌谁更不怕死，可竟然是龙星一先偏向，一头扎入乌米大气层中，瑞恩紧随而下。

“保佑我吧，孩子。”说完，龙星一飞往远处冒出云层的山峰。

不同于真空，在大气层中赛船由于高速的空气摩擦将会产生极度高温和极大损耗，但即使这样，瑞恩依然在加速追击龙星一。

“再近一点，”龙星一嘴里念着，“再近一点。”眼中盯着山峰的距离和瑞恩的距离，两者都在不算缩小。

“龙星一你要干什么？”韩英喊。

“我要救她。”

“再靠近你会撞上的，快转弯！”

“这是唯一的机会。”龙星一闭麦，专注其中。

距离山峰不到五百公里，三百公里，两百公里！龙星一现在的速度比流星还快，将近一百公里每秒。

“龙星一！”韩英在舰港内对着大屏幕大喊。

山峰上亮起火光，巨石滚落，隆隆作响。

奇迹的流星。

韩英眼中满是泪光，“他竟然又做到了。”

龙星一凭着强大的等离子核引擎从死亡边缘擦过，而瑞恩躲避不及撞在了山峰上，和当年一样的场景，却是满场欢呼。

“英雄飞龙，龙星一。”

那一天五颜六色的鲜花开满了光照之路，而不是彼岸花。

“当初我爸也是这样躲避不及的吧？”韩英说，他们站在乌米舰港的窗边，哈里斯等人已被抓捕，伊甸公司随之倒台，但尤里斯领导的海盗革命开始了。

“嗯，”龙星一说，“你父亲是个好对手，我从他身上学到很多。但那天我不该打开功率限制器，这样你父亲也不会跟着我加速而躲避不及，是我的错。”

“你也不知道那是功率限制器吧？那段录音我听过千百遍，是教练让你打开的，你也只是应急规避而已。我爸真笨呢，不行还跟着冲，天天争强好胜还爱抱怨。”韩英笑了笑。

龙星一的手被拉了拉，孩子在喊他。

“你打算怎么安置这个孩子？”韩英问。

龙星一摸着孩子的头说：“我打算照顾她，她和我女儿一样乖。”

“但纽克星系的瘟疫愈演愈烈，难免不会有人……”

“那就开着‘极地号’跑，跑得越远越好，跑到一个没有人认识我们的地方。”

韩英看向龙星一的眼神逐渐温柔，说：“对了，你知道我爸他老抱怨什么吗？”

龙星一看着韩英问：“抱怨什么？”

“抱怨我是龙星一的粉丝，总和他作对。”说完，韩英像个表白后的少女般脸红地跑远了，剩下龙星一在原地呆若木鸡，却又热泪盈眶。

而世界的故事才刚刚开始。

饵

李鹏／作品

1

陈明哲跷着二郎腿，“葛优躺”在一张折叠躺椅上，望着采矿站那光秃秃的天花板，默默发起了呆。他已经被困在这颗冰封星球上整整503天，每天的生活，要么是换着姿势发呆，要么跟同样被困在这里的张老头儿闲扯，日子算不上艰苦，但的确很无趣。

若问陈明哲是否后悔离开地球，他一定会一拍大腿“噌”的一下站起来，跑去张老头那里讨一杯二锅头，然后一把鼻涕一把泪地痛骂自己当时脑子里肯定是进了水，堂堂名牌大学“太空地质学”专业的高才生，竟然傻乎乎跑来这么个鬼地方挖矿，图什么？

实际上，这的确是个鬼地方。这是一颗不大不小的矮行星，位于遥远的柯伊伯带，形象点说，这种距离下的太阳就是一个小亮点而已，因此星球表面永远是深空里的那种暗无天日。黑也就罢了，它还冷，这颗星球似乎没有任何地质活动，最外面包裹着一层厚厚的大冰壳子，没有岩石，没有土壤，星际移民这种事肯定是别想了，冰壳子里肯定也采不出来任何金属矿藏。

按理说，这就仅仅是一颗普通的冰质星球了？当然不是，谁能想到就是那层冰壳子，竟成为令全人类垂涎欲滴的宝藏——水分子里没有任何氢元素，取而代之的，全是同位素氘！在如今实现了氘－氘可控核聚变的情况下，作为核燃料的氘元素可以说是地球上最重要的资源，神奇的是冰壳子里还全是纯氘冰，连烦琐的同位素提纯工序都省了。

这颗矮行星一经发现就立刻轰动了世界，没人能解释“为什么星球上只有氘没有氢”，但不重要，只要明白它有巨大的开采价值就够了。于是，陈明哲和张老头儿加入了第一批先遣队，在经历了一场莫名其妙的浩劫后，最终被困在这里。

“啧啧，小伙子年纪轻轻的，咋整天愁眉苦脸呀。”

舱门口传来声音，陈明哲扭头看去，只见张老头儿笑眯眯地走了进来，穿着大裤衩、白背心，手里还拎着瓶二锅头。陈明哲赶紧拍拍身旁的椅子示意张老头儿坐下聊，抱怨道：“唉，手机和网络是年轻人的灵魂寄托，这可五百多天了啊，我已经成了没有灵魂的躯壳。”

张老头儿嘿嘿一笑，把二锅头往陈明哲怀里一塞，一屁股坐到了他旁边，说：“苦中作乐全靠酒，来，小酒走一口，烦恼抢着走。”陈明哲眼睛一亮，拧开瓶盖就灌了一口，那股子辛辣一入喉，瞬间爽得打了个激灵。按理说采矿站是不允许带酒的，但不知道张老头儿用了什么神通，二锅头像变魔术似的层出不穷，让陈明哲不禁怀疑这老家伙是不是把某箱设备都偷偷换成了二锅头带上了飞船。

说实话，这难熬的503天里，多亏有这个张老头儿做伴，陈明哲才不至于把自己给无聊疯。据说这张老头儿是个老矿工，在小行星带上挖了一辈子矿，随便扫两眼就能看出来矿井有没有塌方危险，因此这次实验性的挖矿工作请了他来把关。

不过自从被困住以后，二人就没再进矿井了。一是车辆早已经废弃，懒得徒步去；二是先遣队的其他队员都已经不在了，他俩也不知道自己还能活几天，哪还有心思忙活工作？他们现在住的所谓“采矿站”，本质上就是来时降落的飞船而已，如今食物倒是可以靠人造叶绿素生产的淀粉来维生，偶尔还能吃个罐头喝口小酒。然而，等人造叶绿素失活，迎接他们的，必然是葬身于这个冰冷的世界。

那么问题来了，他俩为什么不用飞船逃回地球呢？不是不想，而是不能。之前那群抢着逃跑的采矿队成员也是这么想的，并且付诸了行动，于是陈明哲和张老头儿就亲眼见证了令他们至今难忘的一幕——队友们的飞船被一一击毁，核聚变发动机在太空中爆炸出绚丽的光芒……

“老头儿，你说那东西为什么要封锁这颗星球？”

陈明哲又灌了一口二锅头，指了指舷窗外的夜空，但黑漆漆的什么也看不见。张老头儿接过他手中的二锅头，也灌了一口酒，摇头说：“那东西啊……或许想抢占这颗星球的氘资源？又或许想毁灭人类？谁知道呢……”说罢，张老头也顺着陈明哲指的方向望去，思绪沉入那漆黑的夜空里。

二人所说的“那东西”，就是封锁了这颗星球一年半之久的罪魁祸首——一艘神秘的外星飞船。

在采矿队挖了半年矿的时候，这艘外星飞船突然造访太阳系。当时它并未向人类做任何说明，直接就开火摧毁了一艘正飞往这颗星球的矿船，之后就一直停留在星球外，攻击一切试图靠近它的飞船。人类自古至今从未发现过地外生命，怎能想到第一次与外星文明接触，对方竟表现出如此强烈的攻击性？

都打到家门口了，地球政府肯定不能坐视不理，立刻派出了一支舰队应战。但舰队将领很快发现，在对方如天神般的实力面前，人类文明就像一个涉世未深的稚童，挥舞起手中的玩具，竟妄想吓唬一名持刀的凶残歹徒……结果不言而喻，对方仅这一艘飞船，就让地球的半支舰队直接灰飞烟灭。

至此，为"孤独"无病呻吟了几个世纪之后，人类第一次体会到不孤独意味着什么，全球还未等对方去征服，自己就先乱成了一锅粥。然而，与人类的惊慌失措相比，外星飞船却显得十分平静，它就那么静静地杵在氘矿星球外，似乎对人类文明和地球都毫无兴趣。在摧毁了几艘试图逃跑的采矿队飞船后，外星飞船没有继续攻击留在星球上的陈明哲和张老头儿，仅仅是封锁了通信，让二人彻底与世隔绝。之后的日子里，外星飞船既没有展现出其他攻击举动，也没有接受人类的通信请求，反而让地球政府彻底摸不着头脑了。

这一封锁，就过了 503 个地球日。星球外，外星飞船像休眠了似的一动不动，人类的舰队则一直在远处待命，形成了一种莫名其妙的僵局。对于这场僵持，最可怜的莫过于星球上那一老一少了，靠着还在运行的维生系统勉强苟延残喘，天天盼着该死的外星飞船赶紧放过自己。哪怕是发动攻击给个痛快，也总比耗在这里等死要强吧？

“嘿嘿，不想那么多了，活一天，就乐呵一天呗。”张老头儿把目光从舷窗外收回，伸了个懒腰，对陈明哲说道：“困了，睡觉。”

“是啊，想也没用，晚安吧。”陈明哲也打了个哈欠，起身。

就这样，二人回到了各自的房间休息，准备开启第 504 天的封锁生活。

2

封锁的第 504 天，对陈明哲和张老头儿来说绝对不是个好日子。此刻，二人正穿着臃肿的宇航服，徒步走在漆黑的冰封大地上。每个人手中都拽着一根绳子，一起拖动一个缀在后面的大金属罐，每走几步就要歇上一步，看上去很吃力的样子。

就在刚才，他们一直担心的事发生了，飞船的氘燃料罐因缺乏维修发生了泄漏，托卡马克装置的聚变效率一下子下降到了临界值。好在张老头儿第一时间抢修成功，飞船的供电才算是勉强稳定下来。不过燃料罐修好了，泄漏掉的氘气可回不来了，聚变发电机剩下的那点燃料显然撑不了太久，而在这颗荒芜的星球上，失去电力等同于宣判死亡。

好消息是满地都是氘冰，至少二人不用躺平了等死。坏消息则是氘冰必须得电解和提纯成氘气才能使用，怎么给燃料罐充氘气成了令人头大的难题。经过一番商量，张老头儿提议用矿井里的设备处理氘冰，于是就有了他俩拖着燃料罐艰苦跋涉的一幕。

不知走了多久，二人总算是到达了此行的目的地——矿井外的监测站，可以利用这里的控制台开启矿井设备。一进大门，陈明哲宇航头盔的无线电台里就响起张老头儿的抱怨声："累死了，我这老腰啊……"他扭头一看，老家伙已经累得一屁股坐到了地上，一副再多走一步就要当场去世的模样。陈明哲只好先自己去操作台检查设备，看这闲置了一年半之久的矿井还能不能用。

然而，当他尝试启动矿井时，系统却显示了异常。

"老头子，快过来看看，情况不对！"

一听陈明哲喊矿井有问题，张老头儿立刻拿出了老矿工的职业态度，条件反射一样从地上弹了起来，嘴里嘟囔着"来了来了"，跑到了操作台旁边。他看到电脑屏幕上有一个大大的"警告"图标，显示钻头上的传感器探测到了异常，于是立刻开启了钻头上的探照灯和摄像头。接下来，屏幕上显示了一幅从矿井底部传来的画面，瞬间让二人眼睛瞪得老大。

"塌……塌方了？"看到图像后，陈明哲结结巴巴地问张老头儿。但张老头儿哪见过这种情况？只能念叨说他干了一辈子矿工，各种塌方听闻了不少，还没见过这种把底儿给塌没了的。只见在画面中，原本应该由氘冰组成的矿井底部已经消失不见，取而代之的是一个漆黑的空洞，似乎整个井底都塌陷进了这个洞里。

“难道，钻头把星球的冰壳子挖穿了？”张老头儿给出了他的猜测。

实际上，这座矿井除了提供氘矿资源外，同时还承担了科研任务。科学家推测冰壳下面有个金属质的内核，因此矿机采用垂直向下挖掘的方案，想看看星球内核是否含有稀有金属矿藏。可惜挖了几千米都没出结果，又碰到外星飞船这种灾难片级别的大事，金属矿藏的事也就没人愿意上心了。

但谁能想到，矿井最后一次挖掘竟离着答案仅有一步之遥，见到这番情景，陈明哲立刻敏锐地想到：那艘外星飞船看上去对这颗星球情有独钟，会不会并不是为了氘资源，而是为了内核里的某些宝贝呢？谜底或许就在眼前，逃离这颗星球的可能性没准还真就隐藏在了星核里。于是，他决定把钻头继续向下沉入空洞，看看这颗星球到底藏着什么古怪。

随着启动按钮被按下，整个矿井又响起了机器的轰鸣声，钻头在没有阻碍的情况下快速下沉进入空洞，四周的环境也变成了黑漆漆的空无一物。显然，星球内核不知是什么原因，竟与外面的冰壳子处于分离状态。

二人则目不转睛地盯着摄像头传回的画面，一直等了将近半个小时，在陈明哲无聊到快要打瞌睡的时候，宇航头盔里突然又响起一声张老头儿的惊呼，他一个激灵赶紧回过神来，结果屏幕上的画面把他也吓了一跳。

“怎么可能！”陈明哲大喊。

“是啊，怎么可能！”张老头儿附和。

只见镜头下方，是一个正在缓缓转动的巨大金属球体，表层似乎还泛着淡淡的荧光，通过屏幕来看竟有一种在太空中俯视星球的感觉。最让陈明哲和张老头儿震惊的是，金属球上竟然遍布着各种机械纹路，甚至都能看到一些精密零件形状的凸起……

“老头子，我算是明白外星人为什么不让人类碰这颗星球了。”陈明哲指着屏幕，“没准这东西就是人家造的嘛。”一旁的张老头儿大脑已经空白了，听了陈明哲的话后，只是机械性地把头点成了啄木鸟。

按照陈明哲的想法，外星人出于某种未知目的造了这颗星球，又不知为何把它放到太阳系里。或许在对方看来，人类跑来挖矿的行为就如同一只野猫偷吃主人家的咸鱼，而对方封锁星球只是收走咸鱼而已，顶多又顺便踹野猫两脚。虽然还有些譬如“外星飞船为什么从不靠近这颗星球”“对方为什么不跟人类交流”之类的疑点存在，但他相信真相应该也八九不离十。

陈明哲推理得很欢快，却不知道他和张老头儿已经闯了多大的祸。如果他俩观察够细致的话，就会发现在探照灯照到星核的一瞬间，一股如同时空波动模样的冲击波从星核内部发散了出来，又瞬间消失得无影无踪。

而与此同时，星球外那艘沉寂了一年半之久的外星飞船突然动了起来，急速飞向这颗星球，方向正是矿井所在位置……

3

“你咬了饵，那么真相也由你传达给你的族人吧。”

这是陈明哲登上飞船后听到的最后一句话，带着浓重的电子合成音。说完这句话后，这艘船的人工智能中枢就不再说话，留下陈明哲慢慢消化那令他感到绝望的真相。

就在刚才，他和张老头儿还在监测站里讨论怎么逃离封锁的时候，外星飞船的巨大身影一下子出现在了监测站上空。当时那场面，怎么说呢？张老头儿吓得差点在宇航服里尿了裤子，陈明哲则从一旁抓起一个扳手冲着天空胡乱挥舞，似乎手中的“武器”能抵抗外星飞船一样。

后面就是无聊的躲藏与抓捕过程了，俩人一路往矿井里躲，外星飞船则派出一艘小型无人机在后面追。值得一提的是，当两人通过一处闸门时，陈明哲带有英雄主义色彩地选择了去输入密码关门，结果那张老头儿一溜小跑顺利冲进了门里，他却没来得及进门，眼睁睁看着闸门在他鼻子前“砰”的一声关上。最终，张老头儿有没有逃掉他不清楚，自己倒是被无人机抓回了外星飞船。

进了飞船，陈明哲本以为能一探外星人的真容，怎想到这竟是一艘无人飞船，来太阳系的任务也只有一个——防止鱼咬到饵。但“鱼”到底是指什么？“饵”又是什么？要解释清这件事，就要从困扰人类数个世纪的谜题——费米悖论说起。

宇宙如此广袤，按照计算结果来看应充满了生机才对。然而，整个银河系放眼望去却如同一潭死水，以至于人类长期以来以为自己是孤独的。人类当然并不孤独，甚至每时每刻都有生命在自己的星球上发展出文明，进而开始仰望星空。可惜，大部分刚刚掌握太空技术的文明，都在懵懵懂懂中毁灭了，所以宇宙成了这副静悄悄的模样。

“为什么都毁灭了？”

陈明哲自然而然会问出这个问题，他却没想到飞船AI给出了一个匪夷所思的答案——因为咬到了饵。

如果要解释饵的事情，就不得不提一个银河系中十分古老的神级文明。没人知道这个神秘的文明在哪，也没人清楚他们的技术实力强大到了何等程度，唯一知道的，就是他们在阻止其他文明掌握宇航能力。阻止的方式就是用“饵”，这个文明在很久之前执行了一项超级星际工程，向银河系中的所有恒星发射了一个“饵”。

如果陈明哲在银河系里转一圈，他一定会为一个可怕的事实所震惊，那就是每个恒星系里都有一颗氘冰组成的星球。这就是所谓的“饵”，发展可控核聚变是每个初级文明的必经之路，因此对真相一无所知的他们，会像一条刚刚进入这条银河的小鱼一样扑向美味的“饵”。对于那个古老文明而言，他们不再需要耗费精力监视整个银河系，只需像垂钓翁一般紧握手中的鱼竿，静静等待鱼儿咬住饵就行了。

听到这个可怕的真相后，陈明哲不自觉地吞了一口唾沫，因为毫无疑问，他和老张头儿闯祸了……

“你们又是谁？”这是陈明哲的第二个问题。

“我们是一个游牧文明。”这是飞船 AI 给出的答案。

AI 告诉陈明哲，他们的文明由于一系列机缘巧合，在咬到饵之前就知道了饵的存在，因此得以低调发展了很长时间。本以为可以一直苟且偷生下去，没想到终究是把“饵”的触发机制想得太简单了，哪怕他们一直尽量远离那颗氘矿星球，竟还是在未知情况下触发了饵。

他们恒星系的毁灭是在一个世纪之后，好在当时已经拥有了星际航行能力，就选择背井离乡在宇宙的各个角落游荡，成为没有家的游牧文明。在银河系中，游牧文明的形式多种多样，有像他们一样生活在舰船上的，有抛弃了肉身生活在虚拟世界中的，甚至还有带着自己母星流浪的……所有文明都在那个神级文明的威胁之下苟延残喘，用尽一切手段在这个残酷的宇宙中活下去。

在一年半前，他们无意间路过太阳系，发现这里有一个刚刚走向太空的弱小文明，正肆无忌惮地在饵星上采矿。好在还没有彻底触发饵，于是他们就按照惯例去帮衬一把，看看能不能把这个处于危险边缘而不自知的年轻种族救下来。

他们的舰队自然不会停留，仅派了一艘无人飞船来执行阻隔任务。按照他们的计划，等这个弱小文明有了击毁无人飞船的能力时，哪怕最终还是咬到饵，也有很大希望避免毁灭并加入游牧民族的大家庭。可万万没想到，无人飞船误伤了星球上起飞的几艘飞船后，有两个怕死的家伙竟然赖在饵星上不走了，飞船又不敢接近星球怕直接触发饵，于是就有了陈明哲和张老头儿那段故事。

听了飞船AI介绍的前因后果，陈明哲一口老血差点没喷出来，搞了半天，他和张老头儿盼着外星飞船赶紧离开，对方竟然也在盼着自己离开！他不禁问道：“那你干吗不接受我们的通信请求？把真相直接告诉我们不就行了……”

飞船AI没有立刻回答，沉默了一会儿，道：“这是一种默契，我们和他们都必须遵守。”

“默契？”陈明哲不解。

原来，所谓默契就是，那个神级文明不会赶尽杀绝，但游牧文明也不能在初级文明咬饵前与之交流。这是在双方上亿年的博弈中形成的一套游戏规则，彼此都能接受的一套“垂钓法则”。

听到这里，陈明哲只能感叹自己在宇宙中的渺小，怀念起了人类那段“孤独”的岁月，不禁唏嘘了一声：“为了自己的统治地位而毁灭其他一切文明，我想宇宙中的所有游牧文明都很恨那个‘垂钓者’吧？”没想到的是，飞船AI断然否定了他的说法，回答道：“不，我们不恨他们，并且我们认同他们的做法。”

“认同？你们疯了吗？”陈明哲瞪大了眼睛。然而，AI接下来的一句话却一下子堵住了陈明哲的嘴。只见它用生硬的电子音说道：“他们，也不过是比我们更大的鱼罢了。”

神级文明是大鱼？陈明哲脑海中突然闪过一个细思极恐的

想法：既然神级文明也是鱼，那他们会不会也是一群逃到银河系的“宇宙游牧文明”？这个文明到目前为止的所有做法，其实并不是想残暴统治这片池塘，只是在害怕其他小鱼们傻乎乎地咬到更大的那个饵？

对于这些想法，AI 没有进一步给陈明哲答案，只是匆匆说了一句“你咬了饵，那么真相也由你传达给你的族人吧”，就陷入休眠状态似的再无音讯。陈明哲试图再追问两句，可还未等开口，突然一阵白光闪过，他失去了意识……

4

陈明哲再次醒来时，发现自己正躺在医院的病床上，四周围了一群扛着摄像机的记者。

“您能否描述一下击败外星飞船的过程？”

“请问外星人来太阳系的目的是什么？”

“请问您拯救世界时心里在想什么？”

一见陈明哲醒来，记者们七嘴八舌提出了一大堆问题，把各自的麦克风杵到他面前，能看出来他们为了获取第一手资料都拼了老命。然而，陈明哲却根本听不明白记者们到底在问什么，他明明给人类闯了弥天大祸，怎么一下子又拯救世界了？

问了一大圈，他才勉强弄明白现在的状况。原来，自他从外星 AI 那里了解到真相后，那艘飞船就离开了太阳系，人类舰队迎来了一场突如其来的“胜利”。经过一番调查，舰队在外星飞船原来的位置，发现了穿着宇航服昏迷不醒的陈明哲，又在矿井的闸门里发现了张老头儿，毫无疑问解答所有疑问的关键人物就是他俩了。

陈明哲醒来后的遭遇，跟那个张老头儿脱不了干系。那老家伙不但把陈明哲在闸门前的英雄事迹讲了一遍，还添油加醋编了一堆他“想要潜入外星飞船从内部摧毁”的悲壮情节，导致现在全世界都认为陈明哲是个“孤胆英雄”，以一己之力帮助人类战胜了外星人……

但这都是些什么跟什么啊！

“我……其实……呃……”陈明哲起身想要解释，但看到四周那一双双热切而又崇敬的目光，竟一时语塞。他沉默了一会儿，调整了一下情绪，冲着无数闪光灯缓缓说道：

“没错，世界得救了，人们……幸福地过好此生吧……”

磁带的AB面

冯文欣／作品

[01]

“当你凝视深渊的时候，深渊也在凝视着你。”

艾伦透过舷窗看向驾驶舱外，漫无边际的漆黑仿佛某种柔软的介质将他裹挟。漆黑的底色上隐约呈现出无数的闪光——其中每一个星体都距离这艘小型飞船数光年乃至数百万光年之遥——他曾经为它们深深着迷，并将他没有得到满足的种种幻想寄托于它们身上。

带有浪漫色彩的憧憬被单调而孤独的日常工作所打磨，到了三年后的现在，对艾伦来说，宇宙已经成为一潭深渊，而他似乎在漫长的凝视中被这无垠的深渊所捕捉、所吞噬。

像是缓慢却不曾停止的坠落。

他低下头去逃避这凝视，看到一把泛旧的折叠刀安静地收拢在桌面上。艾伦将它拿起，于手心逐渐握紧。

距离返回地球基地还有七天。

一个红点在艾伦面前的屏幕上跳跃，提醒他正向伍斯特带天体 3014KS72 前进的“游鱼号”探测器传回了新的影像和探测数据，将这些信息更新进飞船系统是艾伦作为宇航员的常规任务之一。

允许接收数据、分类、存档，他娴熟地完成了相应的流程——很难预想到它是如此地机械和重复——而对信息真正的分析和处理完全由人工智能系统进行。最后，屏幕上弹出了一张照片，这是飞船系统从舱外的24个摄像机传回的实时影像中自动抓取的。照片中的一块区域被白色的画框框住，打着问号，表示自动识别失败，需要宇航员手动录入信息。艾伦放大这块区域，很快便在画框上做了标注:“分类: 太空垃圾; 二级分类: 货运飞船残骸。”

这是艾伦第126次在照片中标注“太空垃圾”，可能因为它的变体太多，标注的数量还不足以使系统学会识别这一类的物体。艾伦想起听过的一种说法: 任何人类能在5岁之后做的事，对机器人来说都很简单，但是5岁之前，人类用本能就能理解的实际信息，计算机要用最笨的办法学习。

“艾伦先生，谢谢!”柔和而平静的女声响起。

“不用谢，伊芙。”

人与人工智能在这个意义上，形成了相互依存的关系。

艾伦穿过舱与舱之间的连接通道，人造重力使他像在地球上一样自如地移动。飞船内播放的背景音乐是三年前最受欢迎的歌曲，通道四壁上排开的小灯和几乎已经刻印进他脑海的熟悉旋律交织在一起冲击着他的感官，向前踏出的每一步都更让他感到像是穿行在时空隧道之中。

艾伦停下脚步，隔着舷窗，他对上一双灰蓝色的眼睛。对方包裹在宇航服中向他点了点头，带着唇边扬起的、算得上甜美的微笑，但眼眸中却看不出一丝温度。

正在修护飞船外壁的这个“她”——如果性别对于AI有意义的话——就是伊芙。

尽管同样搭载了当时最先进的核聚变动力系统，与长期航行任务通常派遣的EX-08型号飞船不同，基地本次指派的RN-03型飞船为其人工智能系统配备了一个人形的实体。这样的设计，一方面是为了更好地协助宇航员进行日常维护等工作，另一方面，或者说更重要的一方面，则是为了满足宇航员的情感需求，将其心理健康系数维持在安全线以上，从而终于打破了长期航行任务必须派出多人小队的限制。

艾伦继续走向通道另一端，边走边思考该吃点什么来填饱肚子。舱门关闭前一秒，他习惯性地向后瞥了一眼，伊芙似乎停下了手头的工作，在侧头看着他。

对于正在完成飞船船体维护任务的人工智能机器人，除去“保证宇航员生命安全”这一更深层的命令以外，维护任务无可置疑地排在第一优先级。而在系统未发出任何警报的状况下，目送宇航员离开绝对是无意义的行为。

如果说是在看舷窗上的一块污迹，倒更实际一些。艾伦自嘲地笑了笑。

[02]

莉莉进行着交接工作前最后一次示数检查，一切正常。

她清楚地知道那个男人的脉搏、心跳、颅内压、脑血流波动甚至大脑的生物电波动……一切休眠舱能够测量出的数据，却无从理解他进入休眠舱是为了什么，他的意识在某个遥远的空间里又在思考着什么。

“究竟……是个什么样的人呢？”莉莉被医用手套包裹的手指轻轻摩擦过胶囊一般的银白色休眠舱。

听到她的话，正在一边阅读卷宗的主任也抬起了视线：“很好奇？”

“没有，老师。我知道咱们的规矩，客户的信息只要您知道就足够了。”莉莉沉思着说，仿佛在自言自语，“刚才只是在想，也许有些人就是无法喜欢自己存在着的那个世界，比起真实，他们更向往虚拟。我觉得，自己可能很难与这样的人感同身受。”

“你是个热爱生活的姑娘，这是件好事……”主任略带沙哑的声音停顿了几秒，“的确有很多人为了逃离所谓的真实世界的种种压力、痛苦或空洞而进入休眠。不过在我看来，这位先生与其他人略有不同……他身上有一种强大的、突破某种束缚或是拓展某层界限的力量，就像是想要跳出一个对他来说过浅的水井。”

莉莉在一个瞬间仿佛被什么击中了，但思考起来，却又似懂非懂。

“莉莉，你不必去思考这些，”主任说，“回家吧。”

莉莉走出 7 号休眠间，突然感到方才的种种不解和困惑的心理好像被抽走的丝线那样逐渐消散了，自己的思维变得简单，所见的一切事物也都简洁而澄明，结构一目了然。她是个从北境偏僻小镇来到国际性大都市、从小立志当医生的女孩。她下班后到公园里走了走，并在那里救治了一位偶遇到的、急性病发作的妇人，然后去超市购物，最后回家煮了一锅燕麦粥。她是多么快乐，这个世界和她的人生都使她深深地满足！

[01]

在这个故事里，“01”和“02”其实不代表什么，它们就像磁带的 AB 面。

孩童时期母亲温暖的臂弯，令人心安的香气；7 岁时和家人在假日别墅边白色的沙滩上，海水轻轻拍打脚踝的感觉；12 岁，和几个朋友偷闯进自己家的机器人工厂时猛烈的心跳；13 岁到 16 岁，被送到号称“精英摇篮”的寄宿学校学习，激烈竞争和社交压力给他留下的是孤僻的性格与自我厌恶；17 岁，他第一次见到那个女孩——背着画夹、叼一支细烟从他面前谈笑风生的“精英”之中穿过，灵魂里隐藏的某种疯魔与他见过的所有人都不一样——她的肩上纹着一只破壳而出的、金色的鸟；18 岁的那些拥抱和亲吻，女孩送给他的那把折叠刀；19 岁，他和女孩在世界各地流浪，对家族和政界的牵扯只有模糊的了解；20 岁，当父亲因突发心脏病而去世，那个必将深重地影响他一生的选择也横亘在艾伦面前——

“你一直讨厌继承家业的麻烦事，是不是？”他看到流着泪的母亲，“只要你在外太空待上三年、自动放弃继承人的身份，你的叔叔说他愿意保证我们以后的生活……去你最爱的宇宙吧，艾伦，一切都已经安排好了。”

他正欲走向母亲，耳边却传来女孩的低语：“你要离开我了吗，艾伦？”

“我……”

“不要假装这是唯一的选择，明明有接受或拒绝两条路，你只是选定了更加容易的那一条。”女孩绕到他身前，轻轻地笑了，“但是你会因此后悔的。为了虚假的安稳而屈从于他人安排的轨道，难道不是最软弱的逃避吗？”

母亲和女孩都消失了，他的眼前空无一物。

选择 A，还是选择 B ？

艾伦在无边的黑暗中茫茫然前进，当他反应过来时已经置身于熟悉的飞船之中，控制台的大屏幕上有什么在闪烁，他走近、触摸，眼前出现的是母亲的死亡通知书。艾伦如坠冰窖。

——是不是他的选择带来了最坏的结果？

过去所有的焦虑、暴怒、痛苦、恐惧和懦弱席卷而来。

——是不是他的选择带来了最坏的结果？！

他曾选择了逃避，而逃避使他失去了一切。

—— 是不是他的选择带来了最坏的结果？！！

“艾伦。”

“艾伦 ——”

艾伦醒了过来，他出了很多的汗，头部的抽痛阻碍着任何理性的思考。这是个混乱的梦，好像记忆被用多倍速播放，他经历过的一切都那么清晰却转瞬即逝地在眼前重演。

他仍在急促地喘息，突然看到伊芙侧着身体站在床边，房间内柔和的光线勾勒出她纤细的轮廓，脸侧垂下的银色长发使他看不到她的表情。

“伊芙？”

“心率超过了每分钟 100 次，是做噩梦了吗？”她问。

艾伦沉默。他从未回应过伊芙被程序驱动的关心 —— 有些宇航员能够和人工智能建立起很强的精神联系，甚至将其作为伴侣，但艾伦做不到，伊芙在他眼中永远是有着美丽人造外壳的计算机 —— 但此刻，不知道为什么，他的围墙松动了，想要倾诉些什么的愿望占据了上风，他却不知道该从何说起。

“好在，无论是因为噩梦还是其他的什么，都已经过去了。”伊芙轻飘飘地说，她终于转过脸来，神情竟然带着狡黠的笑意。她走近一步，用微凉的手指触碰他的面颊，随后便转身走出了房间。

艾伦抬起手擦拭被人工智能触碰过的地方，发现自己不知何时落下了眼泪。

艾伦走出房间的时候拿着他的激光手枪，虽然他知道如果事情真的如他所想，一把激光枪也丝毫无济于事。船体内似乎比往常更加安静，每踏出一步都有清晰的回音。

舷窗外，深渊般的宇宙静静凝视。

驾驶舱舱门无声地打开，伊芙果然坐在控制台前，屏幕上的大量程式按照她传达的指令飞速地运行着。

“艾伦，一个黑洞。”她说。

“什么？”

“在安提戈星系，离我们约3400光年的位置有一个中型黑洞——NFD-22，”“伊芙”将座椅旋转到与艾伦面对面的位置，看着他笑了笑，折叠刀在她的手指间旋转，“按照既定航向再行驶3小时57分钟，我们会到达一个适宜进行空间跳跃的位置。”

“探测黑洞不是我和伊芙的任务。”艾伦面无表情地说，他的手心沁出了汗，“还有，那是我的折刀。”

“我知道，18岁的时候她送给你的。”“伊芙”打开鞘套，弹出的刀刃上已经有了锈迹，“我的那一把比它锋利许多——有段时间不少人把我当成眼中钉，在紧急情况下用过几次。”

“你到底是谁？”

“可以说，我就是你，但我其实更倾向于认为我们是两个不同的人，从三年前的不同选择开始分叉。”说话人饶有兴趣地观察着宇航员的反应，“你选择了看似安全的路，而我没有，我们分别杀死了自己不同的一部分——从同一个起点，到达了不同的终点。”

艾伦的愣怔让“伊芙”发笑，她启发似的说：“更准确地讲，我们只是两段略有不同的数据，但是谁又能断言人的意识和数据就有本质上的区别呢？三年前那家伙的所有记忆加上选择A，就变成了你；同样的记忆加上选择B，就变成了我。”

“那家伙？我不明白……”

“当然是现实世界的艾伦·斯图尔特……算了，考虑到你三年都待在这个破飞船里，什么都没发现也不奇怪。”“伊芙”思考片刻，调出了飞船娱乐系统中收录的歌单：“举个例子，我清楚地记得自己刚刚黑进伊芙系统的时候——你知道，我的意识是从另一个世界来的——飞船里放的音乐，因为很巧地，那也是我最喜欢的一首歌，它发行于三年前。尽管最新的文艺作品每个月都会同步到飞船娱乐系统中，如果你试着写下你最喜欢的书、电影、地方，你会发现自己怀有感情的所有对象都来自三年前的记忆。在我原本所处的虚拟世界，我身边的人会变胖变瘦、逐渐衰老，但我想起他们时的印象却永远是同一个样子。明白了吗？我们自身和所在的世界都有某种‘不协调’，因为现实世界的那个家伙对模拟系统、对即将体验的一切存在怀疑，所以我们的潜意识也是如此。”

“那么……你是如何确认这一切的？”沉默了一会儿，艾伦问道。

“那真是太有趣但也太糟糕的回忆了，”“伊芙”说，“离被模拟的主意识越远，数据就越粗糙。有机会你也应该看看世界崩坏的样子。”

她那人造的精致面孔上又扬起了笑意，说不清是快乐更多一些，还是狡黠更多一些。很难相信我们曾经源于同一个意识，艾伦想。

“所以，我们是存在于模拟器里的、模拟那家伙意识的两段数据，我们生命的意义，就是让他知道，哪种选择的结果会更好。”

“看起来是这样，并且我们生命的意义在六天后就会实现。但是——揭晓预测结果不是太无趣了吗？”“伊芙”的手指在刀背上摩挲，“所以，我想去那个黑洞。”

“怪不得你需要宇航员的权限。”艾伦说，“死亡的方法有很多，为什么一定是黑洞？”

“不一样！自杀的话相当于重新赋值，只有黑洞，黑洞是数据的格式化，是彻底的消失，是‘无’！比起留下那些不值一提的生命轨迹，我宁愿想象那些家伙们看到模拟结果时的表情！”

艾伦看着她近乎手舞足蹈的样子，便想到自己曾经爱过的那个女孩，和她肩上纹着的那只破壳而出的金色大鸟。

他终于没有问“伊芙”另一个选择导向的结局，似乎结局已经不再重要了，他隐隐感到记忆里那个女孩灵魂深处的疯魔已经烙印在“伊芙”身上，熊熊燃烧地奔向自由的终结。

于是他俯身亲吻了她，作为怀念或是告别。

距返回地球基地还有五天。宇航员授权进行空间跳跃，目的地：安提戈星系。

那艘RN-03型飞船被黑洞所吞噬，就像从未存在过。

[02]

听到警报声，莉莉忙乱地冲进7号休眠间，看到休眠舱上半部分的舱盖已经打开，脑电图记录上不再产生任何波形，只剩一条不断延长的直线。

“仍有心跳，自主呼吸停止，脑干反射消失……”她呆呆地喃喃着各个仪器上显示的结果，“脑、脑死亡……”

“主任！”她焦急地呼喊，但对方没有回应，像一尊失去生机的雕塑。

莉莉颤抖地看向银色休眠舱，那个她第一次谋面的休眠者依旧紧闭着双眼，清秀的脸上似乎有一丝嘲讽的笑意。他所身着的休眠服胸口，用丝线袖着一个家喻户晓的名字：艾伦·B.斯图尔特。

“他名下的斯图尔特制造，不就是我们研究所的首要赞助商吗？”莉莉模糊地想，“其中究竟有什么因果……”

就在此刻，时间停止了流动，主意识的消逝使得模拟世界逐渐崩塌，在莉莉眼中扭曲变形，随即化为齑粉。

[03]

——他既笃定又迷茫，既寻求叛逆又渴望安全。

艾伦·斯图尔特刚刚摘下头盔，便听到穿着制服的工作人员一声紧接一声的道歉：

“对不起！”

“对不起斯图尔特先生，按道理来说不应该会这样的。”

“请您给我们一小时时间排查！”

他转过头去看墙上的屏幕，和开始前那几位研发者拿来示范的几次详细而清晰的实验结果数据不同，只显示着四个字：模拟失败。

他的心情出人意料的平静。

“也许不知道反而更好，就像哥本哈根诠释，观测的动作即会带来变化。”艾伦自言自语地说，从口袋里掏出一把折叠刀，把玩起来。

马帝洛大桥

陈某／作品

“宇宙的尽头在哪里？”

坐在教室右后排的马帝洛用食指在课桌右上角画着小范围的椭圆，脑袋里弹出了这个古怪的想法。就在几秒前，老师在讲台前曾讲道：“宇宙是一个椭圆形的盘子，我们的星球是盛在盘中的一颗颗璀璨明珠，各个星球不尽相同，也同样不可或缺……”

马帝洛停下手上动作，手指停留处露出一个小图形，正是老师口中那个盛着璀璨明珠的椭圆状盘子。其中有颗湛蓝色的星球格外显著，这就是地球。不过现在已经不叫地球了，叫作N11星球。

“老师，请问宇宙的尽头在哪里？”马帝洛战战兢兢举起原本放置在课桌右上角的小手。

话音才刚落地，平静的教室被杂乱而稚嫩的笑声打破。站在讲台前的中年女人露出了惊讶的神情，显然她被眼前这九岁小男孩震惊到了。自她站上讲台以来，没有孩童向她询问过一个问题。在她的学习生涯中，也从未提出过一个问题。

她抬手止住了教室里的纷乱，没有回答，而是对着第三排一个扎着马尾的小姑娘说道：“安冉，你来讲讲宇宙的尽头在哪里。”

安冉是班上的学习委员，但不是最聪明的孩子。

“根据《大世界》第19881章56小节记载，宇宙是一个椭圆状巨型盘状物，它的外围是一片混沌，椭圆状带大陆外围便是宇宙尽头，因椭圆状带大陆西北角有凸起，名为角都，故《大世界》记录其为宇宙尽头，到角都需适应低气温、低气压，因此……因……”安冉还没讲完，便全身抽搐，横倒在过道上。

座位上的学生脸上异常平静。中年女人快步走到安冉身旁，将她右手手面朝上摊开，手腕向上五厘米处按了一下。平滑的皮肤裂出一条小口，里边弹出了一个机械装置，上边装着一个记忆硬盘。

这个世界的学习方式，就是在人体内植入机械装置，把所有的知识存入硬盘中。年龄大小和学科方向决定硬盘容量的大小。学习的方向不同，植入的知识体系也就不同。这极大地保存了人类的多样性。用时髦的话来讲，就是“人机协同”。自此，人类拥有了两颗大脑，一颗在头里，一颗在手上。这极大提高了学习效率，人不必在繁杂的学习中浪费光阴，只需要训练同记忆硬盘的协调度，便能获得关于世界的认知。协调度高的人，便被称为“聪明人”，反之则被称为“蠢蛋”，聪明人很少见，蠢蛋倒是不少。硬币都有正反面，因为机体的不融产生的排斥反应轻则使人全身抽搐，重则致人死亡。

经过处理，安冉从昏迷中醒过来，回到了座位上，但仍旧很虚弱。这一切都被监控器记录下来，在监控器的另一头，站着一群穿着白色大褂的中年男人。

“为了人类的幸福，我们必须在这个世纪末解决移动记忆存储器的排异现象……”

“还是老式的手术植入好，排异现象少……”

“老式芯片需手术植入，这违背了我们非接触治疗的理念，再者，老式记忆存储器虽排异现象少，但排异后果极其严重，一经出现便极易致人死亡……”

实验室角落，一个白须老头正翻着泛着黄色、残旧的纸质版《理想国》，脸上挂着难以言说的笑容。

另一边，一个九岁男孩正在策划逃离。

马帝洛详细地制订了计划。他模仿古人的穿着，背着同自己一般高的登山包，穿着黑白相间的冲锋衣，准备开始自己的冒险之旅。这形象自然是引人注目，更何况是个九岁小男孩，不出半晌午，他的行为便引爆了整个社交网络。在极度娱乐的时代里，所有人都在等待大事件，事件平息以后等待着下一个大事件，如此反复，了却余生，既厌弃了自我，却又永远跳不出时代的牢笼。在极度娱乐的时代里，每个人都快乐，但每个人都不快乐，至少现在看来，马帝洛能让他们获得短暂的愉悦。

马帝洛父母正准备把马帝洛揪回来，还没来得及出门，便被各界遣来的飞船堵在家中，说他们愿意联手把马帝洛打造成宇宙范围内的巨星，当然其他的利益自然也是少不了的。这么容易就能名利双收的事情，他们当然不会拒绝。

于是媒体头条就出来了：马帝洛要去哪儿

于是新游戏产生了：马帝洛大挑战

于是新的赌博项目产生了：猜猜马帝洛能坚持多久

于是新的综艺节目产生了：马帝洛的选择

于是新的零食代言出现了：马帝洛薯片

……

当然，这一切都是在马帝洛不知情的情况下进行的。他背着登山包在泰山看了日出，然后乘着陈一夫天梯到了月球。在月球背面游览了古代外星斗兽场后，坐着马可尼飞船到冥王星。在感受冥王星零下几百度的极端天气后，他又换乘马可夫斯基宇航器飞出了太阳系，到达了另外N＋3星系的N178星球，然后乘着杨爱华跨环器到了状带大陆，最后乘坐大陆游览车到达角都。

角都也是一颗星球，在15个冰纪前撞上了状带大陆，并镶嵌其中。状带大陆又叫N2031星球，凡以N开头的星球都是具有生命体的星球。现在各界把角都和状带大陆统称为“状带大陆”。状带大陆上生活着“低智生命体”，他们不重视科学技术，导致了环境破坏和资源的浪费。随着环境的恶化，状带大陆人退缩到角都附近的几百万平方千米的宜居地进行生活。当然，他们是不会在体内种植芯片的，这也相当程度减缓了他们的发展速度。

相对于N11星球而言，状带大陆的温度和气压都比较低，虽有特殊装备可以减缓身体的不适，但也不能完全免除。因此，除了适应该环境的状带大陆人，极少有其他星球人到角都游玩，而马帝洛则是“极少分子”中的一员。

马帝洛迈着沉重的步伐，强忍着身体的不适，由大陆游览车往陆地尽头的角都博物馆走去。博物馆的尽头是一面白墙，墙面上有仅能容纳一只手的墙洞，光透不过去，里边也没东西传出来。尽管如此，马帝洛仍旧用眼往里瞅了很长一段时间。

“要不伸手试试。”墙角立着一白须老头，右臂夹着一本纸质书籍。

马帝洛将信将疑地把手伸入墙洞，闭上眼感受外边世界在手上留下的触感。

“你说说宇宙的尽头在哪里？”白须老头又继续问道。

“宇宙的尽头在角都呀。”马帝洛诧异了，还没人问过自己如此简单的问题。课堂中的抽答，提问的内容也是知识储存芯片中难以与机体融合的那部分。他暗自想到，难道站在宇宙尽头的老头，竟不知宇宙尽头在何处？

“那角都的尽头又在哪？”

“硬要说的话，角都的尽头在角都博物馆吧。”很明显，马帝洛轻视了眼前这白须老者。这问题虽算不上困难，但在靠着知识储存芯片与机体磨合的学习模式中却是从未遇见的。

“角都博物馆的尽头又在哪？”老者丝毫没给马帝洛喘息机会，又连珠炮似发出第三个问题。

马帝洛被连续三个发问给弄懵了。他好奇第一问题的幼稚，又诧异第二问题的畸奇，并且被第三个问题所困扰。他强忍身体与芯片共同运作所产生的不适感，也没能在知识储存库中寻找到问题答案。

老者走上前去，一把拉起马帝洛右手，指着手腕偏上五厘米地方说道："回答第一个问题，你用了这个脑袋"，又指着马帝洛的头说，"回答第二个问题，你用了这个脑袋，那么第三个问题你又用的哪个脑袋？"见马帝洛没有回答，老者又问道："你到这里，又靠的哪个脑袋？"

这一串问题，可把马帝洛难住了。老者提出的问题，他从未思考过，在想做某件事情的时候，只觉着胸中有团火，它促使自己前行，且不达目的意不休，譬如这次角都之旅。马帝洛正准备回答，见那老者把手伸进那黢黑的墙洞，说道："我世界的尽头在我的手指顶端，你世界的尽头又在哪里？"

宇宙的尽头在角都，角都的尽头在角都博物院，那我世界的尽头在哪里？

他世界的尽头在手指顶端，我世界的尽头又在哪里？

我能回答第一个问题，也能回答第二个问题，但为什么回答不了第三个问题？

马帝洛脑中萦绕着这三问题，不得解脱。这时候，老者指着博物馆外几个圆形发射塔，说道："很多人到了这里，也有很多人飞了出去，但都没有回来，他们有他们世界的尽头。而你世界的尽头，等着你自己丈量。"说完，老者朝博物馆外走去，见几个工作人员对自己作揖，摆了摆手笑着离开了。

马帝洛一边思考问题，一边朝外走去，刚走出角都博物馆，只见数十架超高清摄像机对着自己。记者蜂拥而上：

马帝洛，站在世界的尽头有何感想？

马帝洛，是什么支撑你走到现在？

马帝洛，有什么想对你的粉丝说的吗？

……

马帝洛的大脑快速运转，在知识储存库里搜索信息，终于在一片混乱的提问中昏厥过去。但报道还得继续。第二天，编辑室里一个中年男人指着报纸上‘追梦少年在经历七十八天艰难历程后，终于累倒在理想的殿堂前’说“看这是我写的文章”；穿着OL裙的职业经理人指着荧幕上马帝洛背着登山包的视图要求底下设计师打造一股“返古”时尚热潮；大街上，一个满脸痘印的少女在街边买了一盘记忆导入器，为她的爱豆数据库新增一员，嘴还朝着导入器上图片猛亲一口，嘴里还不忘大喊道“小马帝洛，快快长大，姐姐等你！”

相较于各界的喧嚣和热闹，马帝洛则显得平静得多，按时上课，按时休息。好在公立学校不允许闲人随意出入，也好在马帝洛父母通人情，没有强迫他跨入娱乐圈。似乎，他的生活同过去没什么不同，偶尔有几个小迷妹来合影，他倒也不拒绝，只是合影后恢复到面无神情模样。他还是坐在最后一排，有时会思考老者留下的几个问题，有时会看着第三排空置出来的那个桌位发呆，想象那个马尾辫女孩发出的爽朗笑声。有的人提前走出这个教室，不出多久便回来了。有的人走出这教室，便再也没有回来——他们是知识储存器的牺牲品。

就这样过了四年。编辑部桌案上的新闻人物换了一茬又一茬，当初的OL裙女经理因嫖娼进了局子而风光不再，那满脸痘印的少女已经将爱豆数据库更新为了有钱的中年大叔。而马帝洛也进入了更高的学府学习。

没有比这更好的世界，仅靠机器便能维持世界的运行；没有比这更坏的世界，几乎所有人都在机械生活中迷失自我。人类享有极大的自由，同时也享有极大的不自由。你能决定你的未来，同时你也无法决定你的未来。

这个世界只有小学和大学，小学读到12岁，大学读到23岁。小学是靠老师引导与小量知识储存器相融合，大学则靠自己与大量知识存储器结合。这世界有句话："知识都在记忆储蓄器里，不动手拿的都是傻子。"这样算来，这世界的傻子也挺多。有的人由于身体素质原因，不能与知识储存器相结合，不能获得巨量而准确的知识储备而被人称为"傻子"，安冉便是其中的一分子。

当然，作为"理想世界"，这个世界的管理层是不会放弃任何一个人的。在N11星球公立大学的西北角，坐落着一座图书馆，高267层，里边堆着满满当当的纸质书籍，拥有完备的数据查找库。

"哟，啥时候咱这状带大陆部落还能进聪明人了？"图书馆大厅中，一个烫着黄色卷毛的青年站在马帝洛不远处轻蔑地说道。不过，马帝洛的注意力不在这青年身上，而是落在他身后的那个少女身上，她面容没多大变化，只是曾经的双马尾变成了披肩散发。

知识储存器是一种学习手段，也是智力的象征。青年口中的“状带大陆部落”则是没法接种知识储存器的人的自嘲，后来成了一种传承。

当天发生了什么，没人知晓。据说，至今学校的违纪档案册中仍孤零零躺着两人的信息。后来，“状带大陆三人组”在状带大陆部落中声名鹊起。再后来，原本空荡荡的图书馆在众多“状带大陆部落人”的光临下显得有些狭窄。除此之外，许多专供“状带大陆部落人”使用的“状带大陆实验室”也建立起来。

又过了十几年，状带大陆实验室不仅遍布了N11星球，而且迈向了整个宇宙。黑夜里，状带大陆西南角的荒漠中，几艘飞船从天空缓缓降落下来，里边滚出几颗球状物，到达地面便变形成八角蜘蛛状，四散而开，开始各自的工作。不一会儿，地质信息、空气状况、生物状况等信息尽数出现在飞船内的电子统计图中。

“以前我只知道宇宙的尽头在角都，却不知宇宙尽头竟是悬崖模样。”站在悬崖旁的短发女人，探出右手，任由悬崖外的气流从手上滑过。

“你曾告诉我，世界的尽头在角都，有个白须老者曾告诉我，他世界的尽头在他指端，从那一刻起，我便在思考：我世界的尽头在何处？”

“下定决心了吗，当真要在这修桥？”隔着防护服，女人注视着马帝洛那深邃的眼眸，沉迷其中，仿佛那便是她世界的尽头。马帝洛微颌一下，把安冉搂入怀中。他们后边的机器人正在建造一所新的状带大陆实验室。

状带大陆实验室不但注重实验设备建设，同时也注重绿化建设。随着状带大陆实验室建设范围不断扩展，一块绿洲在无尽荒漠中渐渐展开，成了一处独特景观。状带大陆实验室犹如“生命之水”落在荒芜的沙漠之中，生机四散而开。

某天，安冉兴奋地指着一处手上的红包：“快来看，我被蚊子咬了。”

马帝洛不知她是开心还是难过，正准备探话，一串剧烈而机械的声音传入耳朵：“20千米外发现不明飞行物，10千米外发现不明飞行物……”

只见一辆没牌照的脚踏状带大陆自行器从天而落，停在马帝洛面前，里边下来俩满头大汗的中年人，后面还跟着一白须老者。他们有着蜥蜴般的皮肤，圆鼓鼓的大眼睛，小鼻子，典型状带大陆原住民样貌。

白须老者叽里咕噜说了一通，经中年男人翻译成通用的宇宙语言。大致意思是，他们是巴夷族，来自状带大陆西南角的最后一块适居地，常年与世隔绝。因近年来环境恶化，适居地正在消逝，在探测仪上见荒漠中出现一块“乌托邦之地”，准备前来占据，来了后发现已被马帝洛占领，故提出申请，希望能允许该族青年一代在此居住。

根据宇宙法规定，超过300年的无主之地，优先占领者具有绝对的所有权。马帝洛有权选择拒绝，但眼前情境不允许他拒绝。当然，马帝洛也有私心。实验室仓库里堆满了N11星球制造的基建机器人，这种N11星球生存环境下生产的机器人不太适应状带大陆的工作环境。在看到巴夷族简陋但实用的工具后，马帝洛准备与他们联合发展新科技。并且实验室的二期工程也需要人力帮助。状带大陆原住民能在状带大陆上正常劳动，这是其他星球的人所不能做到的。

马帝洛将实情告知巴夷族族长，征得同意后，又把巴夷族族规同宇宙法融合。两周后，巴夷族搬迁了过来。同期，状带大陆实验室的二期工程也正式开始了，一个核反应场在基地缓缓建立起来。与此同时，连接核反应场的两根管道并排、疯狂地朝“悬崖”外生长，渐渐消失在混沌之中。管道每隔50千米有一个大平台，每隔4千米便有一连接处，每个连接处下边垫着一个海绵状物质。海绵状物质能在混沌中漂浮，承载管道的重力。

消息的传播速度比管道修建速度更快，首先到达的当然是记者。在一篇名为《荒漠里的造梦人》新闻发布后，名为《曾经的追梦人，此时的造桥者》，《马帝洛大桥恐成世界新尽头》的报道文章紧随而出。随后，社会各界掀起了讨论热潮，讨论中心自然是马帝洛和他的桥。

普通民众：真有人会在那修桥？

阴谋论者：真是个好办法，名利双收了，这就是一场作秀，下边该进军政界了。

轻蔑者：就这两根铁管，也配叫桥？

妒忌者：分明是怕死，为什么不直接造飞船出去，要造这没用的桥。

……

在一片质疑声中，管道伸出的距离越来越长，速度越来越快。社交媒体是有记忆的，但同样，社交媒体也是健忘的。在一番讨论后，没有得到确切结果，各界也就纷纷偃旗息鼓了。但事情远远没有结束。

半年后，一艘印着“状带大陆环境保护协会”的飞船落到状带大陆实验室二期的机坪上，上边陆续走下几个状带大陆环境保护协会成员。几个老者在前并排而行，叽里咕噜讨论着，脸上神情很是严肃。一小年轻跟在他们后边，抱着一堆文件夹，像是做足了准备。

状带大陆环境保护协会是一个非官方组织。因为状带大陆环境破坏速度正逐日加快，其活动也得到越来越多状带大陆人的支持。因此能否获得状带大陆环境保护协会的许可，关乎状带大陆实验室能否继续在状带大陆运行。

在状带大陆环境保护协会提出外星球人不得在本地进行基建工作后，马帝洛搬出了巴夷族的工作日志及居住信息；在状带大陆环境保护协会提出，核能产生的废渣会污染环境，马帝洛拿出并展示陈一贺理论，把核废渣转化为新的环保物质；在状带大陆协会环境保护协会提出，大规模基建可能会加速状带大陆的环境破坏，马帝洛带他们游览了状带大陆实验室的绿化地带。

最后，在获得马帝洛帮助状带大陆进行绿化的承诺后，状带大陆环境保护协会成员满足地登上了飞船。临上飞船的前一刻，安冉掏出七个玻璃瓶，递给走在队伍末尾的年轻工作人员。那张稚嫩脸上顿时露出尴尬神情，最后，他还是接过了瓶子，里边装着几只肥硕的蚊子。众人离去后，安冉描述到她在绿化带见那年轻工作人员伸出青蛙般的长舌头捕捉蚊子品尝后露出的幸福神情，引得马帝洛哈哈大笑。看来他们又多了奋斗目标，让状带大陆居民吃上肥硕的自然生长的蚊子。

虽偶有事故发生，但因为做了详尽的规划，总体进度也还算顺利。管道越建越长，速度越建越快。工程进度没出问题，但行政上的问题却越来越多。见工程项目有利可图，来的人也越来越多。状带大陆地方政府希望能把该工程登记下他们的名下，N2031 星系联合政府也希望能借用他们的名头，宇宙联邦政府同样希望该工程能纳入他们的名下。

最后，马帝洛选择了宇宙联邦政府。协议签署后，马帝洛目送政府代表登上飞船后，转身对安冉说道："别说，这小子剃掉黄毛后还是做了很多正事。"

确认项目归属后，工程总算能按规划实施了。第一年管道达到了十万千米，第二年，管道达到了百万千米，第三年管道达到了三百万千米，第三十年……开始还有人关注工程进度，后来人们都稀松平常了。除了马帝洛，没有人再关注这个工程。

某一天，喇叭里传出剧烈而机械的声音："M201928102 节点发现不明飞行物，M201928102 节点发现不明飞行物……。"监控器中，一艘宇宙航母停靠在顶端平台前，正向他发出邀约。经过思考，马帝洛还是决定亲自前往事发地。

还没停靠，马帝洛便见一艘标着"N 宇宙"的巨型飞船，漂浮在混沌之中。巨型飞船见马帝洛所乘飞船驶来，便径直打开舱门，让它停靠在自己腹内的机坪上。机坪舱内有八条巨型排污管，几分钟运作后，混沌状未知物质被排泄一空，随之注入的是新鲜空气。这时候，机坪尽头的巨型舱门朝两侧打开，里边站着一群衣着白色大褂的中年人，足足有四五十人。

“马帝洛，欢迎你。”站在最前边一戴着金丝眼镜的魁梧男人讲道。话语完毕，紧接着的是一阵激烈的掌声。

这不是马帝洛的关注点，他环视舱内环境。巨型环形大灯成排状镶嵌在飞船顶部，发出的光照亮飞船的每一个角落。众人右手边是块巨型屏幕，屏幕前有个操作台，操作台上有个椭圆状的星球仪。众人左侧同样是块巨型屏幕，上边循环播放着黑白照片，里边的人衣着白大褂，照片下边还标注着名字，譬如陈一夫、马可尼、杨爱华等，马帝洛还在其中看到了多年前在角都偶遇的那个白须老者。众人后方是一面屏幕，被分隔为难以计数的细小画面，每个画面中都有个监视对象。最后，马帝洛的目光停留在了星球仪上。

这时候，金丝眼镜男又说话了，“普通人眼中的宇宙，其实只是N星球上的一个岛屿，所谓宇宙的边缘，不过是岛屿的边缘……”这话刷新了马帝洛的世界观，旋转的星球仪没有停止，上边仅有1/3有明确地理标注，剩下部分均被未知包围。“如你所见，我们需要你和你的开拓精神，去探索未知的区域，你同你的状带大陆实验室将成为我们重要的分支……希望你能加入我们。”

马帝洛准备征询安冉意见，侧身望去，见她正盯着众人后边屏幕中的一个画面，脸上带着微笑。屏幕中，一七八岁小女孩正在回答“世界尽头在哪里？”，“世界尽头在状带大陆西南沙漠中的马帝洛大桥的M201928102节点，他是由马帝洛于…于……”话还未讲完，小女孩便抽搐起来，晕厥在过道中，吓得安冉紧握住马帝洛胳膊，埋头遮住眼睛，身体不自觉地颤抖起来。

“这是极正常的排异现象，”站在右前侧，一个满脸横肉的胖子说道，“世界上97%的人注定是平庸的，他们只需要短暂的快乐，而3%中的97%是注定平凡的，他们想摆脱现状，却又被惰性所累……我们制造出芯片，让他们能在短时间内获取知识，然后充分‘享受’生活……我们是最后的3%，为了人类的理想和未来而奋斗。”男人满是自豪，没有丝毫同情。

“非常欢迎你加入我们。”金丝眼镜男伸出右手讲道。

“对不起，我拒绝。”话毕，马帝洛牵着安冉转身离去。

这世界没有“未知”比充满“未知”更可怕。世界没有尽头，但人有属于自己的尽头。 此刻，萦绕他半生的心结终于打开了。他终于知道什么促使他前行，不是手中的大脑，也不是头中的大脑，而是对于“未知”的思索。

见安冉没动静，马帝洛率先说话了，“你不好奇我的选择吗？”

安冉回答道：“我猜你要回去接着修桥。”

“对，我要在孩子们心中修建通往未来之桥。”

地球之子

尚婧/作品

第一幕 冰冷火焰

在亚欧大陆难抵极的阿拉山口，“北冥号”核动力载人火箭正从发射基地冉冉升空，2 万个冷冻人类胚胎随之被送入太空。远方，耀眼的太阳中央盘踞着深黯的巨型黑子，像一颗眼球，直勾勾地凝视万物。

这就是地球星际舰队的绝密任务——“地球之子”计划。在末日降临前，10 万个冷冻人类胚胎将由 5 艘火箭分别送往火星、木卫二、土卫六、月球大本营和太阳系空间站。其中，舰长叶云舒率领的北冥号，正向火星的伊希地平原飞去。

一切都要从一年前说起。

2199 年 1 月起，原本位于俄罗斯西伯利亚地区的地磁北极，开始以每天 50 千米的移速向南移动。地磁强度也日渐减弱，预计一年后，地磁的南北两极将完全倒转，届时，磁场强度将只剩原来的 5%。地磁场是阻挡宇宙辐射破坏地球大气层的无形护盾，随着磁场功能削弱，愈加强烈的宇宙射线和紫外线辐射开始入侵地球。癌症、不孕不育和免疫系统疾病的发病率在全世界范围内显著上升，人们只得向辐射较少的丘陵地带和高山地区的山洞移居。

祸不单行，太阳活动陡然进入有史以来最强周期。几万个小型太阳黑子罕见地同时出现，最终连成一个巨大的黑子，从太阳上不停向外抛射大量高能带电粒子流。X级大耀斑数次爆发，极光在低纬度地区频频出现，全球无线电系统陷入瘫痪。

科学家们一致认为，这个大到足以吞噬10个地球的太阳黑子尚处在活跃期，并且随时可能引发超级太阳风暴。在地磁极完全倒转之时，磁场将无力保护地球，太阳风暴中的那些高速等离子体云会轻而易举地突破防线。在这幅可预见的末日景象中，大气层顷刻从地表逃逸，海水瞬间在宇宙空间蒸发，地球上的生命全部灭绝，从原核生物到多细胞生物、从病毒到细菌，无一幸免。

生死存亡之际，各国放下争端，结成地球联盟应对生存危机，“地球之子”计划就此诞生。隶属于地球联盟的星际舰队，计划将10万枚人类胚胎送入太阳系其他基地。然而，几个地外基地初步建成，人造子宫孵化实验在科学伦理的框架下被禁止，这次劫难更是不知何时结束，后续计划难以为继。“地球之子”计划无疑是最坏打算，目的仅仅是留存人类血脉。

尽管争议颇多，计划还是迅速启动。保存胚胎的设备被称为“冰巢”，是“北冥号”以及其他几艘宇宙飞船最重要的运载货物。冰巢的正面状如六边形蜂窝，高约1.5米，上面分布着2万个微型巢窝，每个小小的窝里都封着一枚冻胚，由小型核聚变反应装置供能。核聚变装置可以制造保护磁场，屏蔽绝大部分高能辐射，还能给液氮制备层供电，确保源源不断的液氮补充进零下 196 度的冰巢中。

核动力飞船一个月内就能抵达太阳系中最远的基地。但由于火箭发射基地的无线电通信设备在磁场干扰中失灵，五艘从地球出发的载人飞船与地面控制中心无法正常联络。不过这难不倒飞船上的天文学家，在通信阵列无效的情况下，“北冥号”利用脉冲星的位置和移动光精准计算六维空间坐标，实现自主导航。幸运的是，火星处于近地位置，10 天后，叶云舒和船员们在伊希地平原降落。

基地守门人蓝斯正在等候他们的来临，他负责留守火星，维护冰巢安全。叶云舒和船员一行休整片刻便开始执行任务——将冰巢送入深埋地下的火星基地。

任务顺利完成。叶云舒安排导航员桑贾伊立刻建立无线电通信，无论如何要将好消息及时传递给地球。

[09:15] 桑贾伊：阿拉山指挥中心，“北冥号”已到达火星，冰巢已安全放置。

[10:12] 桑贾伊：阿拉山，这里是“北冥号”，冰巢已安置。

[11:30] 桑贾伊：地球，火星冰巢已安置，请指示！

他们在通信室等了许久，无线电通信仍没有恢复。持续肆虐的太阳风暴仍在破坏通信阵列，地球大本营方面迟迟没有回应。

守门人蓝斯自告奋勇，带上大副哈妮克孜，外出寻找遗落在附近的信号增强器。这个仪器能增强对外发出的无线电信号。

寒冷的火星一片死寂。他们同乘飞行器，顺着利比亚山的环形路线，用探测仪仔细搜寻着。不料，突如其来的龙卷风平地而起，遮天蔽日的风沙使他们失去视野。16 级大风将飞行器吹上高空，又摔了个稀烂。龙卷风袭来前的一瞬间，两人从飞行器中弹射出去，蓝斯毫发无损，但哈妮克孜座椅上的降落伞没有完全打开，她重重地摔在了地上。

蓝斯赶紧将奄奄一息的哈妮克孜带回基地医疗室，“北冥号”的医疗官雷阿秀马上对她实施抢救。哈妮克孜已经失去意识，内脏多处破裂，骨头尽断，但还未脑死亡。火星上的医疗设备只能对付简单伤病，现在的处理只有先把急救药物输入她体内，将她放进液态生命休眠仓休眠，返回地球后再治疗。

蓝斯将叶云舒拉至一旁，轻声说：“即使回去，哈妮克孜最好的结果也是植物人。救她，我倒有个办法。”

“什么办法？”叶云舒问。

蓝斯说：“机体完全改造，可以将人类身体重塑。”

叶云舒想起，舰队将军曾告诫他，为应对灭族危机，某个机构正在秘密进行人体改造实验，目前还不知其真实目的为何，也没有办法直接分辨这些被改造过的人。

叶云舒警惕地问：“这件事，知道的人寥寥无几，你是从哪了解的？”

“我就是机体改造者。”蓝斯的语速一如既往的缓慢：“我也是‘地球之子’计划的一部分。”

第二幕 硅基智人

在空军学院上学时，叶云舒曾和蓝斯有过短暂交集。十年前的东海救援联合演习，蓝斯的敏捷身手和果断作风给叶云舒留下深刻印象。但现在的蓝斯，性格似乎和以前截然不同。

两人一起来到蓝斯的房间。屋内装饰乏善可陈，除了桌椅和床铺，其他什么也没有，昏暗得像一个鼹鼠洞穴。蓝斯给叶云舒斟了一杯自己在火星酿制的马铃薯酒。

“你刚才说，你也是‘地球之子’计划的一部分？还能怎么救哈妮克孜，具体怎么做？”叶云舒抿了口酒，那味道像吃了一嘴土腥味的沙子。

“别着急，叶舰长，听我慢慢道来。”蓝斯说，“这个计划很庞大，还有许多连你我都不知道的细节。”

“说说你知道的吧。”叶云舒急切问道。

蓝斯缓缓坐进灰色的孔状岩石座椅，像和硬邦邦的石头融为一体：“叶舰长，你学过生物学。碳元素是地球生命的基础，所以人类是碳基生命。”

叶云舒说：“对，碳是细胞的基础骨架。”

蓝斯继续说：“你能想象宇宙中除了碳基生物，还有以硅为基础的生命吗？硅和碳都有四个化学键，但硅组成的非简单化合物比碳稳定性更高。”

“这……真的有硅基生命吗？政府从未正式承认过外星人的存在。”叶云舒以为蓝斯在说外星生物。

“不，与那些星际投机者无关。”蓝斯思索一会儿，又说，“行星级的灾难会摧毁地球上绝大部分碳基化合物。但对硅基生命来说，就算大气层和海洋都蒸发殆尽，硅基生命也能存活。如果，用硅原子替代掉人体内的碳原子，人类就再也不用畏惧天灾。”

“这恐怕是天方夜谭吧。”叶云舒皱皱眉头。

蓝斯用手指在布满尘土的桌面上画着硅原子的结构图：“十多年前，北极永久冻土层中发现一种奇特的远古病毒，它的遗传物质和蛋白质均是以硅原子为中心组成的有机大分子。实验室的小鼠被注入这种硅基病毒后，身体细胞里的碳原子竟全部转换成了硅原子。普通老鼠寿命只有一年，但那些实验小鼠一直活到现在，而且还能适应断食断水、高温极寒等极端环境。”

“超越了我的认知。”叶云舒惊讶地说。

蓝斯又给自己倒了杯土色的酒，接着说：“在这种近乎疯狂的理论和实验支撑下，人类的机体改造实验由军方秘密立项，同时列入‘地球之子’计划，代号‘硅基智人’。作为志愿者的我，就像那些小老鼠，也被注入了硅基病毒，成为硅基智人中的一员。”

“你竟然……愿意接受这种人体实验，是来自上级的命令？”叶云舒感到震惊。

“并不是，都是我自愿的。我本就是孤儿，妻子也罹患晚期胰腺癌去世了。实话说，这个世界没什么好留恋的。还有，你不用同情我，都无所谓了。”蓝斯淡淡地说，继续喝着泥土味的马铃薯酒。

“所以实验成功了，是吗？”叶云舒问，“如你所述，那便不只是改造，简直就是重新创造。我有个问题，怎么确定你还是你？”

蓝斯说：“意识是自由电子的有序集合。硅基病毒只是把细胞、组织、器官里的碳原子改成硅原子而已，不会影响意识场里的自由电子。早在 21 世纪初，就有类似于缸中之脑的实验，造血干细胞里生成的脑神经元，可以习得简单的电子游戏。说到底，人类躯体既脆弱又麻烦，人们迟早会用各种方式去改造自己。对了，哈妮克孜受伤一事，我也有责任，所以我想帮她。她肯定也想真正活着，而不是勉强呼吸吧。”

叶云舒仔细端详起蓝斯的五官：“看不出我和你有什么区别，有什么方法能证明你说的一切吗？”

蓝斯摇摇头：“宏观角度不能，没有人能用肉眼看出差别，必须用精密仪器测量，你可以拿块我的身体组织去检验。最直观的感受，就是我的新陈代谢基本停滞，所以宇宙辐射不会有杀伤力。其次是对时间的感知，你的一小时对我来说就是一秒钟，所以我更容易度过独守火星的漫长时光。”

叶云舒摆摆手：“化验什么的倒是不必。只是哈妮克孜处于深度昏迷状态，你觉得她会乐意我们替她做这种决定吗？或许硅基智人实验成功的关键，是这个人必须完全自愿呢？蓝斯，我接下来的话可能有些冒犯，但你这样的硅基智人，失去了原生人类在进化方面的活力，只是拥有看似无限的寿命。孰是孰非，没有定论。”

“叶舰长，你是舰长，有权力决定船员的生死。”蓝斯的语气依旧淡然，“我提议的，只是延续生命的一个选择。毕竟哈妮克孜伤势过重，她的未来生活将毫无质量可言。此外，硅基病毒的感染过程必须回到地球实验室才能操作，你还有时间考虑。”

叶云舒站起身来，说：“这件事我暂时不能决定。军人的天职是服从命令，但我并不认为自己有权力改变哈妮克孜的生命结构，即使是以救她的名义。你提供的帮助，我感激不尽。”

叶云舒打算离开这里，先回通信室看看那边的情况。尽管蓝斯驻守火星有功，但这番对话让叶云舒不得不认为，蓝斯能一直留守火星，更多是因为个人原因，而不是对组织的忠诚。

他想了想，又回过头来，打开手表的投影仪，向空中投放了一个视频。视频里是个红头发的可爱婴儿，肉肉的胳膊举过头顶挥舞，鼻子上涂着草莓奶油，正在咯咯直笑。“蓝斯，你看下这个视频，然后告诉我，有什么想法？”叶云舒问。

蓝斯蹙了蹙眉头：“这是个人类的婴儿。”

叶云舒问：“你知道冰巢里存放的是什么吗？”

“当然，那些胚胎。它们会长成人类婴儿。为什么问这个？”

“我想听你说说，对这个婴儿的真实看法。”

一阵长久的沉默在房间里弥漫开来。

蓝斯的表情越来越悲伤，他低声说：“我讨厌那个人类婴儿，我憎恶所有的婴儿，它们鲜活的生命令我感到恶心。我不会伤害他们，但是也不会拼尽全力保护他们。不知道为什么，我对成年人没有任何感受，但婴儿……”

叶云舒关掉视频，说：“当‘北冥号’离开火星后，你会是这个星球上唯一可以守卫冰巢的人，你能不顾一切去保护那些会成长为小婴儿的人类胚胎吗？40亿年前，地球生命起源，生存和死亡相互博弈，造就了如今生机勃勃的地球。面对艰难的外在环境，人类从未停止进化，性激素、孕激素、下丘脑激素等内在机制促使我们前进、繁衍和发展。可是，你选择走上另一条路，地球的自然环境已经无法改变你，你不再拥有激素机制和生殖能力，对人类婴儿也失去了同理心。我想，生命不是那么简单，硅基化不能解决人类族群危机问题，停止进化的结局必然是走向灭亡。”

蓝斯长长地叹着气：“其实，我早已开始怀疑整个任务的意义。我以为，足够漫长的时间能改变一切，包括爱人在我怀中死去的痛苦回忆。我越来越不像原来的自己，但那些悲伤的瞬间，无论在什么时候想起，仍然令我心痛万分。那些人说，这副身体系统能运转8万年，可是不朽的生命并不是祝福，而是诅咒。”

叶云舒看着这个可怜人，安慰道：“都会过去的，时间总是可以抚平伤痛。蓝斯，你听说过忒修斯悖论吗？忒修斯造了艘木船，名为忒修斯之船。斗转星移，船上的木板渐渐腐烂，每烂一块木板，都会换上一块新木板。最后，船上所有的木板都换了一遍。问题来了，这艘船还是不是忒修斯之船？”

蓝斯顿了顿说：“它是不是忒修斯之船，在于它是否相信自己是忒修斯之船。”

“是啊，你是不是蓝斯，在于你自己是否相信。每个人的自我意识都是独一无二的，这在许多宗教里被称之为灵魂。即使换了身躯，你的灵魂不变。”叶云舒说。

蓝斯的语气坚定起来：“叶舰长，我退出这个任务。接下来我将随‘北冥号’返回地球，希望以后……”

忽然，导航员桑贾伊的声音从对讲机传来，打断他们的对话。

“舰长，地球有回应了！”桑贾伊喊着。

他们一道赶回通信室，屏幕上的字如下：

[23:30] 阿拉山：“北冥号”，立刻返航！

[23:34] 桑贾伊：发生什么事了吗，为什么急着回去？

桑贾伊几次打出相同的问题，然而地球再也没有回音。

第三幕 拥抱死亡

焰色的火星，看起来像一颗正在腐坏的橙子。有不少人认为，在火星重建生机，不过是浪费资源。即便如此，火星仍是太阳系中最有希望成功孵化人类的地外星球。

叶云舒没有向船员透露蓝斯的秘密，只说蓝斯的身体状况不宜继续执行任务。随后，他对船员下达离开的命令，要求他们按照阿拉山基地的要求，即刻返程。大副哈妮克孜已经昏迷，年轻的天文学家李列夫成了“北冥号”的代理舰长。临行前，医疗官雷阿秀对火星基地里的小型农作物生产流水线再次仔细检查和调试。

“北冥号”载着其他人离开火星，偌大的火星只剩下叶云舒一人。白天，妖眼般的烈日悬于天空，位于正中的黑子似乎更大了。晚上，银河像一道燃烧的伤口，横跨火星的夜空。

十几天过去了，无线通信仍未恢复，可能是地球与火星之间的信号中继器被太阳风所破坏。叶云舒想，“北冥号”应该已经抵达地球，再过半个月就能迎来下一波船员。

基地通信室突然有了音讯，叶云舒赶紧和地球联络。

[5:30] 阿拉山：云舒，接下来会有一波超级太阳风暴，请照看好冰巢。

[5:35] 叶云舒：冰巢目前安好，飞船下次什么时候来？

[5:41] 阿拉山：这次超级太阳风暴史无前例，将袭击太阳系所有的星球。我们暂时无法发射飞船。

[5:46] 叶云舒：明白，我会继续坚守岗位。

通信再次断线。

突然，基地发生短暂地震，核聚变设备的托卡马克外壳装置中的一块超导磁体在震中掉落。失去磁约束环境，核聚变反应很快会失控，内部 3 亿度的离子高温有爆炸危险，这对冰巢是致命打击。

叶云舒连忙使用辅助机械工具维修外壳装置。但他不知道的是，有史以来最强的太阳风暴已经爆发，足以覆盖整个星球的等离子体云席卷而来。

基地的辐射探测仪发出警报，显示辐射快要到达极值。超导磁体的重新安装过程异常烦琐，就在叶云舒快要完成最后一步的时候，来自太阳的等离子体云袭击了这里的一切。

瞬间，核聚变装置里泄漏出的高速自由中子和来自太阳风的带电离子在叶云舒体内相撞。这一刻迸发的强大动能，令叶云舒的肉体在刹那灰飞烟灭，并将他的意识带入了非物质领域。

时间仿佛停滞。须臾间，他在不同的物质里穿梭，在各异的维度空间中坠落，他所能观测到的世界再也没有具象化的实物，而是无数的电子、中微子、胶子。他的一生像幻灯片闪过，他成为一枚种子，又长成叶子，成为一颗土豆，他腐烂了，生成细菌，然后化作沙粒，又再变成冰巢内搏动的胚胎……

寰宇中的能量如湍流般涌动，各种基本粒子此起彼伏，有的沿着线路规律运动，有的在某处集中爆发。他隐约发现，在宇宙更高维度的暗物质中，有一些遥远的观察者正在观察他。

无法控制的随机穿越逐渐终止。连原子核都荡然无存的叶云舒，像一颗炸裂的烟花，撒向伊希地平原赤红色的大地。

第四幕 磁场重生

叶云舒想起蓝斯的话，意识是自由电子的有序集合。他确定自己生物意义上的死亡，但不明白自己属于哪种存在。不过紧要的是，怎么先把散落一地的自己重新组装，当这些迷路的自由电子被其他原子俘获，也许他会真正消散。

火星最不缺的就是高氧化铁含量的红色土壤。亿兆级数量的铁原子呈现在叶云舒面前，他试着伸出触手般的电荷，一个自由电子轻易跃迁进铁原子高速运转的电子层轨道中，这让他俘获一个氧化铁分子。

此时的叶云舒，记挂的仍是“地球之子”任务，尚未发觉自己能够控制量子领域的粒子能量，也没有领悟如何改变原子核里的质子数，那是能够改造基本元素的奇特能力。

他边努力回忆曾经的形状，边俘获更多的氧化铁分子，将自己重组成一团红色的人形风沙。即使被风吹散，他也能立马恢复形状。

他先是检查冰巢，容器外罩和压力运作依然完好，冰巢的液氮储备足够支撑三个火星年。组成受精卵的各种原子闪闪发光，令人着迷，他由衷赞美这生命的奇迹光华。

接下来是检查核聚变供能装置。没发生大规模爆炸，但是核反应停止了，环绕冰巢的人工磁场也消失了。火星本身磁场微弱，一旦太阳活动再次爆发，冰巢将直接面对高能宇宙辐射，没有任何磁场保护。

整个火星的量子海洋中，不时出现一些小型的局域性偶极磁场，这吸引了叶云舒的注意。地球的磁场来源于核心流动的液态金属，保护地球不受宇宙辐射的破坏。而科学家推测，火星曾经也有过生命和水源，但火星的核心磁场在 39 亿年前几乎消失，之后大气层逃逸、海水蒸发，火星变得了无生机，剩下的地壳磁场只有地球磁场强度的0.1%。

只有重建火星磁场才能阻挡来自超级太阳风暴的离子攻击，防止致命辐射直接到达地表。强大的磁场还能锁住火星稀薄的大气层，这可能让这颗已经死去的行星再度复活。

激活地壳以下的铁水，使火星的液态外核变成行星发电机，重建内核磁场——叶云舒不禁对自己突兀的想法感到可笑，凭借他渺小的力量怎么可能转动一颗行星，不过是蚍蜉撼大树罢了。

但他还是迅速地计算重启火星磁场需要的动力。液体金属层距离地表仅有1500公里，这薄薄的地壳之下，正是停滞的铁水组成的液态外核。现在只需要第一推动力，让这些铁水流动起来，就能增加火星内核通往磁极的电能强度。内部电流通过环绕产生更大的磁场，火星自转和公转形成的动能、势能则会为磁场带来继发动力。

思索间，叶云舒发现周围还围绕着许多本不属于自己的能量，那是刚刚被摧毁的其他人类身体的等离体子云中的负电子。它们聚集在叶云舒周围，像积木一样任他摆布，其能量级别远超叶云舒自身。如果他带动所有电子从高能级跃迁到低能级，跃迁过程将释放巨大能量，而这有可能成为火星内核转动起来的推动力。

但是对叶云舒来说，不计后果的量子跃迁，会让他永远坠入基本粒子的世界，因为再次从低能级跃迁到高能级需要的能量更大。

为了冰巢里2万个小小的生命，为了人类的未来，为了一颗行星的重生，他想，自己本就是已经死去的人，这只是微不足道的牺牲。他不会在历史上留下姓名，但他殉的是信仰一生的道。

“再见了我的爱人，再见了我未曾见面的孩子。”

叶云舒将体内电荷像立体网似的铺开，以调动聚集在身边的大量负电子，然后率领着向太阳借来的千军万马，向火星最内层进军。他穿过地壳岩石层，进入地层深处纹丝不动的铁水中，然后让环绕周围的所有电子跃迁至只有电子百万分之一大小的中微子。

霎时间，叶云舒迸发出500万亿吨当量的能量，把区域中的铁水加热到4000摄氏度。冷热不均的液态金属外核圈，开始围绕固体内核心缓缓流动，整个火星的铁镍核心终被这股力量推动。

金属流动产生电磁力，火星南北两极的磁场开始向外延展，如梦似幻的磁场在整个空间弥散开，向太空延伸出几千公里。太阳抛出的高能带电粒子遇到磁场便向其他方向流去，使得极光在极点附近显现，如同舞动的虹之色彩。

叶云舒成功了，火星的大气层和冰层重新被保护，生态环境将缓慢恢复生机，而人类也有了将火星打造成第二个家园的机会。

这一刻，释放所有能量的叶云舒，已经抓不住任何电子，逐渐向更低能级的基本粒子跃迁，质子、夸克、一维弦……

他在虚空中永恒滑落，尽头是奇点的深渊。

两年后的地球，无线电通信终于恢复正常。老式电台里播放着太阳活动进入稳定期、地球磁场复原、载人飞船再次发射和灾后重建工作的相关新闻。

叶云舒的妻子仍在阿拉山下的避难基地，等待丈夫归来。星际舰队为叶云舒举行了最高级别的葬礼，但她始终不认可这份死亡证明。因为她内心深处总有一种强烈的感觉，让她坚信爱人依然存在于世。

日落时分，广袤的大地渐渐暗下来。太阳从西方落下，火星在东方升起，这正是火星冲日的时刻。妻子望着那颗明亮的红色星球，发现它突然强烈地闪烁了一下，她以为是自己的错觉。

天际边，一群大雁排成人字，向南方徐徐飞远。

心愿

张力中／作品

辽阔的原野，缤纷的花海。微风在女孩的脸旁轻轻拂过，将她的泪痕慢慢挥干。

这是一场安静的葬礼。女孩双手轻柔地捧着一只毛茸茸的小猫，她的母亲在她身后温柔地注视着她。小猫在女孩掌心安详地侧卧着，但它洁白柔软的肚皮已经再也不会像正常入睡时那样上下起伏了。

“妈妈，有没有什么办法能让咪朵不要死去，永远地留存在这个世界上呢？”

母亲思索了一会儿，“月儿，世间万物都会死去，咪朵的灵魂已经离开了。不过我们可以把它做成标本，让它的身体永远清清爽爽的，不会腐朽。”

“但它已经再也不会发出喵呜喵呜的叫声，不会在家里跳来跳去，也不会转着圈儿追赶自己的尾巴了！”女孩眼泪汪汪地望向母亲。

“那我们就坦然接受这个事实吧，月儿。我们把它葬在爸爸身边，让它去陪着爸爸，好不好？”

母亲的手抚摸着女孩的脸颊，女孩想了想，轻轻点头。一双稚嫩的小手将咪朵的身体安放在小小的墓穴中，轻轻地将两旁清香的泥土在咪朵身上拢作一堆。

“再见了，咪朵。”女孩轻声说道。她的手被轻轻牵住，然后一个温暖的怀抱包裹了她。她再也压抑不住，放声大哭起来。

1

女儿脸上的泪痕和亲手葬下小猫的背影永远刻印在夏普的脑海中。在别人眼中，夏普是一个对元宇宙痴迷到近乎疯癫的“工作狂”，谁也猜不透她在元宇宙里有怎样的志趣或是野心。但是，只有她自己知道自己生活下去的意义——为了给女儿一个更好的生活，为了弥补女儿两次直面生离死别的受伤心灵，为了满足女儿那一个带着哭腔的心愿。

从回忆的旋涡中挣扎出来，夏普的注意力回到了现实。她正坐在休眠室舒适的床上，准备进入下一次休眠。为了在元宇宙里积攒更多的“梦币”，她必须在休眠中将自己的思维与智力暂时“出租”给不周山科技公司，协助他们进行科学研究工作。她将床边的元宇宙终端头盔拿在手里，仰倒在软绵绵的床上，将头盔戴好，缓缓闭上了眼睛。舒缓的音乐响起，她熟练地引导着自己的思维沉入意识之海，让精神进入深层次的睡眠中。

休眠室安静得只能听见她头盔中传出的提示音——

“欢迎回到元宇宙，请选择功能选项。”

“您选择了休眠模式。请注意，休眠模式会对大脑进行写入与读取操作，在休眠过程中可能产生头痛、头晕、耳鸣、心跳加速等症状，如果您患有高血压、心脏病、脑血管疾病，请立即摘下头盔。”

“正在创建全脑备份镜像……完成。”

“正在向大脑写入核物理、量子物理知识……完成。”

“正在向大脑写入业务知识、前沿研究成果、课题进度……完成。”

“欢迎来到不周山虚拟实验室。有 165 位组员正在等待着您。您参与的课题是——基于量子跃迁的光速空间飞船引擎。您需要解决的关键技术问题是：激发态原子的物质波定向发射。”

2

静谧的星海，在人类无法倾听的频率中，群星正发出低沉的嗡鸣。

在一片本应空无一物的漆黑空间中，一艘飞船带着耀眼的湛蓝光芒闪现而出。在飞船的驾驶室里，只有一位眺望着眼前无尽星海的年轻女宇航员。

“哈妮克孜，我们正在接近半人马座阿尔法恒星系。”飞船控制台中传出低沉有力的男声。

“真是没想到，我们居然就站在这个承载了无数科幻小说遐想的地方。夏普式跃迁引擎真是了不起。”被称为哈妮克孜的女宇航员面对着眼前的星图感慨万千，“叶总，那个夏普是跃迁者吗？以我的芯片大脑，根本想不到那个绝妙的思路。这个引擎设计简直像是为您量身打造的。”

飞船表面的光芒逐渐消散，蓝色光点从飞船控制台涌出，在哈妮克孜面前凝聚出一个身姿挺拔的中年男人形象。他开口答道：“夏普既不是跃迁者也不是硅基智人，她是个正宗的原人。这份宝贵的知识是她在元宇宙当中和其他165位组员一起创造的。”

“那么，创造元宇宙的人真的很伟大。将原人的智慧集合起来，让他们能够创造出这么多惊人的科技成果。对吧，叶总？”女宇航员笑吟吟地看着中年男人。

“你快别奉承我了，我那没出息的儿子到现在还沉迷元宇宙无法自拔呢！”蓝色的男人露出一副无奈的表情，“他本来那么聪明，却不好好在火星基地研究星际矿产探测，非要跑到地球，像个原人一样整天泡在元宇宙里谈情说爱！”他一边说着一边在手掌心上凝聚出一团点云，点云逐渐凝实，形成了一幅男女二人携手在海边观潮的景色。

“你看，这就是他发过来的元宇宙全息截图。别说，这个名叫安冉的小姑娘长得还挺好看……”画面中的女孩有一头时髦的银色短发，看起来有女孩特有的青春活力。

“哈哈，想不到叶总还有这样的故事。”哈妮克孜笑着，伸手指向远处的红色恒星。“快看，这就是我们之前观测到的特异点了。快，我们飞近去看看。”

“你是一位优秀的宇航员，哈妮克孜。等任务完成，返回火星基地，我带你去聚变能源中心。很快，你就可以成为一名跃迁者了。”叶总大手一挥，身躯再次融入飞船中。飞船重新被湛蓝色的光芒笼罩，向特异点驶去。

3

“您已经完成了科研休眠任务。您的成果已经通过专家委员会审议。”

“30000 梦币已到账。”

“正在擦除工作记忆……完成。”

“您已经连续休眠 87 天 2 小时 56 分钟。为了您的健康，请您在苏醒后进行适当的运动锻炼。”

夏普从休眠中醒来，她的喉咙保持湿润，胃里既不饱胀也不空虚，看来休眠室的维生系统在她休眠的时间里对她进行了细致的照顾。

她拨通了女儿的电话。

“妈妈！”九岁的望月出现在了视频电话的另一端。“妈妈你的头不舒服吗？”

夏普注意到自己正揉着阵阵发痛的额头，连忙岔开话题：“没事，不用在意。对了，月儿在新学校怎么样了？过得开心吗？”

“开心！这里和以前的学校不一样，每个学生都有专门的课程，再也没有无聊的竞争啦！”望月兴奋地说着，“妈妈，我还挣了钱！”

“你一个小孩子怎么挣的钱呢？”

“学校会给每个学生发放补助，优秀的还有奖学金呢！虽然都是元宇宙里的钱……这么多年你一直很辛苦地工作，我把钱转账给你吧！妈妈，你一定要开心呀！”

望着活泼可爱又懂事的女儿，夏普感到自己的头痛减轻了一大半。

4

光照中学，在一间明亮的活动室里，孩子们玩着各种各样的玩具和科学实验器材。或一个人沉静地创造，或三五个人聚在一起热烈地讨论，每个人都沉浸在自己的小小事业当中。但在其中看不到望月的身影。

“望月，你的成绩非常出色。”在校长室里，校长对面前的小女孩赞赏有加。“接下来我要告诉你一些关于这个世界的事情。”

“好的，李校长。”望月乖巧地点点头。

“你有没有想过，如果世界上出现了一种新的人类，他们拥有着像机械一样的躯体，不会受伤也不会生病，同时拥有着人类的思维和强大的芯片大脑……如果我们身边出现了一些像这样的人，会是什么样子呢？”校长问道。

“我想，他们既然这么强大，应该去做更多帮助别人的事情。妈妈说了，能力越高，责任越大。”

“但只有有钱人才能接受那样的机体改造。这世界上的有钱人，有几个是无私奉献、心系天下的呢？”校长笑着问。

“那样的话，确实很糟糕。如果他们得到了那样的力量，会更加变本加厉地欺负穷人的。我爸爸就是在股市赔得倾家荡产，最后放弃了生命。他说，每个在股市里的普通人，他们的情绪都在稳定地波动。而那些富人可以把钱变成能量，打破情绪的平衡。不平衡的情绪会导致不理智的决策，让股价发生改变，释放出更多的能量，然后让更多人的情绪变得不平衡……最后股票的整体行情就会被改变。所以只有富人买股票才叫炒股，穷人买股票只能叫赌博。”

“你真聪明，望月。”校长称赞道，“这是一条非常了不起的规律。事实上，核裂变的链式反应也是这样的。外来的中子打破了原子核的平衡，也会让原子核发生裂变，并且释放出更多的中子来打破更多的平衡。只需要几颗小小的中子，就能点燃整个核反应堆。望月，你记得负责测试的老师是怎么评价你的能力的吗？”

望月回忆了一下，然后答道：“她说我的眼睛可以观察和控制核子之间的强相互作用力，也许可以去从事核物理研究。”

“但今天我希望你做一件事。我刚刚和你说的新人类的事情就发生在我们身边，不周山科技公司正在秘密开展这项计划，让有钱人可以把自己变成那样强大的新人类——硅基智人。一旦他们的势力扩大，会威胁到每一个像我们一样的普通人的安全。我希望你协助我们粉碎他们‘机体改造’的阴谋。”

“但我不知道该怎么做。”

“只有你才能给那些硅基智人造成永久性的伤害。他们的身体里有一个小型反应堆，用你的能力去探测正在进行的核反应，很容易就能识别出他们。如果有朝一日你遇到了硅基智人，我希望你用你的能力去加快他体内的核反应速率，让反应堆的温度超出冷却系统的能力上限。”

“他会死吗？”

“也许吧。但他已经不是人了。”

望月犹豫了一会儿，最终点了点头。

5

夏普简单地在休眠室伸展了一下僵硬的身体，然后再次进入休眠。这一次，她没有继续挣取梦币，而是直接进入元宇宙世界。

“欢迎回到元宇宙。当前位置：心愿花海。当前模拟等级：有限元级。”

她站在回忆深处的花海中央，微风轻轻吹拂着一株株花草，在原野上带起阵阵波浪。花海中伫立着一个年轻男子，向夏普挥着手。

“你回来了，夏普。”男人向她打招呼。

“告诉你一个好消息，我终于赚够了梦币，可以开启亚原子级模拟空间了！”夏普微笑着走向他，“小风，我们可以开始实验了。”

夏普划出一个手势，呼出了系统菜单。

“我记得我刚来的时候只能开启刚体级的模拟空间。”夏普笑道，“感觉就和以前的电脑游戏没什么区别。后来攒了好久的梦币才开通了有限元级的模拟权限，第一次在元宇宙感受到了风。”

“然后为了研究生物基因编程，我们又开通了分子级模拟权限，来模拟基因表达、蛋白质合成之类的生物化学过程。”小风补充道。

夏普在菜单上按下了“购买”按钮。

“现在，我们有了亚原子级的模拟权限，终于可以进行核反应实验了。”

系统弹出了一个对话框：“请为亚原子级模拟空间命名。”

“让宠物永远不会死去是月儿的心愿。今天，我们终于有机会实现这个心愿了，就叫‘心愿号’吧。”夏普望向小风。

“好，就叫‘心愿号’！如果实验成功，以后我们成立一个核动力宠物公司，也叫‘心愿号’！”他握住了夏普的手。

夏普看了一眼牵住自己的手，问道：“你会把月儿当作亲女儿吗？”

“会的。”小风坚定地回答，“我欣赏您的坚强独立，欣赏您的智慧和毅力，欣赏可爱的望月，也欣赏这个美妙的创意。创造永远不会死去的核动力宠物，可是我想都不敢想的。我愿意为了这个心愿贡献出我自己的力量。”

“谢谢你。”夏普握紧了那只年轻而温暖的手，两人一起进入了“心愿号”模拟空间。

6

元宇宙的海边，一对年轻的情侣在携手观潮。元宇宙的全息截图功能完整地记录了这一瞬间，作为两人美好回忆的见证。

“安冉，这里的风景怎么样？”他含情脉脉地望着她。

“这里的风景很独特。你说，这片海的尽头在哪里呢？”她轻声提问。

“这片海的尽头，取决于它的模拟级别。刚体级的大海可以像宇宙一样无边无垠，而如果精确到亚原子级……我能调动的运算力应该只能模拟游泳池那么大。”他回答道。

“不愧是你啊，元宇宙的算法工程师。”她笑着轻拍了他一下，“再问你一个问题，你如何看待死亡？”

他皱起了眉头，思索了一阵，答道：“死亡只是物质的形态从一种变成了另外一种。生命是一种能级较高的形态，死亡则意味着能量的下降……”

“你把物质和能量联系起来了呀。那么，信息呢？物质当中的信息，存储在物质本身当中吗？”她问。

“在元宇宙当中当然不是，元宇宙里的数据由量子计算机处理，我们能感知到的只是计算机显示的表象。至于现实世界，目前还没有定论。”

“我喜欢你的智慧，叶晚归。”她牵起了他的手。

“我也喜欢你的智慧，安冉。每次和你聊天，我都能感受到你灵魂的与众不同。”

“但我能感觉到你身体的与众不同。”她直视着他。

听到这句话，叶晚归第一时间的反应竟不是脸红而是惊恐。

“我知道你不是一般的人，你是一个量子意识体——跃迁者。你借用核聚变反应的能量，提高了自己的能级。你可以让物体的原子在你的影响下发生能级跃迁，成为你的一部分。”她一语道破天机。

安冉的身体骤然发出一阵强烈的蓝色光芒。叶晚归感应到她蕴含着一股庞大的能量，比一般的跃迁者要强烈百倍。

“我也不是一般的人。”安冉饶有兴致地注视着他惊慌的眼睛，“有趣的事情就要开始了。”

7

“实验开始。”夏普郑重地发出了信号。在亚原子级模拟空间“心愿号”中，无数亚原子粒子在空间中央生成。它们互相吸引，按照程序组成原子，原子再组成分子，最后形成一颗小巧的晶核。

“这就是真正意义上的硅基生命。事实证明，把碳基生物改成核动力的道路行不通。”夏普宣布，“接下来我会花费梦币，启动时间加速服务。”

晶核按照程序开始了它的生长。元宇宙向它提供着充足的物质资源，最终使它形成了动物的样子。这只动物虽然被命名为“咪朵”，但长得完全不像猫。它的身躯像一只小羊羔，但两只眼睛像蜗牛一样由眼柄支撑着四处张望。

“我们终于创造出了真正的核动力宠物。它拥有硅基的身体，芯片的大脑，不会衰老，不会生病，寿命至少比人类长。这是足以陪伴一个人一生的宠物，再也不会有小孩子和心爱宠物之间的生离死别了。”夏普喜极而泣，小风则激动地抱住了她。“我们的心愿，终于实现了。只要把这个技术方案拿到现实当中就能……”

毫无征兆地，一个少女的身影骤然出现。她轻轻触碰了一下咪朵，又在眨眼间消失，仿佛未曾存在。

“轰！”

突然，实验动物“咪朵”发出了一声爆鸣。两人看向咪朵，只看到它被炫目的湛蓝光芒包围，仿佛每个原子都在发光。随后，它竟然开始在空间中不断地改变位置，看起来就像是瞬间移动。

“我们……这算是成功还是失败？”夏普愣愣地望着面前光华璀璨的核动力宠物。

8

遥远的半人马座阿尔法恒星系，飞船靠近了那颗异常的红色的恒星——比邻星。这颗恒星虽然在地球看来不是特别明亮，但近几年一直持续朝地球发射着奇怪的电磁波。这一观察结果让知情的少数人感到惴惴不安。

“接下来我要下降到恒星表面，仔细调查。” 叶总说。

“一路小心。”哈妮克孜挥了挥手。随后她看到叶总的身体化为一道湛蓝色的流光，向比邻星的方向飞射而出。

哈妮克孜遥望着叶总的方向，突然感觉自己的肩膀被人从背后轻轻拍了一下。她紧张地转过头去，看到了另一个跃迁者——看起来却是安冉的样子。

“你……是安冉？我听过你的名字。你是怎么跨越这么远的距离来到这艘飞船上的？”哈妮克孜问。

“是的。我是安冉。”轻柔的声音直接在哈妮克孜脑海中响起，让她感到不知所措。

安冉的身体发出一阵亮光，一阵波动扩散开，像是在扫描整个艘飞船。“这艘飞船真是绝妙的设计。利用激发态的生命形态——你们称为跃迁者——作为火种，让整艘飞船的原子处于激发态，然后利用物质波将飞船出现的概率分布投送到前方的空间，实现超光速航行。你们真的很了不起。”

“这是你的男朋友告诉你的吗？”

安冉轻轻摇头，“不，刚刚我亲眼观察了飞船的每个粒子。时间的长河对于我来说是静止不动的画卷，空间的迷宫对于我来说是一望无际的平原。每时每刻，我都可能出现在宇宙的任何一点。”

“你是指量子跃迁？但即使是跃迁飞船也没法穿越那么遥远的距离呀。”

“在元宇宙里，只需要调用一个系统指令就可以做到。你说，我们所在的这个世界像不像一个元宇宙？”

哈妮克孜沉默了，这个问题她无法回答。

“那位勇敢的跃迁者正在亲身经历足以改变他世界观的事情。”安冉指向舷窗外那颗红色的恒星。

9

不周山科技公司的副总裁办公室，男子皱着眉阅读着一份报告。

“元宇宙中出现异常能量波动，波动中心位于亚原子级模拟空间‘心愿号’。能量波动从量子服务器扩散到了现实世界，影响不明。”

“模拟空间使用者：夏普，原人，女性，33 岁。其他参与者一人：雷小风，原人，男性，28 岁。记录显示模拟空间中当时正在进行核裂变实验。”

“发现人造硅基生命，以小型核裂变反应堆为能源，设计者为夏普和雷小风。”

“能量波动发生前的 15 分钟内，模拟空间的模拟等级短暂提高到量子级。”

男子苦笑一声，而后闭上双眼。“呵，他们几乎有能力制造硅基智人了……嗯，不能让这项技术出现在外界，我必须去沟通一下。”

不需要专门的休眠舱，不需要漫长的催眠程序。身为硅基智人的领袖，男子本身就与元宇宙相连。眨眼之间，他就出现在了亚原子模拟空间“心愿号”内部。

“抱歉，打扰一下。”他露出了职业的微笑。

夏普被突然出现的男人吓得惊叫一声，随后很快恢复了镇定。“您好，这里是私人空间，您是怎么进来的？”

“您好，夏普女士。我是不周山科技公司的副总裁，蓝斯。您近日开展的实验导致了强烈的能量波动，我注意到您正在制造小型核反应堆驱动的硅基生命。”

两人僵硬地握了一下手，然后夏普大方地承认了自己的计划。“没错，我计划生产核动力宠物，让世界上的小朋友们不再因为失去宠物而伤心。”

“这真是一个温柔的想法，夏女士。”蓝斯称赞道，“我欣赏您的博爱和智慧，但您需要解释一下，为什么您的模拟空间等级会在能量波动发生的时候突然提高到量子级？”

“量子级？有这个等级吗？”夏普疑惑地望着蓝斯。

“哦，抱歉。量子级模拟属于我们公司内部的专用权限，需要耗费大量的能量，将一块现实空间完整地连接到元宇宙中。也就是说，您创造的宠物在现实世界中真实存在。”蓝斯停顿了一下，让夏普消化这句话中的信息，“鉴于您对这个功能不知情，我们不会追究您的责任。但我们希望买断您的核动力硅基生命技术，这项技术不应该出现在外界。”

“这是我们的心愿，我不会放弃这项技术。”夏普直视着蓝斯的眼睛，坚定地回答。

“那么，我邀请您加入不周山科技公司，作为技术研究专家。由公司资助您的核动力宠物产品开发……我们愿意给出这个待遇。”蓝斯通过元宇宙系统将一张合同展示在夏普面前，“以及，如果您有兴趣的话，我们可以利用最新的科技成果，给您一个不会衰老、不会生病、健康长寿的身体。”

想到还在上学的望月，夏普犹豫了一会儿，最终答应下来。

10

飞船静静地环绕着比邻星，一道湛蓝色的身影毫无征兆地骤然出现在飞船驾驶室。

“我回来了。”叶总的眼睛里透射出非凡的光彩。

哈妮克孜吃惊地用眼神打量着叶总，惊叹道：“你是怎么做到的，瞬间出现在飞船上！”

“我跃到了更高的能级！”叶总兴奋地说，“我也许找到了宇宙的奥秘。我能进入那颗恒星，里面可能是一个模拟空间！”

“模拟空间？那不是元宇宙里才会有的吗？”

“我只能这样形容。那个空间中充满了比一百颗比邻星更强烈的能量，但刚刚我们在恒星外面却感觉不到。吸收了那些能量，我感觉到自己跃迁了！”叶总自豪地释放出一阵能量波动，让哈妮克孜惊叹不已。此时，能量的共鸣使他注意到了飞船上的安冉。

“咦，你是安冉？为什么你在我的飞船上？”

安冉露出微笑，“恭喜你，现在我们是相同能级的生命体。请试着感受一下，然后告诉我，宇宙是什么？”

叶总再次释放出那阵能量波动，波动在扩散过程中没有受到任何削弱，一直传递到宇宙的尽头。不一会儿，吃惊的表情就凝固在了他脸上。

“宇宙是一个模拟空间。”叶总答道，“我找到了宇宙的数据存储器。我看到了……过去、现在，宇宙的每个角落，一切的一切。”

11

望月站在家门前，难掩激动的心情。这是她升入光照中学以来的第一个假期，她终于又可以和家人团聚了。

“咔嗒”一声，门被打开，望月看到了那无比亲切的面孔。

“妈妈，我回来了！”她一头扑进夏普的怀抱。

在母亲的臂弯中，望月突然愣住。那双特异的眼瞳，望见了母亲体内正在运行的温暖的核反应堆。

“妈妈，你怎么变成了硅基智人？！”望月惊呼。

“因为妈妈找到了新的工作。”夏普温柔地用手指梳着女儿的头发，轻声道：“放心，我永远是你的妈妈。”

望月心中开始对李校长的话产生怀疑。硅基智人都是花大价钱购买机体改造的“门票”，而自己的家境显然不属于这一类。不过，虽然她更愿意相信自己的妈妈，但也无法对硅基智人给予足够的信任。她内心痛苦地挣扎了一会儿，最终小心翼翼地问道：“你怎么证明你是我妈妈？”

“月儿，我记得你的心愿。”夏普拿出了早已准备好的礼物盒子。

望月解开缎带蝴蝶结，掀开盒盖，看到了在盒子中安卧着的一只毛茸茸的小猫，它洁白柔软的肚皮随着呼吸缓缓起伏着。

“这……是咪朵？这怎么可能！”望月惊呼。

“它在过去的时光中找到了自己本来的样子。时间的长河对于它来说是静止不动的画卷，空间的迷宫对于它来说是一望无际的平原。每时每刻，它都可能出现在宇宙的任何一点。”

抓住那只咪朵

张墨／作品

咪朵消失的第一天

虚拟世界，核动力宠物公司

事故已经发生了两个小时。夏普眨眨眼，又一次不甘心地看向实验室。他们的实验宠物咪朵，两个小时之前还在实验室中乖乖站着，在核反应的模拟实验完成后，竟然突然消失了。实验室内外都翻了个遍，可是还是找不到咪朵。数据反复看了一遍又一遍，但都只导向一个难以置信的结果——

在核反应模拟实验中的高能辐射下，咪朵吸收了大量的能量，组成它的原子从低能态跃入高能态，然后，它就此消失了。

作为公司创始人和负责人的夏普，不想在下属面前表现出慌张无措的样子。于是，她藏下了心中震惊的情绪，只是吩咐员工做好实验记录。

她走回了自己的办公室，不出她所料，公司的共同创始人雷小风已经在办公室里等着她。“小风，我们必须得商量一下怎么处理，”她火急火燎地说，“这件事恐怕不是可以当作一次普通的实验意外处理的——”

“你好，我是国际刑警警员王心遥。”突然，从书柜旁的阴影中走出来一个人。刚才夏普急着向雷小风讲述关于实验意外的事情，竟然都没有注意到。等她回过神，王心遥已经走到她面前，向她伸出了一只手。

这是一位二十多岁的短发女性，胸前戴着国际刑警的徽章。夏普愣了一下，想不到国际刑警会找上门来。但她还是很快伸出手和王心遥握了握，收敛了自己急躁的情绪。

雷小风连忙走到了她们身边，开口解释道："王警官刚刚来找我们，你还在实验室里，所以我先把她带过来了。"

"这是我的警官证。"王心遥抬起右手，点了点手腕上佩戴的手环，一幅全息图像便浮现在她的手臂上方。在夏普看的同时，她开口说明了自己来意："今天下午四时，我局接到不周山科技公司报告的一次系统预警，显示元宇宙中的核动力宠物公司数据异常，系统初步判断为能量波动引发，因此派我进入元宇宙，来贵公司进行调查。"

"下午我们的模拟实验的确出现了意外。"夏普说，"但是只是一次实验室的事故，没想到，竟然会引起这么大的关注。您有什么要问的，我们一定配合调查。"

"那就请从头讲述一遍这次实验情况吧。"

"根据你们的专业知识，对咪朵的消失有什么推测吗？"

一小时后，王心遥和夏普、雷小风在办公室里相对而坐，事件已经讲述完毕，实验记录视频和数据都显示在他们身后的玻璃屏幕上。夏普犹豫了一下。

"组成它的原子发生了跃迁，在某种程度上可以说，它也发生了跃迁，变成了……或许是另一种存在，另一种生命形态。"

“也就是说，它依然存在，并不是真的消失了？”王心遥努力抓住其中的重点。

“是的，”雷小风补充道，“如果让我推测，能量波动或许是它变成了另一种能量体，在元宇宙中，也可以说是一段数据信息。”

“变成了另一种存在……那么，它还是咪朵吗？它，还在这里吗？”

物质世界，寄宿学校，画室

“同学们，我们今天的画画主题，是‘我的宠物’。”美术老师站在教室前方，身后的屏幕上出现了几个大字。“大家可以画自己家里养的宠物，也可以画自己想要的宠物。现在开始吧。”

教室里的孩子们拿起了画笔，一开始还老老实实坐在座位上想或画。没过一会儿，就开始窃窃私语，左顾右盼。而画纸上，也渐渐浮现出了一些雏形，有家里的小猫小狗，有动物园里看到过的珍奇异兽，也有机器狗之类的电子宠物。

只有一个小女孩始终不言不语。她坐在教室后方靠窗的位置，没有和任何人说话，只是自己安静地挥动画笔。

突然，一个男孩跳到她身边，抢走了她画板上夹着的画。

“大家快来看望月画了个什么！”男孩用夸张的音调大声叫喊，同学们纷纷围拢过来。

“这是什么？蜗牛？狗？”

“好丑啊。”

“有点恶心。”

在起哄的同学带领下，其他人也开始哈哈大笑，奚落着这个怪异的宠物。而画的主人，只是一言不发地看着他们，仿佛一切和自己并无关系。

“你们在干什么？”美术老师一边走过来，一边大声喝问道。

聚拢的同学作鸟兽散。一张被弄得皱巴巴的画飘落在地上。

美术老师拾起画，递还给了望月。

小女孩抚平画上的皱褶，把画重新夹到画板上，拿起笔继续涂抹。她脸上没有委屈也没有愤怒，平静得不像一个九岁的孩子。

美术老师叹了口气，转身离开了。

咪朵消失的第二天

虚拟世界，核动力宠物公司

“我已经向上司汇报了情况。”王心遥告诉对面的两人。“你们不用担心会对公司造成影响。但是你们需要配合警方的行动，协助我们找到咪朵。这样我们才能清楚发生了什么，把后果保持在可控范围内。”

“我们一定全力配合，找到咪朵。”夏普诚恳地说。

她的确很想找到咪朵。核动力宠物公司，是她一直以来的梦想和事业。如今研究一年的实验宠物竟然就这样不明不白地消失了，她比谁都更想找到咪朵，减少损失。

“好，那么‘抓捕咪朵’计划，正式开启了。”王心遥看了一眼手环，接着说了下去，“我们的第一步，是在贵公司设立监测点。既然咪朵跃迁时出现了能量波动，那么它再现身的时候，同样也可能出现相似的能量波动。请贵公司的工作人员这几天保持对和咪朵跃迁时相似的数据变化的监测，一旦出现，立刻反馈给我。我还要去周边其他可以设立监测点的地方沟通……”她一边说，一边站起来。看到夏普和雷小风也要起身，她连忙挥挥手：“不用送我，有事联系。”

王心遥离开了，夏普长叹了口气，瘫坐在椅子上。

雷小风坐到了她对面：“不用太担心。我知道你害怕给公司带来损失，但是你想想，这意味着什么？也许这是一次难得的机会，能产生比我们原来设想的更令人激动的成果。”

“我们原来只知道原子可以跃迁，但从没想到过一个生命竟然也可以跃迁，甚至跃迁后可以稳定存在。而假如咪朵可以在这个宇宙中通过核反应实现生命形态的‘跃迁’，那是不是说明，在真实的世界中，也可以通过核反应去改变真实的生命呢？”

“如果那样，这将是改变世界的发现。”夏普点点头。如果他们是发现这一点的第一人，那么她梦寐以求的东西，或许都能得到。改善她和女儿的生活，创立宠物公司……

“你说的我当然也想过。不过，你不是对现实世界不感兴趣吗？”

“但是你还对现实世界有兴趣呀。”雷小风笑了笑。“而且，如果有机会完全放弃现实生活中的那一部分，我想我也是愿意的。比如，一次像咪朵这样的跃迁。”

夏普微笑了一下，不置可否。她沉吟了一会儿，又说：“不过，核技术已经应用了那么多年，如果咪朵跃迁之后，真能像我们想象的那样，稳定在更高级的生命形态，我们会是第一个发现这一点的人吗？还是说，在我们不知道的地方，早已有人掌握了这项技术？”

他们都沉默了。这种假设涉及的内容太过庞大，仿佛一个隐秘世界突然被揭开一角，他们抬起头，在彼此的眼中同时看到了兴奋和恐惧。

咪朵消失的第三天

虚拟世界，核动力宠物公司

“昨天一天公司的数据都没有波动。”夏普说，“我想咪朵——假如它还是咪朵的话——如果能脱离公司，也确实不见得会立刻回来。”

“我已经在周边其他有相关设备的实验室、科技公司也设立了监测点。”王心遥说，“不周山科技公司也在持续监测元宇宙内所有和那段时间内数据变化相似的波动，但都没有什么结果。”

“看来不会那么快。”夏普说，“对了，我明天需要回现实世界一趟，这是我和女儿约好去接她的日子。”

王心遥的目光从数据屏幕上暂时转移了出来：“对不起，恐怕不行。”

“什么？”夏普愣了一下。虽然配合调查，但她从未想过自己的人身自由也会被限制。

“对不起。”王心遥又重复了一遍，不过她的语气并没有任何放松的余地。“这是上级的命令。局里对这起事件非常重视，要求七天内找到咪朵的下落，在此期间，除非是为了抓捕行动，否则牵涉其中的重要人员都不能离开。而按照我们目前的进度，明天恐怕没有结束的希望。你们实验室内部的人员，这几天也要安排在公司值班。”

夏普叹了口气：“这么说，我们现在也算是半个嫌疑人了。”“没有这个意思。”王心遥缓和了一点语气，“你可以跟学校视频沟通。其实我也从没在元宇宙停留这么久过。”

“是吗？”夏普有点好奇地问。

王心遥耸耸肩：“我要维护现实世界的秩序，没有时间。而且，我对虚拟的东西也没有什么兴趣。”

“你和我们还真是完全相反啊。”夏普微笑道，“不过，你觉得我们是虚拟的吗？”

“你们是真实的人，只是进入了这个世界，当然不算。我们都可以在自己想的时候进入虚拟世界，可是虚拟的东西却不能进入真实世界。”

“那么，假如肉体的界限被打破呢？假如我没有了外面的身体，像咪朵这样变成一团能量，一组数据，我就不是真的了吗？”

“现在这个时代啊，”夏普的目光飘回到屏幕上一排排的数据上，若有所思，“虚拟和现实的界限，或许也没那么清晰。”

咪朵消失的第四天

物质世界，寄宿学校

今天是妈妈来的日子。

望月坐在教室后排，悄悄地计算着时间。

现在是 9 点 45 分，这节课 10 点结束。妈妈一般会在 10 点的时候准时到达学校门口，然后班主任老师会领着妈妈进来找她。根据班主任老师忙或不忙，时间上可能有 5 ～ 10 分钟的误差。但 10 点 10 分前，妈妈和班主任一定会出现在教室门口。

9 点 50 分，9 点 55 分，10 点……

10 点 5 分，10 点 7 分，10 点 8 分，10 点 9 分……

班主任出现在了喧闹的教室门口。

吵闹的同学们安静了不少。不过班主任当然不是来管他们的。她的目光望向望月。望月拎起早已收拾好的书包，快步走到了门外。

但是，等着她的却不是妈妈，而是一个陌生的男人。

“望月，今天你妈妈有事，不能来接你了，晚上你可以和她视频通话。”老师解释道。“不过我也有一个好消息，这位李星火先生是光照儿童基金会发起人，他们基金会一直致力于资助在科学方面有天分的学生。李先生在上次科学竞赛中观察到了你的表现，有意向对你提供资助。光照基金会一向十分慷慨，这可是难得的好机会呀。”

望月没有说话，只是抬眼打量着这个李先生。他看起来有四五十岁，留着茂密的胡子，面相很凶。望月并不喜欢他。

“望月，你好。”李先生微微弯下腰，打了个招呼，不过语气中并没有什么愉快的感觉，“作为基金会的负责人，我需要对你进行为期两到三天的考察，考察形式是游学营。我们的员工会对你们进行观察评估。”

“光照儿童基金会的资质是经过政府认可的。”班主任老师说，“你妈妈也已经签署了同意书，想让你跟着出去玩玩，就算没有被选上也没关系。只要你愿意，我们就可以出发，我会陪同你到游学营的宿舍。”

望月没有回答，依旧在抬头看着李先生，似乎在消化话里面的信息。

她并不喜欢他，也不信任他。但是她知道妈妈并不富裕，资助对她们来说是很珍贵的机会。

她缓缓地点了点头。

咪朵消失的第五天

虚拟世界，核动力宠物公司

又一天过去了。王心遥盯着毫无波动的数据，烦躁地把手插进头发。

这是她第一次独立负责案件，而且又是领导非常重视的任务。第五天了，却依旧一无所获。

看起来，咪朵就像从这个世界蒸发了一样。

或许作为实验动物它不愿意回到核动力公司，但是整个元宇宙的数据都被不周山科技公司监控着，却没有任何它活动的痕迹。难道说，它完全没有活动，就打算这样一直跟他们耗下去？

夏普也坐在她身边。昨晚刚跟女儿视频通话过的她，看起来心情不错。她也在看着屏幕上的数据。

“其实，我这两天一直在思考一种可能。”她斟酌着开了口。

“什么？”王心遥的目光依旧停留在屏幕。

“那天跟你聊天的时候，你说虚拟的东西不能进入真实世界。但是，我昨天晚上，在这个虚拟世界里，依然通过数据传输，和现实中的女儿对话了。咪朵的生命形态已经被改变了。它现在，在这个基础量子算法主导的世界中，它是某种量子意识能量体，是一段数据信息。那么，这段数据，是不是也可以以某种方式和现实产生互动，进入现实？而假如在我们的监测开始之前，它就已经离开了元宇宙，那么我们不管怎么监测，自然都抓不到它。我们以为它不知道外面的世界，但是改变了生命形态的它，会不会其实已经找到了通往现实世界的路径？”

王心遥若有所思地转过头。

夏普接着说：“问题是，假如它离开了，它会去哪呢？外面的世界太大，数据也太多，如果没有目标，恐怕很难找到。”

“假如意外跃迁的是雷小风，他会留在这个世界。假如是我突然因为意外跃迁，一定第一时间去找我的女儿。但是咪朵……”

王心遥想了想：“咪朵……它是个什么样的动物呢？”

夏普叹了口气，摇了摇头，发现自己对咪朵的了解如此之少。在她眼里，咪朵是她的梦想，她的财富，她的实验品。她设计了它的动力来源，它的外表，她有关于它的一堆堆实验数据。可是这个实验品喜欢什么，在想什么，她怎么会关心呢？现在，她也完全想象不到，这个实验品一旦得到自由，会去往何方。房间的气氛一时又陷入凝固。王心遥和夏普都皱着眉头拼命思考。

似乎突然想到了什么，夏普猛地抬起了头：“或许，有一个人会知道。”

物质世界，光照儿童基金会

望月坐在一间实验室里，她目光所见，只有一堆的仪器。

她辨认出那是一个小型核反应堆——在可控核聚变技术被广泛应用的情况下，这样能快速启动的小型核反应堆并不少见。

基金会的李先生说要她配合完成一项实验。于是，她被带入了这个实验室。单向玻璃让她看不到外面的情况，但外面的人却可以对她一览无余。

她没有表露出任何神色。即使在李星火这样的人眼里，她也是一个让人捉摸不透的孩子。只有她自己知道，她放在口袋里面的手紧张地握着。

“开始吧。”实验室外，一个低沉的声音说道。

望月突然睁大了眼，盯着眼前的仪器，似乎看见了什么了不得的东西。她瞪着仪器，开始微不可查地颤抖。

15 分钟后，仪器停止了工作。

实验室外，李星火兴奋地一拳砸在桌子上。他一贯喜怒不形于色，但是放大的瞳仁泄露了他的激动之情。核反应停止了！

只用了这么短的时间。这个女孩，就是他一直在找的，拥有强大的特殊能力的儿童，他通过虹膜辨识出了她。她的胶子虹膜，可以通过视网膜聚焦或稳定微观世界粒子的状态，比如人为加速或停止核反应。这样的能力，正是他需要的。

他的激动没有维持太久，一阵电话打断了他。他快速收敛了心神。接起电话的时候，他的声音已恢复如常。

“你好，李先生，我是夏普，望月的妈妈。”

咪朵消失的第六天

物质世界，国际刑警分局办公室

夏普、望月、王心遥此时都在这间办公室里。同样在办公室里面的，还有王心遥的直属上司和同事。

这么多大人，都凝神屏息，只等着一个九岁的小女孩开口，讲她的一只虚拟宠物。

昨天，李星火尽管有点不情愿，但还是立刻同意了让夏普接望月回家。他的秘密计划是长期的，不能引起别人怀疑。反正，夏普和望月并不知道他的实验是什么。他有信心，为了那份资助，这对母女一定还会回到他的掌控下。

就这样，望月被夏普接回了家。第二天，王心遥把她们母女一起接到了国际刑警分局的办公室。

“望月，咪朵失踪了，我们正在找它。”夏普弯腰到和女儿平视的高度，“但是我们都不知道它可能去哪儿。你是最了解它的人。你能给我们讲一下，你觉得它可能去哪里吗？”

望月依旧沉默着，很多警员已经露出了一丝不耐烦的神色。王心遥的上司也忍不住要开口，夏普却果断地做了个手势，示意大家不要催促。终于，望月缓缓开口……

“我是一年前认识咪朵的。一开始我并不喜欢它。因为它，妈妈花了几乎全部的时间和心力，甚至把我送去了寄宿学校。别人的宠物，都是可爱的小猫小狗，妈妈却带我进入虚拟世界，介绍了一个这样奇形怪状的宠物给我。”

她的声音清晰平静，所有人都全神贯注地听着，生怕遗漏什么细节。

“每个月妈妈来接我的时候，都会花半天时间带我进入元宇宙，看看她的成果，也就是咪朵。当妈妈去处理公司事务的时候，我就自己一个人和咪朵玩。

“咪朵是公司众星捧月的明星，所有人都围着它转。但我知道，他们其实并不真的关心它。他们关心的，是自己能从它身上得到什么，就像你们此时围绕着我这样。包括妈妈也是如此。咪朵友好地对每一个人，但它其实很孤独，因为并没有人真的去爱它，陪伴它。

“它不需要吃东西，因为它依靠的是核动力。所以也没有人拿食物给它。但是我知道它其实喜欢闻苹果的味道，因为我拿不同的水果给它闻过。

“它不需要睡觉，因为它依靠的是核动力。但是它喜欢躺在我身边，闭上眼，让我给它挠痒痒。因为只有我在它身边停留了足够长的时间，让它能安心地享受陪伴。

“它不需要有喜欢的风景和环境，因为它是个宠物，它的存在只是为了人类，它只能去往主人在的地方。但是我知道它喜欢森林公园，因为我给它放过不同地方的视频。它还喜欢郁金香。

“我有很多话想和它说，但我不会说出来。我想，你们已经得到了需要的信息。”

房间陷入了寂静。王心遥第一个站了起来，手里举着笔记本。

“长官，我申请接入管辖范围内所有苹果园、水果市场、森林公园、郁金香园的数据中心。”

咪朵消失的前二十六天

虚拟世界，核动力宠物公司

女孩盘腿坐在地上，她的腿边蹲坐着一只特殊的宠物。她手里拿着一个苹果，引着那只小怪物在她身边跑来跑去。小怪物却并不对她的逗弄感到生气。这似乎是一场双方都默认的游戏。

“咪朵，咪朵。”女孩轻声说，“你天天困在这个地方，是不是也很孤独？就像我被困在学校一样，周围都是不能理解你的人。”

“如果有一天你自由了，你会去什么地方呢？”

“森林里、大海边……有好多地方可以去。”她把苹果塞给咪朵，手托着腮，开始畅想。

“如果有那一天，你会来找我吗？”

咪朵消失的第七天

物质世界，不周山科技公司

在不周山科技公司强大的技术支持下，辖区内所有的监测地点数据都传输到了这间数据中心。辖区外的数据，分局也已经申请其他分局协助监控。

然而，整整24个小时过去了，还是一无所获。

“话说，我还没问过你，就算真的找到了咪朵，我们又要怎么抓回来已经跃迁的它呢？”夏普好奇地看向一脸紧张的王心遥。

“这个就需要不周山的技术人员协助了。”王心遥手一指旁边的一个青年，“这位是协助我们办案的量子算法工程师叶先生，让他来跟你说吧。”

“您好，我是叶晚归。”青年友好地和夏普握了握手。“咪朵跃迁的原理想必您也了解。它的跃迁是从低能态跃入高能态，那么，我们想要抓到它，自然就要让它再从高能态跃迁回低能态。”

“原子吸收光子的时候，从低能态跳到高能态，而原子发射光子的时候，自然就会再跳回来了。”

“理论上确实是这样。”夏普说，“但是，我们怎么让它发射光子呢？”

“您知道激光吧？处于激发态的原子在外来辐射场的作用下，向低能态跃迁，放出光子。这光子束，就是激光。所以，如果我们能再次启动核反应，激发构成它的原子，再配合辐射场的作用，就有可能让它变回低能态。”

“当然，一切都是一种假设。毕竟，这些理论从未作用于生命体。”说到这里，他的目光闪烁了一下，“但是，咪朵的变化不也是一个奇迹吗？如果咪朵可以用这样的方式改变生命形态，我们自然也可以尝试一下把它变回去。”

“问题是，我们依然找不到咪朵。”王心遥有点暴躁地说，“难道它去冬眠了吗？它还能去哪儿呢？”

“王警官，”夏普似乎想到了什么，“目前只监控了望月提到的相关的地方吗？”

“当然，”王心遥说，“我们的数据处理已经快要超负荷了，没有多余的精力监控其他地方。”

“我想，还有一个咪朵可能会来的地方，被我们忽略了。”

夏普看着远处独自画画的女儿，若有所思。

“什么地方？”

“这里。望月在的地方。”

已经是傍晚时分，监控数据的人员也都松懈了。看起来，这注定又是一无所获的一天。

夏普和望月，被单独放在了一个大型实验室里面。她们已经在这里坐了一下午。离她们不远处，是一个小型核反应堆。她们身上放置着防辐射的透明密闭罩，这样在开启辐射后，她们就不会受到影响。

天罗地网已经布下，只等着看那个猎物会不会来。

夏普时不时地查看女儿的状态。望月却似乎一点都不感到恐惧或不适。她枕在妈妈膝上，夏普用手指随意地梳着女儿的头发，也许，她很享受这样难得的和妈妈互相陪伴的时光。

“妈妈，你说，如果你是咪朵，会愿意被抓回实验室吗？”

夏普没有回答，梳头的手指轻微地颤抖了一下。

突然间，一组数据在屏幕上跳跃了起来。警铃响起，王心遥一下子从座位上弹了起来。

“咪朵来了！”

“叶工，快准备！”

“咪朵来了！”所有人互相提醒着，飞快地投入了工作。

他们也在心里期待着，猜测着咪朵会以什么形式现身。人们瞪大了眼睛等着，屏幕却突然变黑了，电断掉了，他们陷入了一片黑暗中。

“快拉备用电闸！”王心遥大喊。

“开启核反应堆和辐射场！”叶晚归也大喊。

五分钟后，灯亮了。屏幕恢复了。一排排数据中，没有了他们要找的波动。

王心遥和叶晚归冲去了实验室，隔着玻璃，他们恍惚看见了望月的身边出现了一个小怪物。但只是一瞬间。随后，女孩站起身来，身边只有她的母亲夏普。她的视线转向这两个一无所获的大人。

“王警官，叶工，核反应堆不知道为什么，突然自己停止了！”一个下属汇报道，“什么也没有抓到。”

王心瑶懊恼地跺了下脚，匆匆随下属离去。她还有很多后续事务要处理。

叶晚归和女孩对望着。女孩平静的眼神里，似乎蕴含着巨大的坚定的力量。

他有种感觉，望月已经见到了她的朋友。但是他们其他人，再也没有机会找到咪朵了。

先驱

陆宇航／作品

第一章 暗淡星辰

我想在 30 岁之前，亲眼看到整个地球。

我想被大家认同，站在人类最高舞台的聚光灯下举起奖杯。

我想在有限的生命中，探索尽可能多的星空。

我要成为无所畏惧的探险者，地球上绝无仅有的先驱！

保存完好的笔记本一页又一页地翻开后，歪歪扭扭写着一行行豪言壮语。

纸页的最下方，用另一种笔记写着不同的日期，足足横跨了 23 年之久。

寂静漆黑的飞船驾驶舱内，驾驶员吃着毫无味道可言的航天食品，翻看着笔记本里的内容。

飞船切换到自动驾驶模式，漫无目的地飘往无人知晓的深空，全息雷达正在不停绘制着三维地图，显示出此地并不存在于人类已探索区域的任何一处。

通信器闪烁着红光，连续过万频次的申请通话毫无反应后，可以确定飞船失去一切与地球的联络。

这艘完全使用核动力当作能源的飞船，其能量可供数千年漂流飞行，菱形外观侧翼光伏板，会在有宇宙射线到来的时候提供额外的附加能量，核反应堆加射线能这种近乎完美的能量循环模块，唯一的缺点即将让发明者成为宇宙中飘荡的活死人。

驾驶员在物理形式下大部分感知系统失去了作用，真空环境下不会有任何声音产生，飞船自带的优质音响，早在三个月前就被主动关闭。

浩瀚无垠的宇宙带来无限的恐怖，会逐渐剥夺掉挑战者的一切，宇宙从来没有失败过，这次必定还是会如此。

地球上繁衍生息的人类，自我感觉在面对宇宙的战斗中屡战屡胜，自信心膨胀到极点后，做出了充满风险的新尝试——建设遥感星轨，探索宇宙边境。

发起此项尝试的初始动力，则是核动力科学在载具中的应用取得突破性进展，充足且稳定的能源供应，帮助人类将视野延伸到宇宙更深处，探寻未知且神秘的浩瀚星空。

远航核动力飞船搭载发射遥感信号的量子频闪器，经过数次亚虫洞的空间跃迁后，向科研资料库中陌生的黑暗区域进发。

一连 181 颗耀眼的明星穿透大气层，在肉眼可见的视觉尽头一闪而过后，出现在了全域可见的直播视频画面内。

当时的地球天空群星璀璨，地球人抬头仰望，不借助任何设备的辅助，就能看到连珠穿云的人造奇景。

可这些震撼人心的画面，都是三年之前的事情了。

现在是公元 2201 年，按照地球的时间来算，是驾驶员陆雨的 30 岁生日。

当生日快乐的提示音突兀地钻出音响时，陆雨刚把笔记本放回操作台上。

他将手掌轻轻按在胸口，心脏受到压迫而更加剧烈地跳动，向大脑证明着自己还充满活力。

整齐的工作服下隐藏着一道 10 厘米长的伤疤，是他 7 岁时做先天性心脏病的手术留下的。

这颗心脏原本不属于他，是一位 14 岁的少年在脑死亡前自愿捐赠的。

是那个少年，赋予了他第二次生命，陆雨时常会与心脏自言自语交流着，说着那些只有他们两个才能听懂的话。

心脏的主人将他的梦想写在一个笔记本上，手术圆满成功后，陆雨的祖父带他去过少年的家，谁都没注意到陆雨将笔记本悄悄揣进了怀里。

据说心脏会潜移默化地改变宿主的思想，那时的陆雨还不知道，自己鬼使神差地偷走笔记本，将会改变几十年的生命轨迹。

陆雨带着这颗心脏，和他用来写日记的笔记本，走到了地球联邦的演播厅内，捧起了那座由数百种稀有矿石锻造成的奖杯。

27 岁时，他义无反顾地登上了第一百八十一号远航飞船，开始了这段只有理论上才能回来的旅程。

与最后一艘同行飞船的联络，是在一年半以前，被长期的精神压抑折磨的驾驶员当着他的面自杀后，就只剩陆雨孤零零一个人了。

笔记本上还差最后一个愿望，陆雨与少年的约定，就能全部达成。

但陆雨无法再继续坚持下去，除了心脏还能正常运转之外，身体的各个零部件都在告诉自己，离开的时间到了。

无畏的探险者最终的归宿，便是将带有安乐死药剂的注射器戳进自己的手臂。

先驱，人们总会将一些勇于尝试的人称为先驱，第一个吃螃蟹的人、第一个登顶珠峰的人、第一个驾驶飞船前往宇宙未知深处的人……熠熠生辉的传奇人物，总能做出些惊世骇俗的举动。

陆雨本来是很有机会成为先驱的，他的前半生同样曲折离奇，充分具备写自传的硬性条件。

7 岁时心脏手术的前一个月，破解了一位伟大的天文学家所提出的假设——一幅隐藏着谜语的星空图画。

12 岁时独立搭建了单人飞船的内部架构，用一种前所未有的制作规则，打造出了远航飞船的雏形。

15 岁印证了量子频闪器的可靠性，并提出星轨构造计划，既然人类诞生于地球，那么索性效仿古老的地心说，以人类生活的地球为中心，绘制出整个已知宇宙的蓝图。

20 岁时带领万人团队实验成功高比率转化能量的核能循环系统，将核反应能源的储存时间延长数倍，彻底打通了“宇宙地心说”的最后一个环节。

当一切的一切准备就绪时，27 岁的陆雨悄悄驾驶着一架备用飞船，闯入了星图内。

在经历了超乎想象的艰难斗争后，执着如陆雨，也无法继续下去了，来自神经元里的压力大到足以摧毁灵魂的地步。

代表着解脱的注射器戳进臂膀的工作服时，那个毅然决然登船的探险者，终于成为历史书中轻描淡写的一段文字。

摧毁生机的药剂逐渐进入体内后，朦胧的感觉迅速清理掉脑海中的杂音，在完全失去意识的万分之一秒里，陆雨看到了缓慢旋转的星团、快速划过的行星、正在爆发的超新星……

这才是真正的宇宙，陆雨感觉到身体在快速远离着眼前的世界，自己与星球的距离会无限拉长下去，直到璀璨的星空变成唯一的光点，微不足道的一个小点时，便会被自动忽略不计，陷入彻底的、永远的黑暗。

可惜了……我该怎么和老伙计解释……

他应该知道这很难……

会原谅我的……

咚咚……咚……

第二章 熠熠生辉

驾驶员的座椅两侧，手臂无力地耷拉着，地面的遥感指挥室内，跑得最远的那颗明星，也终于暗淡了下来。

181 颗黯淡无光的连接点，宣告星轨构造计划的结束，这些用迷你核反应堆提供光亮的量子频闪器，组成一幅不规则的星图，展现在指挥室硕大无比的屏幕上，那些新奇的星球、充满想象力的飞行方式，必定在接下来的很长一段时间内掀起新一轮的航天科技革命。

但指挥室内的气氛十分压抑，一点儿都没有项目圆满成功的样子，有几个年轻人收敛不住眼泪，掩面推开紧闭的闸门奔向僻静无人的地方。

伟大的先驱，死在了完成约定的路上，与他相熟相知的人都清楚，他行事的准则来源于那个谁都不让人看的笔记本。

一位才华横溢的天才航天学家，天生自带耀眼的光环，本有着无限的荣耀，却早早丧命于黑暗的边境，无人能够理解他的想法。

他是整个“宇宙地心说”假设的首位实践者，这种原则上早已被论证错误的学说，却是最能直观地让人类感受宇宙的一种办法。

所有宇宙的航行，不论多远总要有起点，而人类的起点目前来讲，只能是地球。

就像一张画布想要固定在垂直的墙壁上，无论如何也要选择至少一个受力点，当所有人都在为如何确定受力点而争论不休时，将地球作为出发点，成为必须和必然的选择。

星轨构造计划最开始的提出者并不是陆雨，而是他的父亲陆波，兢兢业业的资深宇宙空间研究员，他的归宿也是浩瀚星空。

地面工作人员有条不紊地筹备起对外新闻发布会和庆功宴，三年来这个计划所得的收获满满，人类的“眼睛”先望到了真切的宇宙深处，那些纸上谈兵的理论会很快付诸实践，正如一辆踌躇满志的马车，在等待着马儿吃饱喝足。

这一天终于到来了，181位宇航员用生命换来的宝贵信息，会让人类的航天事业向前迈出坚实的一大步。

喧嚣背后的寂寥，逐渐被庆祝和笑容所取代，忘记悲伤是人类先天的优势，大家在夜晚的盛大宴会上频频举杯的时候，指挥室的仪器同时会被搬运出去，挪动到各个需要数据的部门单独研判分析，再也不会有人坐在这里的主控台前观测航线了。

遥远的宇宙深空，驾驶座位上刚刚停止呼吸的躯体，大脑中所有的神经元正飞速消耗着所有的能量物质，进行着一生的梳理。

陆雨对宇宙的向往，源自家庭环境的熏陶，自祖父一辈人开始算起，陆雨一家便潜心于宇宙的研究，为人类能直视那未知深邃的星空而不懈奋斗。

陆雨患有先天性心脏病，他的父母在一次飞行实验中双双遇难，这一严重打击使得陆雨的病情急剧加重，他被提前推进了手术室。

移植心脏的手术是被明令禁止的，所以在航天科技总院内，没几个人知道这台手术具体的内容，对外公布的是拯救航天科学界一颗冉冉升起的新星。

试想一下，一位不到7岁的孩童怎会撰写超过万字的详细论证？那幅神秘的星空图画真正的破译者，是陆雨的祖父。

在整理儿子的遗物时，伤心不已的祖父发现了那些关于星轨构造计划的蓝图手稿，那些奇思妙想的创造，在他的眼中汇聚成一条救命稻草……

将这些研究成果冠以陆雨的名字对外发表出去，这样才能博得那万中无一的宝贵机会，让整个航天科学界齐心协力，用超时代的医学条件救下他的宝贝孙子。

这样做虽有些令人不齿，但是一位不久前痛失亲人的老父亲，所能做的一切。

至于后来的星轨构造计划，也是父辈留给他一生受用的宝藏。

外界将他捧到了一个不属于他的高度，尽管他一直在努力钻研着，想凭借自己的本事真正做出些成绩来，但在这个设计图纸里，父辈们已经将所有可能出现的意外情况都想到了。

手术前一天，陆雨在院子里静静等待着接他去医院的救护车，祖父在客厅伏案绘制着色彩斑斓的图纸，白发苍苍掩饰不住他的神采奕奕，这是自己孙子的火种，是生命的希望，他不能停下手中的笔，尽管谁也不知道计划能否真正实施。

陆雨好奇地跑到跟前来，指着图纸问道："爷爷，爷爷你在画什么呀？好好看！"

"爷爷在画宇宙，那是云彩上面的样子！等小雨长大了，就可以经常去那里见一见父母啦……"

"好呀好呀！爷爷到时候也要一起去！"

"爷爷呀，还有更重要的事情要做，你先别睡啦……还没到你睡觉的时候……"

咚咚……咚咚咚……咳咳！

驾驶座椅上的身体突然发出剧烈的痉挛，一阵急促不规律的猛烈心跳声如狂风骤雨般击打着身体，将飞向邈远未知区域的思绪重新拉回到现实中来。

“啊！呼哈呼哈……”陆雨觉着自己浑身被汗水打湿，慌乱间努力抬起右手摸索着戳进急救通道内，拉出里面的生命药剂扔进口中。

这一连串的动作行云流水，全凭身体求生的本能，意识刚刚苏醒尚未真正回归，无法提供更准确的指挥。

随着不需要咀嚼的药剂顺利流入体内，浑浊不清的眼珠逐渐恢复理智，身体机能经过短暂的停歇后，重新各就各位运转起来，甚至比几分钟之前更加卖力气。

安乐死的注射针剂成分被心脏突然发生的剧烈排斥反应所瓦解，这才让陆雨的神智恢复。

从医学上来讲是亿万分之一的概率，心脏与身体合二为一的几十年时间里从未有过这种剧烈排斥，过于沉重的心跳击穿了死亡的障壁，释放出了被未知击垮的灵魂。

出于本能的自救，同样起到了至关重要的效果，陆雨的生命体征在紧张的 5 分钟过后趋于平稳，这也宣告着他的第一次自杀失败了。

这时飞船的雷达忽然传来嘀嘀嗒嗒的响声，在 10 个小时全速航行距离的地方有一颗生命星球突兀地钻出雷达图的边缘，出现在陆雨面前。

第三章 绿荧星

又是一个延续生命的发现！活下去的动力！

陆雨刚刚舒缓的呼吸再次急促，如果星球上居住着智慧生命体，那便会打破人类已知的宇宙观念，这些年来只接待过外星造访者，从未以另一种角度到访过其他星球。

虽然诸多理论证实的确有许多类地行星的存在，但亲眼所见总能让人刻骨铭心。

胜利的曙光往往在失败终点向前迈出一步的地方，陆雨用力拍了拍胸口，“老伙计！原来你是在告诉我这个！”

若不是这个时刻陪伴自己的心脏，飞船就不会冲入这颗翠绿色星球的大气层。

“空气适宜、压强稳定、有充足氧气……”

陆雨迅速调节着操作台上的仪表盘，对飞船周遭的环境进行快速甄别，这些生命保护探测装置在安装到飞船上时，还被工程师们所诟病，上百斤的仪器会极大程度上增加飞船的负担。

最终各项指标得出的综合结论是，这里超过百分之九十八与地球相似，人类完全可以不用穿戴太空服来到外界环境。

飞船稳稳当当降落在密林深处的一处空旷场地，陆雨屏住呼吸背着分析仪，小心地将一只脚迈出舱门，他的腰间挂着多功能工兵铲，一手握紧脉冲枪，一手拿着操作光幕，金属鞋踩在硬质水泥浇筑的地面上，那声清脆的回音，让陆雨的心沉入了谷底。

人类历史上所观测到的那些类地行星，在后来漫长的岁月里逐渐被一一证实没有生命体的存在，在不断的失望与希望中饱受折磨的航天学者们，对能遇到友好的宇宙朋友抱着悲观的态度，认为即便是发现了其他星球上的生命体，也必将是敌人。

陆雨察觉到地面是经过科技产品加工改造的时候，已经意识到问题的严重性而变得紧张起来，自己误打误撞之下将飞船停在了未知生命体的活动范围之内，感觉如临大敌。

星球的时间应该是刚刚进入夜间，这里的天上也高高悬挂着起到月亮作用的星球，柔和的光辉洒在地表，照亮周围的环境。

飞船停靠的地方是空旷的停机坪，紧紧挨着的隔壁位置，有个用特制防水布紧紧盖着的物体，根据外形的棱角不难判断出，是一台飞行器。

虽然是在气温潮湿的热带雨林环境里，还是能隐约透过密集的植被，看出人工修整过的痕迹。

陆雨小心翼翼地尽量不发出声音，摸黑向前缓步走着，肩膀处的摄像头轻微闪动着，记录眼前所发生的一切。

新的生命星球里意味着可以遇到未知生命体，从水泥的浇灌程度来看，这里的科技水平与人类不相上下。

“是谁在那里？”一个陌生的声音突兀地打断了陆雨的思绪。

正当陆雨快速思考着大量的问题时，密林高处的探照灯突然打开，随身携带的信号接收装置里传来一阵数据波动，这种用罗马音标注的快速翻译器，承载着人类所有的语言结晶，面对所遇到的外星语言，还真翻译出一句滞涩的话来。

探照灯很快落在了陆雨原本站立的地方，却没能捕获到任何生命迹象，声音传来的灌木丛里窸窸窣窣一阵过后，钻出来个身穿长袍的年轻人。

他稚嫩的脸庞上有着青色的胡子茬，一双圆溜溜的小眼睛如宝石般璀璨，灰色的短发是与人类唯一的区别。

陆雨趴在潮湿的泥土上，一动不动地盯着前来巡查的人，对方竟然是人类？

不能让对方看到自己的飞船后引发慌乱，陆雨悄悄起身，半蹲着绕到身后突施冷箭，双手做出标准的绞杀动作卡住对方的喉咙。

“快说你是谁！不说弄死你！”

“我是观测站的！千万别动手！”

两个局促的声音同时发出，陆雨发现对方并不能理解自己的话，索性用钢丝绳将他五花大绑后扔到一旁，再手舞足蹈地比画出一长串动作，那意思好像是在询问什么。

这一切发生在电光火石之间，灰袍年轻人光想着害怕去了，根本没注意到，自己并没有办法听懂眼前这人所讲的话。

好在他很快明白过来，噘着嘴支支吾吾地说着些什么，朝灌木丛的方向扭动着脑袋。

陆雨会意，拽起他来塞进灌木丛里，这里停着一辆板车，车后面装着些仪器。

“打开那个！打开那东西！”

他噘着嘴朝着盒子努力指着，用多种语言重复说道："那是我发明的外星翻译器！应该能听懂你说的话！"

等陆雨抱着小盒子扫描一遍，并未发现异样后，还是将信将疑地按动开关。

一阵噼里啪啦的响声过后，还真发出来地球人的通用语言。

语言装置本质意义上来讲，不过是数据的快速检索和显示，当双方将相关的数据集中起来，小黑盒里便能清晰地听到两人的话语，只不过言辞有些僵硬。

陆雨用审讯的语气质问道："你是谁，这里是哪儿？"

腼腆的瘦高个表情略显局促，被捆结实的手臂蜷缩着，手掌止不住地攥着袍子的一角："绿荧星，帆船浅滩，我是索南戈雅，这里观测站的观测员……"

索南戈雅，翻译成当地语言里的意思大致是美丽的星辰。

他似乎有好多话想要说，但碍于陆雨严肃的表情，没敢多言语。

"绿荧星……"一个没听说过的名字，陆雨从对方的言谈举止上发现，此人似乎是某种狂热的研究人员，那种气味相投的感觉令陆雨很熟悉。

从他的衣服口袋里搜出来的只有些钥匙和记事本，没有什么代表性的物品。

陆雨警惕地环视四周，夜晚的环境安静至极，板车附近除了索南戈雅之外，再没有其他人。

索南戈雅涨红了脸，紧张地憋出几个字来："不用找了，这里就我一个……”

他致力于对外星生命的研究，一直坚定地相信在星图上预测出的几个坐标位置里会有与他们相似的外星生物存在。

第四章 索南戈雅

可惜他所说的预测没人会相信，在于航天局的那帮蠢货经过言辞激烈的争论后，最后的结果便是他被指派到无人问津的帆船浅滩执勤，常年生活在只有他一个人的三层小别墅内。

这座建造在热带雨林最深处的星空观测站，平日里最繁重的工作量便是进行数据的整理和上传，算是航天局最空闲的职位。

经过短暂的交谈后，陆雨给他注射进一种缓慢的毒素，然后才将绳索解开收起。

恢复自由的索南戈雅摸了摸针孔，这种保护自己的方式很常见，他并不在意这些，而是伸手指着刚刚的方向。

“那飞船是你的？看起来有点动力问题，你为什么与我们星球的人长得一样？你来自很遥远的星球吗？航天局那些笨蛋不会突然造出来如此精密的飞船……”

一说到飞船，他的情绪明显高涨起来，忍不住从口袋里拿出带有光幕摄像头的扫描仪对着飞船的方向一阵乱拍。

陆雨并未出手阻拦，眼前此人与自己有些莫名的相似之处，对科研痴迷的程度不相上下。

当索南戈雅热情地请他来到观测站做客时，陆雨打算相信他所说的话了。

这座被高大的树木藤蔓包裹严实的建筑物，墙壁斑驳褪色，许多设施都年久失修，唯独三楼的那些珍贵仪器，被擦得光洁如新。

连续打开三层不同型号的大门，一进大厅内迎面对着的墙壁上悬挂着带有各色笔记标注的星图，从最边缘的位置很容易地找到了模糊的地球坐标。

从科技层面来讲，绿荧星稍弱于地球，根据生命层级的理论不难得出这个结果：同一时空下能量体积相近的事物才能最先被互相观察到。

随着两人一路上交谈的深入，索南戈雅僵硬的语言逐渐放松，等回到观测站时，他已经与远道而来的外星朋友亲密无间了。

“你的知识丰富如浩渺烟海，可想而知你的家乡会是多么先进与发达，但千万不要告诉我你所在的地方，我会忍不住去窥视那里。”

陆雨当然知道隐藏星球坐标的重要性，漆黑的航程中多数情况下没有参照物可以估算位置，除非知道详细坐标。

对于一颗星球而言，知道其坐标就相当于抓住了星球的命脉，出于保护家乡的考虑，宇航员细则里有严格的规定，不准任何泄露地球坐标的事情发生。

但这种话从索南戈雅的口中说出，自然是另一种的感觉，他品行正直，永远站在科学的一方，是科学的坚定拥护者。

索南戈雅拉着陆雨来到摆满家具的房顶，他平常的工作任务就是在这里守着，等待电子天文望远镜收集这一片星空的各项数据。

“最近几个月来不断接收到的信号似乎是在求救，我上报航天局后，只换来些科研经费，正好没地方用。”

陆雨在房顶的诸多屏幕上，看到过那些信号，不由得老脸一红，这些信号的源头都是来自自己的飞船。

这里是难得的少雨干燥的地方，索南戈雅与望远镜居住在一起，这样方便他做那些白日梦。

尽管他有足够的证据说明自己理论的正确性，但毕竟没有人亲眼见到他所说假设的景象真实发生。

绿荧星的飞船最远还没有飞出自己所在的星系，刚刚达到登陆临近星球的级别，因为他们尚未掌握至关重要的核能该如何运用在小巧精致的飞船上。陆雨在这里可以轻易地成为知识渊博的先驱，带领这里的“人类”大步走进宇宙。

面对突如其来降临到面前的外星人，或许是外表相仿的缘故，索南戈雅表现得非常兴奋，日思夜想的未知突然降临到自己的面前时，那种发自内心的快乐催促着他提出积攒已久的问题，而他的心思全都沉浸在了那艘闪闪发光的远航飞船上。

索南戈雅想要制造出一艘可以冲进宇宙怀抱中尽情探索神秘未知的飞船，将天空的火种点燃，他为此甚至不惜着手独立制造小型的飞船。

一谈论起飞船和宇宙，索南戈雅仿佛换了个人，健谈到令陆雨忍不住发笑，“你所驾驶的飞船，似乎有些动力问题。”

“循环器的滤网该清洗了，最好使用清洁能源。”

飞船的循环器长时间不间断使用的后果，便是滤网上的杂质过多，影响到了能量回收再生的比率。陆雨在初期设计的时候，根本没想到自己会飞行这么长的时间。

一切的理论都是纸上谈兵，当真正开始实践的时候，才会发现那些潜藏的问题。

两人一问一答的谈话简洁明快，沉浸在好奇心得到满足的畅快之中，索南戈雅开心得像个买到心爱玩具的孩子。

与索南戈雅交谈，恍惚间让陆雨看到了那个对宇宙怀揣着无限憧憬的少年，一笔一画地在笔记本上写下来他永远不可能完成的梦想。

当听到陆雨需要些液态能源时，索南戈雅想都没想，就起身去启动门前的板车。

“液态能源有的是，不过得去仓库一趟，离这里不远，你在这儿稍等。”

“我们一起去。”

陆雨坐在板车的副驾驶上，朝着与来的时候方向相反的路前进，他可不敢一个人待在这里。

陌生的环境里多加提防，总是没有坏处的。

关于索南戈雅的种种事迹，他所属的航天局全部知晓，所以才在偏僻的浅滩设立了专门的仓库，以便于提供给索南戈雅所需的材料。

明面上是将他流放到无人问津的地方，实则是为他提供了一个适合思考的极佳场所，但单纯的索南戈雅还经常破口大骂航天局对他的不公正待遇。

索南戈雅所欠缺的，是有关人性的思考，他忽视了每个人的独立性，以至于在见到仓库管理员的时候，他那满面春风的笑容和突然多出的朋友，让仓库管理员悄悄按动了报警器。

陆雨也没料到对方的反应会如此迅速，因为他从外观上并没有异常，除了衣着有些不合时宜的朴素，而热带地区的流行款式是花衬衫。

但面对这副并无异常的面孔，仓库管理员仍旧一眼看出了破绽。

第五章 彼此

索南戈雅根本没有朋友，枯燥无味的浅滩只有冒险者会偶尔出现，但都对人类建筑避之唯恐不及。

仓库管理员很了解观测站的梦想家，航天局安排的无聊岗位是为了磨他的性子，作为经常能带来惊喜发明的年轻科研人员，航天局的高层尽量在忍耐他的胡来。

那么多才华横溢的工程师和科学家都没能做到的事，岂能让一个刚入职没多久的家伙做到？

航天局是在做一笔长线投资，没人知道会不会有所回报，仓库管理员还有另一个身份——监视者。

他会将索南戈雅的一举一动，定期直接汇报给上层，由上层判断索南戈雅还有没有继续培养的价值。

当他真将飞船做出来的时候，航天局对他进一步开放权限，他这一次购买的能量模块，是足够一艘大型飞船起落的量。

飞船即将起飞了，仓库管理员在报警的讯息里没忘插上这么一句话。

“真是个科研疯子，一己之力还想制造飞船？你那个飞船如何了？”

“马上就要试飞了，或许我们是最后一次见面也说不定。”

“等你真的飞上去，别忘了拍点照片回来。”

能量模块被搬进板车的货箱，索南戈雅生怕露馅，寒暄几句后，赶紧驾驶着板车离开这是非之地。

绿荧星比地球的体积要大，积累的天然能源也要多一些，航天科研的本质是利用有限的星球能源，去探测星球之外的能源，是一种此消彼长的能量交换，可惜绿荧星的研发之路十分坎坷，冥冥之中似乎有一道难以逾越的障壁，阻碍着他们探索宇宙的脚步。

索南戈雅有绝对的信心能成功进入宇宙深处，当开着板车来到陆雨的飞船跟前时，更加坚定了这一想法。

“多么精妙绝伦的设计！我能打开引擎盖看看吗？”

陆雨点点头，同样痴迷于钻研的索南戈雅，此时双目炯炯有神，灵魂都要扑在引擎上想要将构造永远印在自己的记忆里。

远航飞船的引擎是一体化构筑而成，没有任何缝隙。

索南戈雅用了整整五分钟的时间仔细观赏这艘精美的艺术品，紧随着长叹一口气，说明他知道自己竭尽全力制造的飞船，究竟有多大差距。

陆雨在清理干净滤网后，忽然开口说道："如果不介意的话，我可以帮你改进一下。"

他在黑夜降落的时候就注意到边上还有一艘蒙着防水布的小飞船，那是完全由索南戈雅一个人独立设计出的飞船，与绿荧星航天局历年来设计的飞船都不相同。

想要远距离飞行，需要考虑到能源的储备，陆雨恰巧是这方面的专家，基于原本的架构上，轻巧地改造了几条管线，再拆出自己飞船上储存着的备用零件，做出了一个循环比率堪堪超过六成的不合格品。

但这足以支撑飞船跑到比先前预计的位置更远的地方，索南戈雅忍不住双手高举给来了个超过九十度的鞠躬，"传道授业乃是老师所为，如果亲眼见到这种构造方法，我穷极一生都无法……"

"这些还不足以支撑你远航，你的飞船能源不行。"

陆雨摇摇头，拿着扳手返回自己的飞船。

"你是说绿荧星最好的能量模块，都无法支撑飞船离开这里？"

"当然不行，要用这种可拆卸式的稳定核能供应模块。"

陆雨从自己的飞船上卸下一个四四方方的金属箱子，塞进了对方的小号飞船里，又费了一番功夫将能源线路接通。

“核能？那是你们地球上最先进的能源？”

索南戈雅明显不知道这个词汇的意思，但看到飞船亮起璀璨的光时，就知道核能肯定非常先进。

“有了它，你就能飞很远很远，核能远比你们想象的任何能量都要充盈。”

他的话音未落，螺旋桨转动的声音破开寂静夜空，红外线交错编织着形成大网，罩住了整片场地。

无人机密密麻麻地在半空中铺开，灌木丛里也传来窸窸窣窣的动静，陆雨顿时面色大变：“你引来的？当真不怕死！”

索南戈雅心里“咯噔”一声，单纯的他这才明白过来，愤怒地吼道：“该死的管理员！他是来监视我的！”

急火攻心之下毒素迅速发作，让他两眼一翻险些昏死过去，陆雨眼疾手快将解药塞进他的口中，瞬间让他转危为安。

仓库管理员坐在直升机机舱内，指着下面的飞船激动地说道：“外星人就在那儿！是索南戈雅引来的！快点抓住他！我就知道这小子心怀鬼胎！天天研究那些宇宙信号……”

特种兵从直升机上不断跳下，将这里团团围住，逐渐向内收缩。在接到警报的第一时间，这些附近的执勤人员就立刻朝这边赶来，趁着陆雨两人修理飞船的工夫，悄然来到近前。

情急之下陆雨一把扣住他的肩膀，用手枪抵在太阳穴上。

“再往前走！我就干掉他！”

果然特种兵们止住脚步没敢轻举妄动，无人机的镜头将这里的实时画面传送回航天局，那边的管理人员面色铁青，一边是变成自己人模样的外星生物和先进的飞船，一边是百年难遇的创造天才，一时间无法做出取舍。

这段犹豫不决的片刻时间，给了陆雨逃走的机会。

陆雨低声问道：“你的飞船怎么启动？”

身处慌乱中心的索南戈雅还以为自己听错了，“我口袋里有遥控……”

“按开它，启动飞船！”

“可发射台还没搭设完成……”

“我走了，你会被乱枪打死！”

索南戈雅没有说话，沉默着缓缓将手挪动到口袋的位置，手指在遥控器上摸索着，咬紧牙关重重按下。

那一刹那间，两艘飞船几乎在同时亮起探照灯，陆雨双手环抱住索南戈雅，朝着飞船打开的舱门扔去。

“快走！”

“保重！”

陆雨翻身跃进驾驶舱的缝隙里，硬化玻璃挡住密集的子弹，特种兵们这时才意识到两人竟然是串通好的！

航天局内一群人暴跳如雷，大吼着要清理叛徒，要永远将索南戈雅永远地绑在绿荧星的耻辱柱上鞭笞。

穿甲子弹在坚硬的飞船表面留下些许痕迹，但无法阻挡飞船顺利升空。

陆雨熟练地操作飞船来了个潇洒的摆尾，向绿荧星的欢送队伍表示感谢的同时还喷出几口浓雾。

索南戈雅紧张不已，一项项按照顺序启动飞船，双手用力拉动操作杆，12 根推进器向下转动，澎湃的推力托着圆滚滚的飞船升腾上空。

拦截飞船的导弹在大气层的最上层爆炸，已经启动的飞船不是后来而至的导弹能追上的，航天局只能眼睁睁目送着两艘飞船远去。

第六章 先驱

“呼叫呼叫，这里是绿荧星先驱号，陆雨听到请回答，陆雨听到请回答。”

重返浩瀚星空，陆雨的心情豁然开朗，信号传输通道里很快传出一个不断调整频道波段的声音。

索南戈雅兴奋得几乎要在驾驶舱里翻跟头，飞船在枪林弹雨的交响曲欢送着冲出天际，加装上核能供应模块后，绿荧星第一艘远航飞船仓促启航，在飞出大气层时就已经给自己的飞船起好了名字。

先驱！他是勇敢的尝试者，哪怕在几分钟过后化作一团烈火，索南戈雅也不会后悔，毕竟燃烧殆尽也好过黯然失色。

“编号 181，地球远航飞船驾驶员陆雨收到，目前正调整坐标向远地方向继续前进，over。”

陆雨的声音清晰地传到索南戈雅的耳朵里，他再次欢呼道："一次伟大的、两个星球的……先驱之间的对话！我们现在走出的道路，必将载入史册！"

"万一他们将你当作罪人，而不是先驱……"

"那重要吗？飞船的数据正源源不断地传送回绿荧星，我也真切地来到了深空，这是事实！"

是啊……那重要吗……

陆雨沉默良久，还是选择打开量子频闪器，一种比地球最先进的传输器速度都要快的信号发射装置，会在十几秒的时间里将飞船雷达绘制出的三维地图送回地球。

索南戈雅在那边喋喋不休，随着飞船远离自己的家乡，那种责任感越发浓烈，"陆雨！你想去哪儿？"

二次重新发射升空，陆雨本来完全有机会返回地球，成为星轨构造计划的唯一幸存者，一位名垂青史的"先驱"。

但陆雨仍然飞入了先前规划的航线，那种如释重负的感觉，让心跳的速度都逐渐放缓，"继续探索，还想看看更多的宇宙。"

索南戈雅的飞船紧随其后，"好主意！我还是第一次如此全面地看到绿荧星……真美……"

此时此刻，正如陆雨第一次搭乘飞船升空，回头望向地球时所发出的慨叹……

璀璨的湛蓝色和晶莹的翠绿色，两艘没有设计归途的远航飞船，一前一后在黑暗中，划出了两道浅浅的痕迹……

这幅定格的画面，会在无数光年之后最终被两颗星球的人们看到，在某个安静的傍晚、静谧的深夜，生活在星球上的居民们偶然间抬头时，会看到两颗闪烁的光点，在星辰的边上时隐时现……

地球的遥感指挥室内，屏幕上黯淡无光的星图，忽然有一颗光点绽放，再次向前缓慢挪动起来。

热烈的庆功宴散去，一个醉醺醺的工作人员返回指挥室，收拾自己的工位时，星图的反光落在他的脸上，正巧那颗光点，挪动到了他左眼的正中，眼泪瞬间就奔涌而出……

“181 号远航飞船！还在继续执行任务！星轨构造计划没有结束！”

“陆雨好样的！他还活着！”

“地球向宇宙再次发出问候！人类的先驱！”

越来越多的人在走廊里、在宴席饭桌上、在跑向指挥室的路上，声嘶力竭地吼着，发出一声声振聋发聩的欢呼，步入宇宙深处的无畏先驱还在坚定地向前走去，人类还在朝向深空穷极目力望着！

拉维亚的太阳

滕野、西西里丫、刘烨镔、韩宇弦／作品

拉维亚的太阳

滕野 作品

落地

安 -124 运输机呼啸着落地，降落时的巨大震动让顾黄河的脑袋猛地甩了一下，一顶蓝色头盔从他怀里滑落到机舱地板上。

“博士，我们到了。”旁边的一名军人弯腰帮他捡起那顶头盔，“从现在开始，我建议你无论到哪里都戴上这玩意儿。”

“这是什么地方？”顾黄河揉着太阳穴，努力想从旅途的昏睡中清醒过来。

“帕迪国际机场，位于拉维亚共和国首都帕迪市郊外，离海岸不远。”军人说着把头盔递给他，头盔正面印着两个醒目的白色字母：UN，联合国的标志。

他们头顶亮起刺眼的灯光，安 -124 尾部巨大的舱门缓缓开启，一阵裹挟着雪花的冷风涌入机舱，门外是顾黄河未曾见过的陌生夜色。

一名穿着卡其色服装的老年军人走进机舱。“拉维亚欢迎远道而来的各位。指挥官是谁？”他环视了一下四周，问道。

“是我。中国陆军大校，石默。”顾黄河旁边的军人起身向前一步敬了个礼，然后伸出手。

“拉维亚共和国紧急状态委员会临时主席，萨莫尔。”老军人也还了个礼，接着和石默握了握手。

“萨莫尔主席先生——”

“这个头衔太长，我不习惯。”萨莫尔打断了石默的话，“如果你不介意的话，请称呼我将军。”

石默点点头：“好的，将军。我本以为最快明天才能见到您，想不到您竟然会亲自来机场。”

“联合国那些政客满嘴胡话，可他们起码搞对了一件事：情况紧急。”将军重重地哼了一声，“但维和部队的反应这么迅速，也很出乎我意料。”

“帕迪总统遇刺的消息10小时前就传遍全球了。”石默说，“对拉维亚共和国的不幸遭遇，我们深表哀悼。”

“把悼词留给政客去说吧。”将军摇摇头，“军人关心的应该是复仇。”

“看来将军对政治家有很深的成见。”一名穿着西装的中年人从机舱中部向他们走去。

“你是谁？”将军转头问。

“我叫阿戈斯蒂诺·费拉罗，是本次维和行动中的联合国秘书长特别代表。”中年人微微欠身致意。

萨莫尔冷淡地与他握了握手，但丝毫不掩饰眉宇间的厌恶神色。

“那么，这次行动的关键人物都到齐了。”费拉罗似乎并不在意将军的态度，他扫视了一下在场的众人，“我负责一切外交事务，石默大校负责具体军事事务，至于将军——”

“我会协调本地人员交通、后勤、医疗及其他应由拉维亚共和国负责的事务。别以为你能对我发号施令。”萨莫尔冷冷道。

“还有一位关键人物。”石默忽然说，“顾黄河博士，他是大型托卡马克装置专家，也是‘旭日’工程成功的关键。”

“你说的是他吗？”费拉罗望望机尾，顾黄河正在那儿扶着舱门拼命呕吐，“看来顾博士被这趟长途旅行折腾得不轻。”

“他需要休息。”石默说着走过去扶住顾黄河，“博士，你脸色不好。”

“这架飞机……太吵了。”顾黄河虚弱地擦擦嘴唇，“我感觉我耳朵里好像有台航空发动机在响个不停。”

“安-124 毕竟不是专为载人设计的，它更擅长运输军用装备。”石默点点头表示理解。在两人身边，两辆通体漆成白色的轮式步战车正先后缓缓驶出机舱。

“我们已经给维和部队准备好了营地。”萨莫尔将军说，“请各位好好休息一夜，接下来几天也许会有一场硬仗要打。”

葬礼

拉维亚共和国前总统帕迪的葬礼于第二天下午举行。在庄严的哀乐声中，帕迪总统的灵车缓缓穿过以他名字命名的首都，前往郊外的国家公墓。

人们步行跟在灵车后面，形成了一条长长的送葬队伍。顾黄河与石默走在队伍中间，他们前方是拉维亚的官员们，后方则是自发参与葬礼的民众。队伍最前端是萨莫尔将军和费拉罗。

“总统是怎么死的？”顾黄河小声问石默。

“一颗狙击子弹，一枪毙命。”石默简洁地回答，“当时他刚做完一次关于‘旭日’工程的演讲，正在返回官邸的路上。”

“这……这和工程有关系吗？”顾黄河结结巴巴地问，“‘旭日’只是个民用设施啊！”

“你以前听说过和国家一样大的设施吗？”石默抬头看了看天空，“这东西能改变世界。博士，我劝你最好打起十二分精神来，时刻保持警惕。拉维亚远远不像表面上那么平静，搞不好历史的暗流就在你我身边涌动。”

时值 11 月，拉维亚国家公墓已经被白雪覆盖，来自海上的寒风像大理石墓碑一样冰冷。帕迪总统的灵柩下葬后，萨莫尔与费拉罗分别代表拉维亚政府和联合国发表了演说，将军表示一定会让国家政权平稳过渡，费拉罗则强调联合国仍一如既往地支持“旭日”工程。

人群渐渐散去，在公墓出口，石默和顾黄河看到了费拉罗。他穿着黑色西服，看起来就像雪地上的一只渡鸦。

“顾博士，石大校，能私下谈几句吗？”费拉罗横跨一步，刚好挡在两人面前。

“当然。您有什么事情？”石默沉稳地回答。

“帕迪总统一死，‘旭日’工程凭空增添了许多变数。”费拉罗说，“这也是联合国决定紧急介入的原因。虽然没有直接证据，但短时间内，拉维亚政府从上到下都不再值得信任。”

“您是在怀疑萨莫尔将军吗？”石默敏锐地反应了过来。

“我并没有这样说，这是很严重的指控。”费拉罗摇摇头，“但逻辑很简单——过去几十年里，帕迪总统和萨莫尔将军一同掌控着这个国家，现在总统死了，谁是最大的直接受益者呢？谁会继承他留下的政治遗产呢？”

“行刺的凶手找到了吗？”顾黄河问。

“没有，凶手显然是专业人士，我们还在寻找他可能留下的任何蛛丝马迹。”费拉罗摊了摊手，“我来这里除了保证‘旭日’工程按期完成之外，另一个任务就是协助追捕凶手，靠拉维亚自身的力量，不大可能办到这件事。”

“如果您的怀疑成真，那么——”石默没有把话说下去。

“我想和您谈的就是这个。”费拉罗点点头，“请您做好最坏的打算，随时准备应付突发情况。”

“维和部队来这里是为了维护和平，不是为了挑起战争。”石默说。

“要是事态真如我所想的那样发展，恐怕会有人抢先一步挑起战争的。”费拉罗耸耸肩膀。

“那我们一定会履行职责。”石默回答。

“您这样说，我就放心了。”费拉罗再次点头，“另外提醒一句，我估计萨莫尔将军很快也会来找你们两位私下谈话，无论他说什么，请牢记你们的立场。”

“您为什么觉得将军会来找我们？”顾黄河有点摸不着头脑。

“政治家的直觉吧。这可能是将军讨厌我的最大原因。”费拉罗笑道。

出发

次日清晨，维和部队的一支小分队向“旭日”工程的工地出发。令顾黄河意外的是，萨莫尔将军也与他们同车前往。

车队驶出帕迪市后，公路两旁都是白茫茫的原野，一眼望不见尽头。将军和石默都沉默不语，车厢里的气氛像冰一样冷。

“这里的雪景真美。”顾黄河没话找话地指了指窗外。

“是吗？我前半生从未在自己祖国的土地上见过雪花。”将军瞥了一眼辽阔的荒原，“15 年前拉维亚才迎来了有史以来的第一场雪，那时你可能还是个孩子。”

“在北方，已经有大片土地陷入了永远的寒冬。”石默说。

“是啊……从这点上来说，我们还算幸运，海洋暖流让我们多维持了几年适宜农耕的气候，但这样的气候很快也要保持不住了。”将军叹了口气，“帕迪的夙愿就是让拉维亚的土地上升起一簇火苗，照亮全世界漫长的寒冬。我不会令他失望的。”

“不只是火苗，帕迪总统所做的事业比那伟大得多。”石默说，“他要让拉维亚上空升起人类新的太阳。”

“你说得对。”将军抱起了双臂，“啊，既然这该死的太阳拒绝燃烧，那我们就自己亲手创造一个太阳！”

顾黄河抬头望了望，在深蓝色的天空映衬下，日光显得有些黯淡。他知道就在此时此刻，太阳仍在慢慢冷却，如同北风中逐渐熄灭的余烬。

太阳活动的衰落已经持续了数十年，天文学家们仍在争论其原因，有人猜想太阳核心的聚变反应速率变慢了，有人认为太阳表层与深部之间的热量对流出了问题，但不争的事实是，在过去的半个世纪里，太阳产生的能量比从前少了近百分之十。

这已足够令冰河世纪重临地球。前所未有的寒潮从极地呼啸而下，席卷低纬度地区。20 年前北极冰盖就延伸到了西伯利亚，而南极冰盖正在一点点蚕食智利与阿根廷的国土。

这也许是人类经历过的最漫长的冬天。上一个见过这样冬天的物种，应该是猛犸象。

幸好，人类拥有的武器不仅是獠牙和毛皮。

将军从口袋里掏出一张叠好的地图，在膝盖上摊开，用手指量了量距离：“我们快到了。你们可能没怎么见过这种老古董，是不是？”看到顾黄河和石默脸上的神情，将军微微一笑，“这是当年我和帕迪并肩作战时使用的地图。帕迪一直说我应该接受时代的变化，改用电子地图和卫星定位装置，可惜我是个怀旧的老顽固……”他爱惜地抚摸着地图泛黄的边缘，把折痕仔细抹平。

“将军，我能冒昧问个问题吗？”顾黄河的目光越过将军肩膀望着他腿上的地图。

“当然，问吧，博士。”萨莫尔点点头。

“拉维亚的国土为什么会是这样的形状？”顾黄河问。

地图上拉维亚的国境线是个完美的正圆形，拉维亚国土上唯一一处形状不规则的地方是它最南端的半岛，半岛伸入海洋中，首都帕迪市也坐落在这个半岛上。

“拜殖民者们所赐。”萨莫尔耸耸肩，“当年殖民者们用一把尺子和一根红铅笔就能在地图上决定一个国家和几百万人民的命运，你看看非洲的地图就知道，那些横平竖直的国境线都是殖民者们大笔一挥随意划分的结果。轮到拉维亚的时候，他们用了一只圆规，于是我们成为世界上唯一一个国土呈圆形的国家。最终我们在帕迪的努力下实现了独立。”将军一时似乎陷入了回忆，“那时我们都是战友，都很年轻，比你们还要年轻。”

“您也为这个国家立下了汗马功劳。”石默说。

“功劳嘛，确实有一点。”萨莫尔将军终于露出了微笑，“殖民者很狡猾，他们把内陆还给了我们，但我们国土南边伸入海洋的拉维亚半岛又被他们把持了几十年。帕迪命令我收复半岛，夺回拉维亚的入海口，接着我们把首都也建在了那里。所以现在我们的国土就像一面梳妆镜，圆形的内陆部分连接着一条狭长的半岛，要我说，它是地球上最美丽的一面镜子。”

“旭日”工程

车队前方的地平线上出现了一座高塔，司机在塔底附近停下了车子。

“我们到了。”萨莫尔将军说，“‘旭日’工程的一号磁场塔。”

“很壮观。”石默抬头望着塔顶，“但除了壮观之外我发表不出其他意见了，我并不懂核工程方面的知识。”

“我也不懂。”萨莫尔微笑着说，“以前这都是帕迪操心的事情。能给我这个大老粗解释一下吗，顾博士？这些矗立在我国中央的高塔有什么用？”将军向后座侧了侧头。

“啊……什么？哦，当然没问题。”顾黄河朝窗外看得有些出神，两秒后他才意识到将军正在发问，他赶忙回过头来，“它是‘旭日’工程磁场发生器的一部分。自长冬降临以来，人类试过很多种挽救气候的办法，最终把目光落在了核聚变上——唯有太阳才能赶走冬天，因此我们必须学习太阳产生能量的办法。最有希望实现可控核聚变的设备是托卡马克装置，在托卡马克装置的基础上，各国联合提出了‘旭日’工程的建设方案。托卡马克装置的困难之一是无法实现小型化，大概在13年前，人们终于意识到，我们可能走错了方向——核聚变装置，也许应该朝大型化发展！”

将军抱着双臂静静聆听。磁场塔的阴影落在他脸上，让顾黄河看不清他的表情。

“核聚变反应炉中的等离子体温度可以达到一亿度，世界上没有任何一种材料能承受这样的高温，因此我们只能用磁场来约束等离子体，让它悬浮在空中。然而，等离子体在磁场中的运动十分复杂，可以拧出比麻花还不规则的轨迹来，令反应无法稳定进行。最后，有人提出了以毒攻毒的办法：利用自然界大气对流来平衡这种复杂的运动。这是个石破天惊的想法，这意味着，我们将要在开放空间内进行核聚变反应！”

“能不能说得再简单点？”将军皱起眉头。

“托卡马克装置是密闭的真空容器，但‘旭日’工程走了一条截然相反的道路：靠数百座这种高塔产生足以覆盖整个拉维亚的磁场，”顾黄河指向窗外，“等离子体将沿着无形的磁力线在高塔之间穿梭，季风和空气对流会承担起调节等离子体运动的责任，令核聚变反应稳定地进行下去。”

“到这里我就能理解了。”将军闭上眼睛，“就像宣传的那样，你们把拉维亚变成了一座聚变反应炉。”

“是的，拉维亚的国土呈圆形，非常适合建设大型核聚变装置。”顾黄河说，“就我所知，一条能产生强磁场的环形电路已经沿着拉维亚的国境线铺设完毕，磁场塔的建设也快结束了。”

“和国家一样大的发电厂。”将军感慨道，“这种解决问题的思路，真像你们中国人的风格。多年前，你们的祖先耐心地沿着国境砌墙，后来，你们又建起截流长江的大坝，将水、电和天然气跨越几千公里输送到国土的另一头，我以为那已经是你们想象力的极限了，但你们总是能再次令世人吃惊。”

“‘旭日’工程属于全世界。”石默说，“像其他国家一样，我们只是尽自己的一份力。做出最大牺牲的还是拉维亚的人民。”

“是啊……拉维亚的国土上已经建造了三百多座这样的高塔。”将军遥望着窗外，“为了配合工程建设，我们把广袤国土上的人民都迁到了拉维亚半岛。虽然我们只是个小国，但搬迁的人口也达到数百万之巨，我难以想象帕迪是怎样顶住压力、完成这一壮举的。”

“帕迪总统是一位很有魄力的人。”石默点点头。

“比我见过的所有政客都果断，而且为人正直。”将军说，“但现在他走了，于是我不得不替他来应付那些讨厌的苍蝇……比如费拉罗。”

“看来您对费拉罗的意见很大。”石默微微一笑。

“我们为什么不好好待在帕迪市，非要跑到荒原上来看这些冷冰冰的金属怪物？还不都是因为费拉罗先生日夜操心着‘旭日’工程的安危。”萨莫尔朝着高塔撇撇嘴。

“费拉罗的担忧不无道理。”石默说，“‘旭日’工程是世界瞩目的焦点，它建成后将给全世界输送电力和温暖，帕迪总统以一己之力顶住各方压力推进工程建设，他死于非命，很可能意味着某些人不希望‘旭日’工程顺利完工。”

“我说过会配合维和部队，所以你们想怎么检查都随你们的便。”将军向后靠了靠身子，“但费拉罗没有告诉过你们他父亲是谁吧？”

“他父亲是谁？”石默问。

“罗德里戈·费拉罗，赤道投资集团的大股东之一。”将军明显露出了厌恶的神色，“你们都知道赤道投资集团是什么货色。”

石默没有说话。长冬刚降临时，一群卓有远见的商人就联合起来，开始大量投资赤道地区的农业和地产，不到十年，地球上最炎热的地区几乎都成了他们名下的财产。随着太阳降温，热带开始变得凉爽舒适，无数人纷纷向南移居，让赤道投资集团赚了个盆满钵溢。

“嗜血的资本家！”将军说，“几百年来，他们也许变得礼貌了，但礼貌背后的贪婪从未变过。以前他们会把枪顶在别人头上掠夺财富，现在他们改用条款和文书彬彬有礼地将你剥削成穷光蛋。”

“我听说赤道投资集团曾想收购拉维亚半岛的一处优良海港。”顾黄河说。

“帕迪严厉地拒绝了他们。他告诉他们，这里是拉维亚共和国，不是拉维亚公司。”将军哈哈大笑，“所以，你们想想，如果‘旭日’工程真的成功，也就意味着无穷无尽的电力与热能将可以向北方输送，继而恢复北方的农业生产与正常生活，人们如果都离开热带地区回到故土，那损失最大的是谁呢？很早就有人说过，不要相信资本家的良知。”

车里一时陷入了沉寂。

“我建议你们两位，小心那个西装革履的代表先生。”萨莫尔说完，朝司机打了个手势，车队又开始向前移动，前往下一座磁场塔。

傍晚时分，车队前方出现了一道闪着银光的高墙。

“那是什么？”石默指着高墙问。

“‘旭日’工程的‘第一壁’！”顾黄河有些兴奋地摇下车窗，好看得更清楚一些，这道墙沿着地平线朝左右两侧远远延伸出去，其尽头没入橘色的黄昏之中。

“能解释得详细点儿吗，博士？”石默露出了一丝苦笑。

“氢原子有三种同位素：氕，氘，氚。聚变炉里的反应是氘和氚结合成一个氦原子并生成一个中子，同时放出巨大的能量，这跟太阳上的核反应类似。”顾黄河回过头来，“太阳本身拥有巨量的氚，但在地球上，氚既稀少又昂贵。‘第一壁’的作用就是给聚变炉不断补充氚，这些墙面是锂铍合金材质，氘氚反应放出的中子轰击第一壁时能够生成新的氚，令核反应持续进行下去。实际上，新生成的氚反而还比核反应消耗的氚要多些呢。”

“工程人员告诉我，拉维亚境内有上千堵这样的高墙。”将军也摇下了车窗，“这些墙短的有几百米，长的有几公里，能让‘旭日’工程燃烧数十年。”

“是的，按我们的计算，已有的‘第一壁’足够核反应持续进行半个世纪，半个世纪后我们要关掉‘旭日’工程，补充‘第一壁’上被消耗掉的锂铍合金……不过那就是下一代人的事情了。”顾黄河说。

疑团

一行人回到帕迪市时，已经是深夜。将军命令司机把两人送到维和部队驻地，然后离开了。

“‘旭日’工程有什么问题吗？”走进驻地大门时，石默问道。

“今天只是走马观花远远看一眼，瞧不出什么毛病。”顾黄河摇摇头，“‘第一壁’没什么好说的，只要核反应不启动，它们就只是一堵堵无害的墙；我们需要担心的是磁场塔，如果磁场塔出了问题，反应一启动，等离子流就会失去控制——这么说吧，那场面将比人类历史上所有的核爆都要壮观，一轮真正的太阳将短暂地照亮拉维亚的天空，然后把火光范围内的一切都熔化成岩浆。”

“你说得对。”石默点点头，“我会要求技术人员尽快细致检查所有的磁场塔。”

两周后，维和部队召开了一次短暂的内部会议。

顾黄河由于连日工作，显得有些憔悴。石默点起了一根烟，神情也透着疲惫。最后还是顾黄河先打破了沉默：“‘旭日’工程的磁场塔已经基本检查完毕，我们没发现任何问题。”

“算是一个好消息。”石默吸了几口烟，“不过，至今为止，帕迪总统的死仍然没有任何头绪。按照联合国的计划，如果工程进度一切正常，维和部队应当在一个月内撤出拉维亚。”

“抓捕凶手和我们没关系吧？那是费拉罗和萨莫尔将军的工作。”顾黄河问。

“关键就在这里。目前看来，负责抓捕凶手的两个人，都可能与帕迪总统遇刺有直接关系，且都可能影响到‘旭日’工程的建设……”石默陷入沉思，“这项工程关系到几十亿人未来的生活，因此它必须由联合国来负责，绝不能受到任何个人或公司的控制。”

“如果萨莫尔将军想控制‘旭日’工程，那他应该加快工程建设，把全世界最大的核反应炉当作自己的政治资本；如果费拉罗想控制‘旭日’工程，那他应该尽力拖慢工程建设，最好让这个项目无法完工，这样才能保障赤道投资集团的利益。”石默掸了掸烟灰，“可是，现在这两个人都没采取任何行动。”

“说不定只是我们没发现。”顾黄河耸耸肩。

“没发现……没发现……我们漏了什么地方吗？”石默喃喃道，手中的烟蒂就快燃烧完了，但他浑然不觉。

续写接龙 1：铸日

西西里丫 作品

这时，一阵尖锐的电话铃声划破了沉闷的空气，顾黄河拿起了手边的通信器，向石墨使了一个眼色。石墨随即示意正在轻声讨论的秘书和两名维和部队军事人员保持安静。

电话接通，一个低沉的男声。

“顾博士您好，我是萨莫尔将军的秘书，将军想多了解一些关于‘旭日’工程的技术性细节，特邀您到官邸一聚，接您的专车应该就快到了。”

顾黄河迅速和石墨交换了眼神，恭敬回道，“感谢将军盛情，我和石大校很乐意登门拜访。”

“不好意思顾博士，石大校维和公务繁忙，就不麻烦了，将军只想见您一个人，恭候大驾。” 不等顾黄河反应，对方就挂断了电话。

“呵，将军府这么不待见我？”石墨绕过会议桌，走到顾黄河的身旁，“还真是越来越有意思了，刚刚才说到没发现破绽，就有人按捺不住了。那你就放心地去吧，我会带人在外面埋伏，保你不会少一根汗毛！”

顾黄河感到有些不可置信：“你怎么说得好像鸿门宴一样，有这么夸张吗？他不过是想了解些技术性问题，你去确实没什么意义，何况那么多双眼睛看着我走进他的官邸，难道还会有危险？我不过是个技术人员，不关心政治。”

“唉，可不就因为你懂技术嘛！”石墨戏谑地在顾黄河的肩上拍了一把，又正色道：“你现在可是工程顺利启动的关键人物，假如萨莫尔真的是刺杀总统的幕后主使，那么会有两种可能：第一种，他想拉拢你，以加强对工程的控制；第二种，他骨子里有可能是‘旭日工程’的反对者，这就很可怕了，他先清除了整个工程的内部推动者，也就是帕迪总统，接下来当然不排除会对核心技术人员下手。”

顾黄河忽然觉得脖子有些发凉，石墨的表情告诉他，这不是开玩笑，还有被一枪毙命的帕迪总统，也提醒着他必须要去正视目前复杂的形势和各种残酷的可能性。

几分钟后，一队全副武装的特勤人员出现在会议室，他们将在石墨的安排部署下执行安保任务。石墨将一件防弹衣和一支声纳手环递给了顾黄河：“老顾！顾博士！别担心，如果遇到危急情况就掰开手环，我们收到信号会立刻冲进去支援。记住，一定要看准形势，危急时才可以使用，否则后面就不好办了。”

顾黄河明白石墨所说的“不好办”是什么意思，调查归调查，没有足够的证据或者确实遭遇险境，任何被曝露在阳光下的对立形式都必然会引发外交危机，对“旭日”工程造成影响。他拍拍身上的防弹衣，佯作轻松地说：“放心吧，我会随机应变的。”

很快，一辆黑色的礼宾车驶抵维和部队的驻地，接走了顾黄河。石墨带领的特勤小队也随后出发部署。抵达萨莫尔官邸的时候已近黄昏，出人意料的是，萨莫尔一早就等在门廊外。

“顾博士，欢迎你大驾光临，我这里平日出入的都是些武夫，上一次有重量级的文人光临还是沾了帕迪的光。那是我国最著名的科普作家，出版了很多优秀的科普作品，其中还有不少是对‘旭日’工程的展望，这也令‘旭日’工程在拉维亚拥有广泛的民间支持。”萨莫尔热情地握着顾黄河的手，引导他进入了大厅。

“将军客气了，我哪里称得上什么文人，我就是一个搞技术研究的。”顾黄河对这样的欢迎阵仗有些不太适应。将军官邸从外部看是一个由围墙围起来的巨大石砖建筑，但室内的装修简洁而朴素，略显空旷的大厅里两列卫兵站得笔直，似乎是专门为迎接他而准备的。

落座之后，萨莫尔挥了挥手，卫兵们列队离开了大厅，只有一个神情冷峻的年长军官端立在他的身后。

“希望你不要介意，这是我的秘书兼保镖克雷泽，他总是在我左右，一起用餐吧。”萨莫尔笑笑，克雷泽也坐了下来。顾黄河用余光观察了一下他，跟电话里感受到的一样刻板，不苟言笑，神情中透着一股莫名的威严。

面对一桌子的拉维亚美食，顾黄河有些局促：“将军，听说您想了解一些关于‘旭日’工程的技术性问题？”

“是啊，听雷克泽说你们已经检查完了所有的磁场塔和‘第一壁’，目前还有什么问题吗？”萨莫尔拿起刀叉，示意顾黄河一边聊一边享用美食。

“暂时一切顺利，如无意外半个月后工程就能准时启动了。”

“很高兴听到你这么说，不过可惜啊，人生总是充满了各种意外。”萨莫尔收起了嘴角的笑容，“顾博士，你听说过高频光项目吧……”

“是高频主动极光项目，将军。”雷克泽打断道，“这是针对太空电离层的一种短波无线电发射器，可以直接影响大气层的结构和对流状况。”

“我当然知道这项技术，‘旭日’工程需要通过大气对流来调节等离子的复杂运动，但如今地球大气层已经不像过去那样稳定，拥有这项技术的全球气象工程协会已经中标了‘旭日’工程的气流控制环节，他们的参与将会保障等离子的运动在合理的范围之内。”

“那你一定想不到，气象工程协会在去年突然多了一个幕后金主吧？”

“谁，赤道集团？”顾黄河条件反射地答道。

萨莫尔哈哈大笑：“看来顾博士的警觉性不亚于任何一个职业特勤啊。我刚收到可靠情报，去年秘密注资5000亿美元给气象工程协会的正是赤道集团。也就是说，赤道集团通过这项极光技术间接参与了‘旭日’工程，难道这还不算是一个意外吗？”

“就算赤道集团跟气象工程协会有资金上的往来，也不能证明他们就有能力插手‘旭日’工程吧？”

“当然，这正是我请你来的原因，没有人比你更了解‘旭日’工程，在没有确凿的证据之前，我也不想贸然惊动联合国维和代表团，你也知道那位代表有着怎样尴尬的背景。” 萨莫尔示意克雷泽，将一份标注了“加密”字样的文件递给顾黄河：“这份就是那个什么极光项目的实验数据资料，可不容易搞到，现在属于你了。”

顾黄河接过文件，心里暗暗打鼓，先不论这份来自萨莫尔的资料可信度如何，但就赤道集团有可能通过高频主动极光技术介入‘旭日’工程这一条消息，便已远超出了他的预判。他如坐针毡，更无心再享用美食，便索性起身告辞。

萨莫尔悠闲地拿起刀叉，往嘴里送了一小块牛排：“那就不耽误顾博士，我也只是尽力提供一些线索，至于数据有没有问题，会不会对工程造成影响，这些伤脑筋的问题就全权托付给你了。我代表拉脱维亚人民感谢你，也希望工程能早日启动。”

捉鬼

回到驻地，顾黄河和石墨立刻召集了几位“旭日”工程专家组的成员进行商议。

“这份资料我在回来的路上仔细地看过一遍，没有明显的违规纰漏，不过气象工程协会的短波无线电发射器，在控制阀的设计上设置了一个可有可无的变量，这可能会给设备的标准化运行留下可操作的空间。”顾黄河把文件递给专家组成员，眉头紧锁。

石墨不解地摸摸下巴：“你说这萨老头儿可真贼，明明自己掌握了疑点也不直接交给维和部队，非得借你的手来传递消息，简单问题复杂化。”

一向沉默寡言的核物理工程师小程站起身，“报告，这事儿不奇怪……”

石墨憋住笑轻斥：“有话就说，报什么告！”

“我是觉得，总统的死到现在都是一单悬案，萨莫尔和赤道集团都有嫌疑，过于积极地打击对手反而容易惹麻烦，我们出面则显得中立。”小程红着脸道。

“是这个理。还有呢？”

“嗯……我们可以把这份资料里的关键技术程序在项目启动会上公布出来，顺便感谢一下全球气象工程协会对‘旭日’工程做出的贡献。”

顾黄河听罢一拍桌子：“咱们想到一块儿去了，就给他来个顺水推舟！”

时间很快过去了一周，工程组和维和部队仍在进行“旭日”工程启动前的最后调试工作，一切看上去风平浪静，项目启动会即将在第二天面向全球进行直播，顾黄河手里的稿纸被捏得皱巴巴的，他也记不清自己到底翻来覆去默了多少遍，却还是难以抑制地感到紧张。

石墨看着他焦躁的背影，安慰道：“老顾，淡定些，明天只要按计划进行，不管是人是鬼，应该都会按捺不住地浮出水面。”

次日，“旭日”工程的项目启动会在联合国维和部队驻地举行，来自世界各地的新闻媒体在露天广场架起了长枪短炮，准备迎接这场举世瞩目的“人造太阳”工程启动仪式。在项目发言人进行简短介绍之后，顾黄河作为整个工程的专家团队代表，走到了聚光灯下。

“各位来宾，记者朋友们，大家好。感谢你们不远万里，到此见证堪称人类历史上最具挑战性的能源再造项目——‘旭日’工程。在这里，我代表技术专家团队，向所有关心人类能源未来的人们宣布：位于拉维亚境内的‘旭日’工程基础设施磁场塔和‘第一壁’均已验收完毕，工程将于三日后准时启动。”

在现场雷鸣般的掌声中，顾黄河极力压抑着激动的心情，神情庄严地望向人群：“我们必须看到，如此浩大的一项工程，基础设施的铺设覆盖了整个拉维亚的国土，这里的人民做出了巨大的牺牲和贡献，我在此代表‘旭日’工程及联合国维和代表团，向已故的拉维亚总统帕迪和拉维亚人民表达最崇高的敬意。”

欢呼和掌声此起彼伏，费拉罗冷着一张脸坐在一众与会的嘉宾中，显得格外突兀，距他不远的萨莫尔也面无表情地鼓着掌，目光时不时扫向广场围栏一角的监控摄像头……而这一切都没有逃过石墨的眼睛。

“‘旭日’工程是造福全人类的能源项目，得到了国际上许多科学机构及基金组织的支持，其中要特别感谢全球气象工程协会所提供的高频主动极光项目，为旭日工程解决了一个关键性的技术难点。”顾黄河顿了顿，“这么说吧，‘旭日’工程是一个设计在开放空间进行核聚变反应的能源生产场，需要依靠自然界的大气对流来调节磁场中的等离子运动，高频主动极光技术则提供了一种人工控制大气对流稳定性的解决方案，这对整个工程的成败至关重要。试想一下，如果等离子流在开放的空间里失去控制，那将会引发足以毁灭半个地球的核爆炸，在此，我要特别提到并感谢为全球气象工程协会提供源源不断研发资金的赤道集团，如果没有他们的支持，旭日工程不可能进展得如此顺利。”

此时，费拉罗的脸色由白转青，石墨注意到，他盯着顾黄河的一双眼盛满了怒恨。毫无疑问，他是知情者，但却一直对联合国项目委员会及维和团队隐瞒了相关事实。

现场的媒体也炸了锅。

“顾博士，我是《联合新闻报》的记者，您声称赤道集团投资了‘旭日’工程中的关键性技术，为什么在过去的项目通报中没有提及？‘旭日’工程是全球性民生工程，必须接受公开透明的监督，这是否属于违规操作？”

“赤道集团作为开发赤道地区的既得利益者，其暗中参与旭日工程是否存在不可告人的目的？赤道集团是否与工程内部存在某种利益勾连？”

“拉维亚前总统的死，与赤道集团有没有关系？”

面对群情汹涌，顾黄河努力抬高声调，挥动双手示意大家冷静：“时间可以检验一切！赤道集团所资助的高频主动极光技术，将通过人工控制阀和精确的变量设计来稳定核聚变反应，协助‘旭日’工程为地球上的每一块土地带去源源不断的能源，届时所有背井离乡的人们都可以重回故土。作为‘旭日’工程的市场化参与部分，赤道集团的幕后投资行为并未违反联合国项目委员会章程，我代表技术团队公开关键性技术环节，也正是秉承了公开透明的原则。至于前总统的遇刺，目前没有证据显示与赤道集团有关。不过，相信要建设一座国家级规模的核聚变实验场，必定要面临很多阻力，牺牲很多人的利益和安宁，但短期的阵痛会带来长远的福祉，只要所有人都行使起公共监督的权利，‘旭日’工程就能一直顺利运转下去。谢谢大家！”

顾黄河言毕便匆匆离场，台下费拉罗和萨莫尔也同时起身离席，石墨稍作迟疑后，紧跟着费拉罗而去。

在发布会后台的侧门僻静处，费拉罗截住了顾黄河。

“很精彩啊，顾博士。”费拉罗语带嘲讽地拍手鼓掌，“我是应该感谢你为赤道集团澄清了刺杀总统的嫌疑呢，还是该谴责你给我们布下了一个被万人指摘的陷阱？”

顾黄河笑道：“你们？看来你已经摆明立场了，既然如此就权当我是一片好意吧，如果赤道集团没有不可告人的目的，又怕什么接受公开质询和监督呢？你之前的刻意隐瞒已经给很多人造成了不必要的联想，不是吗？”

“你口中的很多人是指萨莫尔？哈哈哈哈哈……如果是他给了你这样的暗示，那么恕我直言，总统的死肯定与他脱不了关系。”

“何以见得？”

石墨在不到十米远的幕布后听着二人的对话，他环顾四周，发现那个萨莫尔时时关注的摄像头，就在自己身后斜上方，实时转播着眼前的这一切，但不知道正注视着这里的是怎样的一双眼睛。

“你应该知道，两年前赤道集团曾数次跟帕迪表示过想收购拉维亚半岛的海港，但都被那个激进的民族主义者阻止了，当然帕迪在一开始也曾和他同一阵线。”

“一开始？”

“没错。不过可惜啊，帕迪总统的气节并未维持到他离开这个世界，我们最后还是达成了协议。”费拉罗的嘴角扯出了一个诡异的弧度，似笑非笑。

“这不可能！”

“是，帕迪是一个不为金钱所动的爱国者，但也正因为这样，他不可能看着自己的国民白白牺牲家园，全都挤到拉维亚那个小小的半岛上去，还要日夜承受着开放性核聚变工程所带来的环境变化和不可控风险。”费拉罗满意地看着处于震惊之中的顾黄河：“所以，我们达成了协议，帕迪默许了赤道集团通过全球气象工程协会介入‘旭日’工程，并逐步放开拉维亚半岛的投资限制，而我们将会提供赤道地区完备的基建和民用设施，来安置未来三年移民到此的拉维亚人。”

顾黄河开始有些头晕目眩，此时他脑子里闪过了萨莫尔的面孔，那个嘴里总是将帕迪总统称作英雄和手足的铁血将军……还有眼前这个所谓的联合国维和代表，原来也不过是那些嗜血资本的白手套。

“如果你当众揭开赤道集团的底牌，是为了威胁我们不可行差踏错，那么恭喜你得逞了！不过你需要知道的是，商业的本质是逐利，既然‘旭日’工程是大势所趋，那我们自然不会缺席，不管以何种形式。同时我也提醒你，在这个世界上，没有无缘无故的强大，比如赤道集团，也没有一成不变的立场，正如帕迪……不过，对于某些顽固派来说，曾经的英雄一旦成为背叛者，死亡也许就是他应得的归宿。”费拉罗愤恨地扯了扯凌乱的领口，扬长而去。

石墨见状快步上前，隐晦地对顾黄河指了指身后的摄像头：“走，是时候揭开谜底了！”

解局

步战车驶出了基地，直奔萨莫尔的将军官邸。

“你都听见了……全都不是什么好人！萨莫尔隐瞒了帕迪和赤道集团之间的秘密协议！他想掩盖什么？他反对协议，所以杀了帕迪！”坐在副驾驶位的顾黄河烦躁不安，双手用力抓搓着发根。

“你有没有注意到，萨莫尔总是有意无意地看向广场上的那个摄像头，你猜是谁在观看着启动会的现场？”石墨答非所问。

“不知道！但萨莫尔一定有鬼，他一边掩盖杀害总统的事实，一边利用我们揭发赤道集团。”

“一只鬼浮出了水面，答案已经离我们不远了！”

抵达将军官邸的时候，萨莫尔像上次那样静静地站在门廊边，他手指间的雪茄已经没了火星，却还不自觉地送进嘴里，仿佛那残存的余味依然能满足饥渴的肺叶。他看见了顾黄河和石墨，便立刻丢掉了烟头，转身进了官邸。

“他在等我们。”石墨看了一眼顾黄河。

从门廊穿过大厅，没有列队的卫兵，没有忙碌的家佣，顾黄河总觉得哪里怪怪的，直到他看到了克雷泽——那位冷峻的萨莫尔秘书兼保镖，带着难得一见的和善笑容端坐在长桌的尽头，用手中的遥控器关掉了墙上的一部液晶显示屏，上面显示的正是启动会的现场。

石墨也看见了克雷泽，他和顾黄河几乎同时呼喊出声：

“总统先生！”

“你们杀了总统……”

“你说什么？”顾黄河像被雷击中了似的，扭头盯着石墨，试图从他的眸子中搜寻出一个确切的答案：“他……是帕迪总统？”

“哈哈哈哈，坐坐坐，试试我亲手冲泡的中国乌龙茶。”这时，萨莫尔托着一壶茶从餐厅走了出来，他一面招呼着目瞪口呆的两人，一面朝着帕迪努了努嘴：“你还不赶快把顾博士的下巴给装回去！”

帕迪优雅地站起身，伸出右手：“幸会，我是帕迪，感谢两位一直以来对‘旭日’工程的恪尽职守，帮助我们在拉维亚实现了人造太阳的梦想。”见顾黄河仍旧一脸惊疑，帕迪拍拍他的手背笑道：“我要向两位说抱歉，为了顾全大局，保障拉维亚人民的利益，我设计了自己的死亡。”

石墨最先反应过来，联合国维和部队军人的身份令他首先对眼前这一切的合法性提出了质疑：“总统先生，不管出于什么动机，您为自己设计的刺杀行为已经违反了国际宪章，欺骗了全世界所有支持和关注‘旭日’工程的人们！我必须向联合国项目委员会汇报！”

“不急！”顾黄河拦住了石墨，以余光瞄了瞄对面的帕迪和萨莫尔：“既然总统和将军用好茶招待我们，那就是准备坦诚相见了，我想我们有责任进行调查搜证，以保证‘旭日’工程不会再出什么娄子。”

迅速将已有的信息在脑中过了一遍，顾黄河自信已能大概串起一个轮廓，他慢条斯理地端起茶杯嘬了一口，“恕我大胆猜测，费拉罗所说的秘密协议，你们两位不但有共识，还一起谋划了整个局。”

“说说看。”帕迪回以微笑。

“从费拉罗私下和您交涉的那一刻起，您就开始计划刺杀事件，目的是将嫌疑引向费拉罗和赤道集团，令相对中立的中国维和代表团对他们产生足够的警觉，并引导我们出面调查，迫使赤道集团陷入全球的舆论压力之下。”

“反应迅速，思维缜密，帕迪果然没有看错人。”萨莫尔竖起了大拇指：“当初帕迪就笃定你会是我们最好的合作伙伴。”

“当然，顾博士是技术专家，既不会武断地中止‘旭日’工程启用高频主动极光技术，也不会放任赤道集团借此为所欲为地控制工程，一切都在合理的推进之中！”帕迪仍然保持着优雅的微笑。

“最重要的原因，应该是你们知道我不关心政治，也从没见过帕迪总统吧？甚至连出殡那天，送别的车队中连一张遗像都没有挂置……”顾黄河若有所思道，“所以那天你们才要求只见我一个人……”

石墨有些按捺不住，试图打断这种磨叽的抽丝剥茧，“不用多说了，在来到这里之前，我一直在想那个躲在摄像头背后默默监控着局面的人是谁，真是出人意料啊！尽管您是我过去最为敬重的政治领袖，但这不会改变我将向联合国汇报的决定。毕竟，你们和赤道集团之间的利益纠葛不能成为愚弄世界的理由，我们更不是你们进行政治博弈的工具。”

“我很欣赏你们的立场，但我只是希望一些即将离乡背井的拉维亚人民可以顺利迁居到赤道地区，同时，赤道集团也永远不会因为我还活着而不断变换谈判的筹码。”帕迪站起身，走到大厅里唯一的一扇落地窗边，撩起了厚厚的帷幔……

外面刮起了大风，漫天的黄沙在空中不断聚合旋转，无处不在的微电磁场影响着它散落的轨迹，这是一片已经被“旭日”工程严重工业磁化的土地，不再适合人类居住了。

所有人望着窗外，陷入了沉默，这是顾黄河长久以来一直不愿意直面的现实，每当夜深人静，他凝望着星空告诉自己，人类任何一项改造自然的伟大工程，必然会遭致一定程度上的反噬，这是能量守恒的必然定律，但为了更长远的幸福生活，牺牲在所难免。作为一名科学家，他无力为这片土地上的人们补偿些什么，除了“厚颜无耻”地表达对他们无私奉献的敬佩和赞美……这也是大多数极力促成“旭日”工程的官方代表们不得不一直重复进行的表演。

他有些窘迫地说：“是的，能妥善安置拉维亚人民也是我们最大的心愿，但恕我冒昧地问一句，是什么让您在数次拒绝赤道集团的提议之后又突然改变主意的呢？”

“当费拉罗开始为赤道集团充当说客的时候。”帕迪答道，“这位联合国维和代表的出现，让我们逐渐意识到，赤道集团原来是一个背靠着秘密联合政府的军工复合体，他们一直充当着那个最强大政治联盟台面上的资本工具，与其强硬对抗得不偿失，不如为拉维亚人争得一个政治保障。不过，从另一个角度上来说，如果世上所有浩大的民生工程，背后必定伴随某种强大力量的推动才能展现效率，那么这种力量则必须置于公众的合理监督之下。”

“所以，您安排自己遇刺身亡，令赤道集团既无理由撕毁协议，又不得不暴露在公众的视野之中，这其实已是最好的安排。”顾黄河打从心底对这位政治家生出了由衷的敬意。

“拉维亚能为这个世界所做的只有这么多了，我们愿意这轮人造太阳升起在拉维亚的上空，只要它能给更多的人带去生的希望。接下来就看你们的了，我始终相信在这个世界上，存在着公义与制衡。"帕迪的眼神中透着坚毅，他接过萨莫尔递来的热茶，微笑着向顾黄河和石墨致意："Cheers！"

当夜幕降临，两人走出了将军官邸。石墨点燃了一根雪茄，才吸了一口就呛得不轻："嘿，劲儿这么大，可我估摸着萨莫尔一天得干掉五六支啊！你说，是不是抽这玩意儿的，干的都是胆儿忒大的事儿，哈哈哈……"

"这我可不知道，但如果接下来是看咱们的了，你准备怎么做？"

"这还不简单，既然帕迪总统已经过世，而赤道集团嫌疑最大，那咱们就回去好好地搜证，申请成立个独立调查专案组，好盯着他们老老实实开工呗。"

"嗯——看来抽这玩意儿的，果然干的都是胆儿忒大的事儿。"顾黄河笑了，笑得很轻松。

续写接龙 2：新日

刘烨镔 作品

端倪初现

次日一大早，石默在维和部队的驻地临时办公地点撰写此次行动的工作报告，心中却仍在揣摩着费拉罗与萨莫尔将军的话：

如果他们的最终目的都只是单纯地想要控制“旭日”工程，刺杀帕迪总统只会引来全世界的更加高度关注，以及给予各方插手其中的理由，如此低效，令人不解；再加上费拉罗与将军二人的态度诡异，似乎都各自在谋划着什么。

石默觉得心中隐隐抓住了线索，却又感觉还欠缺许多关键性的证据将其相互联系起来。

咚咚咚。

突如其来的一阵敲门声打断了石默的思考，来的人正是顾黄河。

只见他手中拿着几张薄薄的A4纸，眼眶上依稀可见淡淡的黑眼圈，却精神亢奋，一见到石默便开口道：“我想到了，问题可能出在‘旭日’的常规岛部分，我要出海去看看。”

不同于以往的核反应堆，“旭日”工程将聚变反应设计在拉维亚的国土内露天进行，而其产生的巨大能量将以热量的形式加热海水，以此来加大海洋不同水层间的温差；并在海上建立常规岛部分，再采用低沸点工作流体作为循环工质，在朗肯循环基础上，用高温水层充当高温热源，加热并蒸发循环工质，以此来产生蒸汽推动透平发电。

“如果常规岛部分出了什么问题，很可能会反映到核岛部分，使得我们的等离子流失控。所以，我要出海去看看。”

听到这里，石默张开嘴刚想以时局未定、出海危险为由拒绝，忽然心中一动，说出来的话却成了：“行，那下午我就去联系萨莫尔将军安排船只。时间紧迫，尽快出发。”

虽然讶异于石默临时提出的出海要求，并且即刻就要出发，但萨莫尔将军还是想办法为他们调来了一条船。

当夜。

“没错，就是这样！预先在系统中埋下几条看似毫无关联的代码，平时不起作用，只要在关键时刻人为输入指令，就能够瞬间串联起来，使发电系统停摆，这样聚变产生的大量能量无法外放，后果不堪设想！”

手中拿着从常规岛的系统中调取的代码数据，顾黄河敏锐地发现了其中隐藏的伏笔。意识到其中蕴藏的危险，顾黄河便急匆匆地登上了回航的船只。

夜色渐浓，广袤无垠的大海上漂浮着孤零零的一条船。

而在船上，刚从一堆数据中抬起头来的顾黄河有一些疑惑：

船，似乎停了？

顾黄河起身前往甲板上查看，却发现整艘船似乎只剩下了他一个人。

此时，忽然船舱内传来了一阵手机铃声，他连忙走过去查看，却见到了单独被放置在桌上的一部手机，此时屏幕上显示着“未知”二字，铃声正是由它发出来的。

稍作犹豫，顾黄河便选择了接通电话，毕竟目前来看他没有更好的选择。

“顾博士，您好，很抱歉在这样的情况下以这种方式与您交谈。”电话那头是机械式的声音，显然经过处理。

“你是谁？到底想做什么？”顾黄河问道。

“很高兴您还保持着冷静与理智，这有利于接下来我们的谈话。您可以称呼我为‘鸦’。在此我代表我所在的团队向您，‘旭日’工程的总设计师，奇迹的缔造者，提出郑重的邀请，希望您能加入我们，携手共同来创造一个崭新的世界。”电话中传来的声音依旧充满了机械质感，顾黄河甚至无法从中听到语气的丝毫起伏。

“我不太明白你的意思。让‘旭日’工程顺利建成是我的工作，也是我的职责，更是我的人生追求，无论在哪都是这样的。”

“那您觉得‘旭日’工程的建成真的是一件好事吗？”

“鸦”没有进一步解释他的话，反倒向顾黄河提出了一个问题。而不待顾黄河开口，“鸦”又紧接着说道：

“太阳的逐渐熄灭使得很多本是日薄西山的能源产业又迎来了春天，但‘旭日’工程的出现将毫无疑问地击垮如今脆弱的平衡，并消灭大量工作岗位，使得无数人失去原有的经济来源，令整个世界陷入动荡，如今的社会还没有做好迎接这一项跨时代技术的准备。世界需要‘旭日’，但不是现在。所以，加入我们吧，顾博士，有了您的帮助，我们将共同来构建、规划一个崭新的世界格局。”

哪怕经过了变声器的处理，“鸦”的语气里依旧能听出一丝的激动。

顾黄河面无表情地听完了“鸦”的鼓动，平静地开口道：“抱歉，我只是一名学者。我的职责就是将真理带到这个世界。而像你说的，或许‘旭日’工程会对现行的社会秩序产生破坏，造成动荡，但我们的文明会自己找到一条解决道路，摆脱这些不利的因素，继续向前。”

言罢，顾黄河不待“鸦”开口便选择挂掉了电话，重新走回船头，远远地眺望平静的海面，不知道在思考些什么。

拉维亚寂静的夜在广阔的海面上显得更加幽深。

猛然间，一阵爆炸自海上迸发，火光划破了漆黑的夜空，又很快消散，一切重新归于平静。

峰回路转

顾黄河博士在出海检查“旭日”工程常规岛部分的归途中遇害的报告第一时间出现在了萨莫尔将军的办公桌上。刚结束了一场关于拉维亚建设与发展会议的萨莫尔匆匆回到办公室，开始仔细地浏览起这份报告。

由于事发突然，报告里并没有更多的细节，但萨莫尔将军却久久盯着上面的文字，眉头微蹙，陷入了沉思。

这是个注定不会平静的夜晚。

顾黄河遭遇袭击遇害身亡的消息震惊了世界，幕后黑手对“旭日”工程的阻挠也同时触怒了无数翘首以盼“新太阳”的人们，追查凶手的呼吁浪潮一时间席卷全世界。

半个月后，拉维亚政府向国际社会出示了一份关于顾黄河博士在其境内遇害的调查报告，上面明确指出其与帕迪总统遇害一案均为一个这些年方才兴起的国际恐怖组织“黄昏末日”所为。他们宣扬太阳的熄灭预兆着末日的到来，象征世界的终点，公开反对“旭日”工程，认为人类的一切所为在末日的黄昏面前都无异于蚍蜉撼树，号召人们放纵自我，享受最后的时光。

这份调查报告无异于在平静的湖面掷下石子，掀起了巨大的波澜，一时间反对恐怖主义的声浪在世界各地翻涌。

就在国际社会忙于打击恐怖主义的同时，为了保证“旭日”工程的安全性与其能够顺利完工，其工程设计维护团队的另外一名科学家奥利弗受邀来到了拉维亚，他将接替顾黄河完成对“旭日”工程的全面检查与维护，确保其万无一失。

两周后，在打捞顾黄河尸骨无果的情况下，维和部队完成了既定的工作，并将按照规定离开拉维亚。

在机场，萨莫尔将军令人意外地抽空来送他们。

简单的仪式后，士兵们依次登机，将军却走到了石默的面前，稍作沉吟后开口道：“对于顾博士的事情，我们非常抱歉。”

石默看了眼一旁由士兵捧着的骨灰盒，里面只有一些顾黄河的衣物，便看向将军摇摇头道：“谁也不知道会变成这样，虽然我和博士认识并不久，但他是位很不错的朋友。”

萨莫尔将军没有再说什么，只是郑重地敬了个礼后便后退几步，笔直站立着目送维和部队的离去。

时间过得很快，又是月余，由联合国牵头，多国联手进行的反恐行动雷霆出击，一举打击消灭了“黄昏末日”，一时间国际社会尽是叫好声。

而这其中最出人意料的是，赤道集团在此次的反恐行动中起到了不小的支持作用，一改原貌，赢得了世界的好评。也正是趁着这个时候，赤道集团对外公开发表声明表示，缅怀帕迪总统与顾黄河博士，并旗帜鲜明地支持“旭日”工程，反对宣扬末日的悲观主义，号召将未来把握在人类自己的手里。

“旭日”工程启堆在即，全人类都沉浸在希望与乐观的海洋中。

一时间，世界形势大好。

山雨欲来

随着日子的推进，“旭日”工程也完成了最后的建设部分，只待再一次全面的检修完成，就能够正式启堆运行，而人类也将迎来一个全新的“太阳”。

咚咚咚。

明亮的办公室内一名中年男人正专注地浏览手上的文件，这时门外一阵敲门声。

“请进。”男人头都没有抬便开口道，仿佛早就知道门外来的人是谁。

“首长，”只见石默走了进来，在中年男人的办公桌前敬了个礼道，“‘旭日’工程已经全面检修完成，启堆日期就定在下个月一号，联合国方面表示会进行全球同步直播点火仪式，由全人类共同见证这一时刻。”

“很好，”中年男人放下手中的文件，对着石默点点头说道，“那计划安排得如何了？”

“已经安排妥当了。”

“要确保万无一失！这是关系全人类的大事！”男人的语气突然严肃了不少。

“请首长放心！”石默猛地立正，斩钉截铁地说道。

同一时间的南美洲北部，赤道集团总部正进行着一场内部秘密会议。与会人员无一不是赤道集团的股东，而这些外界人眼中叱咤风云的大商人们正聚精会神地听着台上费拉罗的报告。

“拉维亚一行后，我们已经成功与萨莫尔将军达成了协议，他将干涉并帮助我们的人员在‘旭日’工程项目中占据尽可能多的位置，而赤道集团则要继续为他掌控拉维亚的政权提供各方面的支持。”

“萨莫尔将军和帕迪总统不一样，后者借助了赤道集团的经济实力想极大程度插手‘旭日’，又一心想着摆脱我们，自己主导‘旭日’，和以他为代表的国内财团共同瓜分利益，这世界上哪有免费的午餐？”说到这里，费拉罗轻笑了一声，将手中的报告翻到下一页，继续讲道。

“而将军就有自知之明得多，他想降低国内财团对拉维亚政府的影响力，完全掌控拉维亚政权，那只要我们继续为他提供支持，在工程这一方面就有了插手的机会。”

“刺杀帕迪总统虽然是我们安排的人手，但借助的却是将军的势力。这件事上他和我们是一根绳上的蚂蚱，谁都威胁不了谁。”

“这是目前的情势，而我们接下来的计划，”稍稍一顿，费拉罗从桌上拿起了另一份文件，缓缓开口道：

“‘旭日’的建设是世界大势，没有人可以阻止，而我们要想在这里获取最大的利益，应该尽可能延缓其工期，使得集团的其他能源产业及地产方面盈利，并在这段时间差期间插手工程，完成布局。”

“这里面的关键，”费拉罗在背后的投影银幕上放映出了一个男人的照片，“奥利弗，在顾黄河死后之后，他将负责对‘旭日’工程的最终检修，而他现在已经在我们的掌控之下，如今我们已经在‘旭日’工程中埋下了‘伏笔’，只要到时候由他最后输入启动指令，‘旭日’工程就会崩溃。世界能接受的是一个‘新太阳’，而并非一颗‘定时炸弹’。到时候，我们的春天就要来了。想当时，顾黄河还义正词严地拒绝了我们的好意，他可能根本想不到，我们要的只是一个愿意合作的人，既然他不肯，那换一个就好。”

随着费拉罗的报告临近尾声，一桩桩事件的真相也渐渐浮出了水面，但此时此刻，一张人为编织的大网已经向着即将点火启堆的“旭日”工程悄然靠近。

而在酝酿着风暴的拉维亚，萨莫尔将军正在自己的办公室听秘书汇报工作。

“上周逮捕的超过 20 名贪污官员昨天已经开庭定罪，国内舆论反应强烈，清一色的叫好声。”

听到这里，萨莫尔将军满是皱纹的脸上难得地露出了一丝微笑，他对着秘书点点头开口道：“工作要继续进行下去，把重心放在国内那些财团身上，这些蛀虫趴在拉维亚的身上这么多年，也是时候将它们一网打尽了。等到‘旭日’工程正式启用，我不想看到为了它的建设而付出许多，经受了背井离乡苦难的人民得不到真正的利益，反倒是便宜了那些‘吸血’的资本家。”

秘书一边仔细倾听萨莫尔将军的工作安排，一边拿着笔飞快地记录着；待到将军语气稍缓，他才问道："三天前，中国方面在'旭日'工程项目中又申请进行了一次常规外的检修，是他们自己的专家团队做的，要不要——"

"这件事情正常记录在案就可以，其他的不要管。"萨莫尔将军强硬地打断了秘书的话，然后在其离开办公室后，将军令人意外地有了短暂的出神，却又很快恢复过来，继续伏案工作起来，只是口中轻声地喃喃道："时间，不多了啊。"

世界之光

时间在全世界的期待中悄然流逝，转眼间就到了"旭日"工程正式启堆的日子；这场人类文明史上具有标志意义的点火仪式将由联合国向全世界同步直播进行，让所有人共同见证一轮全新"太阳"的诞生。

拉维亚，将军府邸

在帕迪总统被刺之后，拉维亚的行政一度陷入混乱；而时至今日国内局势稳定，萨莫尔将军也难得没有在办公桌前伏案工作，反倒独自站在房子的阳台之上，静静地眺望远方；他的身后，在屋内放置的屏幕上正播放着"旭日"工程点火仪式的直播，联合国秘书长正作为代表讲话。

同一时刻，赤道集团

费拉罗同样在自己的办公室内观看这一场直播，他手中正举着一只倒着红酒的高脚杯，对着面前的屏幕，遥遥举杯，面露微笑道：

“敬新时代，我们的新时代。”

回到点火仪式现场，秘书长正在为他的报告做最后的收尾，而奥利弗作为“旭日”工程设计团队中的一员，此刻却出人意料地没有和其他同事一起等待最后的胜利时刻，反倒以借口回避了其他人，独自回到了自己的住处。

此时的拉维亚正值午后，但奥利弗的住所内却被窗帘包裹得严严实实。他没有理会室内的昏暗，径直走到桌前，从抽屉内取出了一封信件放在桌上，又拿着一条长绳向屋中心走去。

“很荣幸能见证这一刻，让我们共同迎接这全人类的崭新时代！”随着秘书长的报告结束，点火仪式正式进入启堆倒计时。

“10,9，……，3,2,1，点火！”

咚咚咚。

就在正式点火的前一刻，费拉罗还在品尝着手中的红酒，办公室外突然传来了敲门声。

“请进。”费拉罗眉头微皱，他记得自己通知过秘书不要让人打扰自己。

房门打开，鱼贯而入的却是一群全副武装的国际警察，带头之人费拉罗甚至认识，正是石默。

“阿戈斯蒂诺·费拉罗，你涉及策划一场危害世界安全的有预谋恐怖活动，现在你被捕了。”石默面无表情地对着费拉罗出示了一份逮捕令。直到被戴上手铐，费拉罗都没能从愕然中缓过神来。

拉维亚，将军府邸

“将军，楼下来了一群自称调查组的人，想找您调查一下帕迪总统被刺事件。”

“你把这个给他们，里面有他们想要的东西，我稍后就亲自下去。”萨莫尔将军递给了秘书一个U盘，里面存放着是赤道集团对“旭日”工程的破坏计划的部分关键性证据以及针对帕迪总统刺杀行动的全过程证据。

在秘书离开后，萨莫尔将军从抽屉中取出了一支手枪，干净的枪身正证明其主人对它的喜爱，这是拉维亚解放战争期间将军的配枪。

“他们一直以为我和他们是一类人，是一个背叛战友、出卖国家、求权逐利的无耻之辈；但我真的只想将拉维亚，这片我深爱的土地建设得更好。”

言罢，萨莫尔将军自嘲一笑，举枪自尽。

同时，奥利弗的住所也被当地警察突入，但却发现了上吊自尽的奥利弗，以及一封写明赤道集团对其进行威逼与利诱，逼迫他利用在“旭日”工程中任职的权力在工程常规岛内留下漏洞，破坏点火仪式等种种行径充满愧疚与悔恨的遗书。

三日后。

随着点火仪式的成功进行，“旭日”工程也顺利投入运营，世界陷入一片欢腾，希望重临世间。

而在中国某个研究所的办公室内，石默正坐在会客用的沙发上与某人聊着天，对方正是顾黄河。

时至今日，事件的全貌也终于得以展现。

那天夜里，顾黄河通过思考分析，判断常规岛内可能存在被忽视的地方，而石默也通过费拉罗与萨莫尔将军相互的指控，意识到二人很可能都涉及帕迪总统的被刺事件，但却又各怀心思。

于是便有了顾黄河临时起意前往常规岛调查检修，使得幕后之人不得不仓促应对，在招揽顾黄河不得后，不得以才运用炸药试图杀害顾黄河。也正是如此，才能让顾黄河依计假死，淡出帷幕，麻痹幕后黑手的神经。

在有了顾黄河此行的数据支撑后，奥利弗试图在常规岛埋下的隐患也成功被发现并解决，一场隐患消弭于无形。

最后通过利用此次事件，成功收集到足够的证据，起诉赤道集团，也令"旭日"工程能够真正造福于全世界人民，而不是受到某一方势力的掌控，成为某些人敛财的工具。

谈话结束后，石默起身离开。

就在即将走出门时，他忽然回头，对着顾黄河问道：

"对了，你还记得那天晚上你说的话吗？"

顾黄河仍然在盯着手中的水杯，没有抬头，径直开口：

"我只是一名学者，一直都是。"

石默转身出门离去。

顾黄河看向屋子一角摆放着的“旭日”工程主体模型，自语道：

“太阳是世界之光，从来都不会只照亮某些人。”

续写接龙 3：旭日

韩宇弦 作品

背后

“是啊是啊……”偌大的房间里，几个白色制服的工作人员忙碌着。在他们后方，一个背手徘徊的身影不那么引人注目，却始终有种难以言喻的气质。

他好像听到了什么似的突然停住，然后轻轻地招了招手，旁边出神的侍从猛地回过神来，迅速小跑到他跟前，接受指示。

侍从离开了，他的目光缓缓地移到房间右侧，那里放置着四个小型监视器和若干远程监听设备，其中一个监视器的屏幕上，顾博士和石大校正在讨论着什么……

两天后，维和部队联合拉维亚政府召开了一次临时会议。

“商讨放缓或取消部分‘旭日’工程项目实验性测试？”顾黄河差点对着来通知的工作人员喊了出来。

“博士，看来事情有所进展啊。”石默对顾黄河笑了笑，表情意味深长。

两人在路上遇见，一同来到帕迪市的政治中心——旭日大厦。

“听说这座大厦是为了纪念拉维亚成功独立所建，它顶上的独立圆盘是拉维亚最大的铜质独立建筑，象征着拉维亚的国土，象征着太阳，象征着希望。”石默指着旭日大厦的顶部介绍道。

“确实，可我始终觉得这个圆盘显得有些……”顾黄河喃喃道，他想说的是一种莫名的感觉，大脑里始终有种似幻非幻的声音，“‘旭日’……‘开始’……”

“谁说不是啊。”

会议在早上七点准时开始。

各个部长讲话后，是科研人员和工程相关人员的发言。

有一个人引起了顾黄河的注意。他叫尼尔，曾经是一位位高权重的官员，甚至与帕迪总统有过不浅的战友情，可后来因为一些纠纷，他放弃了政治转向科学研究。他在科研上投入颇多，对大型托卡马克装置的控制研究得淋漓尽致。

顾黄河对这个人饶有兴趣，可是接下来费拉罗的上台让他不得不转移注意力。

“……关于暂缓或取消实验性测试进程是联合国的决议，虽然我本人表示不能理解，但是指示还是要继续执行……”

“好像有人已经行动了。”石默看了看顾黄河，顾黄河点点头，陷入了沉思。

“……‘旭日’工程是一项宏伟而长远的计划，希望有关方面要遵照上面的指示执行……”

“费拉罗……他能有这样的本事，让联合国下指示？”顾黄河感到不解。

“是啊，很奇怪，总感觉这背后有什么……”石默轻声说道。

会议在三小时后准时结束。

顾黄河正准备离开，却瞥见尼尔博士正从他右侧经过，这让他凝重的脸有了一丝松弛。

“尼尔博士……你好，我是顾黄河，是……，这位是石默大校……”顾黄河觉得结交一些朋友可能会派上用场。

“哦，幸会。”尼尔僵硬的面容上没有什么血色。

“尼尔博士，不知道您对刚才大会上联合国的主张有何看法？”顾黄河问道。

“哦，这个啊……联合国的意思，希望把‘旭日’工程打造成一个更长远的计划。他们考虑太多，唉，整个工程的关键就是磁场塔的控制，而按照计划中的约束方式，我们需要将整个拉维亚的大气环流摸得一清二楚，才能同等离子体的运动匹配契合，才能更稳定地控制等离子体的轨道。如今大量实验性测试被减少，除非延长工期，否则很容易出现大的差错。”尼尔有些沮丧地说道。

“可是现在延长期限的通知没下来，而且如今的气候变化的形势之严峻根本容不得我们一直拖下去！”石默有些愤愤不平。

“石大校……尼尔博士，难道就没有办法能够保障实验的进程？比如……技术性突破，或者资源性突破等等。”顾黄河说。

“……要是真的有就好了，虽然工程是拉维亚政府主导，但我们不能和联合国的主张对着来……顾博士，你也是政府派来的人才，希望你们有时间去一号磁场塔也就是总控塔看一看……”尼尔似乎有什么急事，匆匆离开了。

顾黄河瞥了一眼尼尔远去的背影，总觉得联合国有着难以告人的机密，或许是他想错了，或许是因为某些事情太过重大从而需要联合国下达这种毫无缘由的指令……他转身对石默说：“石大校，看来我们得去一号磁场塔参观参观。”

萨默尔将军听到消息后在办公室暴跳如雷，这个身材魁梧的军人拼命拍打着桌子，侍从只有惊慌失措地站立在一旁。

“这，这些愚蠢的政客，嗜血的资本家……愚蠢的‘长远’心态……这可不是拉维亚的业绩，这是全世界的成功……不……”萨默尔将军在办公室气冲冲地徘徊了一个小时，终于拿起电话，拨通了号码。

参观

石默和顾黄河上了一辆专门接送联合国和外国“旭日”工程有关人员的路虎。

车上，石默一言不发，顾黄河看得出他正在操自己不该操的心。石默是个有情有义的军人，他对这种关乎全球命运的大事有独到的见解，还有一份军人的责任心。顾黄河沉浸于思虑之中，没留意手机响了半天。十一时三十分，他连忙接起电话。

“萨默尔将军？您好……”顾黄河心里感叹事情总是那么

凑巧，“……好的，好的……”

“萨默尔将军？他怎么说……”石默连忙问。

“真是巧，我们刚打着主意，”顾黄河兴致高昂，“萨默尔将军就打电话来，说要我们作为拉维亚政府的调查特使去总控塔调查。司机，去‘旭日’工程建设总控塔。”

石默笑了一下，他正想去这个举世瞩目的工程的核心走一走，他心中的谜渴望得到解答。

不知道过了多久，一座高塔赫然出现在眼前。

“这就是……”

驶过一片荒原后，他们又看到了那壮观的景致，磁场塔孤独地耸立在冰冷的高地，塔顶闪烁着银白色的微光，让人在寒冷的长冬也能绽出渺小的希望。

显然萨默尔将军已经为他们通知过了，他们刚下车，就有一群白色制服的工作人员迎过来同他们讲话。

“你们便是顾黄河博士和石默大校吧？”为首的一个工作人员冷冰冰地问道。

“对。”石默显然不太满意他们的态度，但执行秘密工作的人不就这副德性吗？他在政治工作中见过太多了。

“在这里工作就是为不受政府的打扰，难道他们不能通报一声吗……”石默等人在一楼等待，一个上校模样的人径直走了进来。

“阿普顿上校。”石默早就听说一号塔的负责人是一个怪脾气的老头，对工作倒是认真负责，就是很少有人买他的账，始终不被人赏识。

“我这里从来就没有什么问题，你们什么也查不到！”听说是萨默尔将军的特使，阿普顿上校勉强地笑了笑，而语气还是那么激烈。

“上校，相信您了解了上面的指示，我们也不愿相信这项伟大的工程出现了任何纰漏，现在，希望您能带领我们参观参观，好让上面打消这种念头。”石默还是心平气和地对这位偏执的老头说，言语间透露着强有力的气魄。

阿普顿上校还是带着他们参观了所有的实验室、测试场地，包括最先进的托卡马克控制中心和等离子体加温设备。

两人观看了几乎所有的重要装置和试验测试，顾黄河还亲自使用超级计算机进行了多次磁流体运动模拟实验。

“真不敢相信，这里简直集合了世界上所有的先进科技！”两人调查到晚上，还带回了大量的实验数据，似乎并没有什么不对。

“阿普顿上校，工程建设很完美，希望继续保持。”

三名工作人员把顾黄河和石默送到门口，一辆银白色的军用厢式载人车早早等待着。

两人上了车，一言不发。

“……托卡马克运行数据良好，热辐射和重氢聚变中子数没有异常，α裂变引起的链式反应速度也没有问题……很好的控制方式……石大校，我并没有发现任何破绽……”顾黄河率先开口。

石默应声，心中并没有解惑的感觉。

行驶了不到两公里，车内的联络装置突然响起："顾博士石大校，请立刻返回一号磁场塔，我们需要帮助！"

三小时前

N 穿上衣服，取下会议牌。

他凝视着对面高耸的建筑，心中浮想联翩。十一时三十分，他接了一个电话，电话那头小声地说着什么，他却听得一清二楚。

10 分钟后，有人送来了一个便携箱。

他喃喃地说了些什么，确认四下无人，便打开了它。N 看到一个微型武器库。

黑色连体衣，高性能芳香族聚酰胺材质，外部的超薄防弹层能有效牵制子弹等高冲击力攻击，黑色氟树脂聚合物涂层在 1800 摄氏度下能保持高效率热交换性能；

M1912 非致命改装版，能发射极其微小的热能束使人的皮肤在 0.5 秒内达到 60 摄氏度以上，引起肌肉痉挛和高度灼痛；

微波手雷，向四面八方发射超高频电磁辐射脉冲，能烧毁几乎所有精密电子仪器，对听觉和神经中枢产生极大损害；

……

这是一个拉维亚顶级特工的配置，N 不禁感叹，他真是下了血本。

傍晚，一号磁场塔在落日中有一种孤独之美，但N无暇欣赏，他用身份卡刷开了磁场塔的7号备用门。

N虽然从战场退下多年，但他始终坚持良好的训练，再加上对地形了如指掌，他成功避开所有摄像头，直奔等离子体控制室一号。

阿普顿上校有一种特殊的癖好，一号磁场塔的上百道门的密码，几乎都与他的名字有关，N很容易地试出了一号控制室大门的密码。

这个地方几乎没有多余的电子设备，唯一的人工监控是由阿普顿上校亲自执行，只是他今天似乎在接待什么特别客人，所以N旁若无人地走了进去。

“真是，太美了。”N喃喃地说到。等离子体一号控制室，墙体内部是几十厘米厚的隔热层和防辐射层，顶部是一个锥形电磁脉冲发射器，通过电磁脉冲逆流能有效控制核与电磁辐射的辐射范围，而它的正下方，通过高频微波被加热的等离子体正在高速运转，发出间歇性的隆隆声。

“只可惜，你活不长久了……”N取出一个微波定时手雷，把它安装到漆黑色大门的下方，然后启动开关。他转身来到其中一台主机，取出U盘，权限锁形同虚设，数据库成功被入侵，所有可读文件每隔1毫秒被读取一次，并被放置了一个特洛伊病毒。

突然微波手雷被干扰，N看了一眼系统情况，是系统的电磁保护措施，在电磁辐射过高时电磁脉冲逆流干扰被启动，用来保护仪器的正常运行。N 一声冷笑，手雷成功打开二次反制，在“嘀 ——”数声后，控制台上各种指示灯熄灭，操纵杆发生短路，震耳欲聋的爆鸣声引发了最高警报。

N 想从来路离开，他注意到红色警报协议已经显示在屏幕上，封锁所有开启过奇数次的大门，所有人员开启身份卡实时定位。N 突然意识到，他被困住了，而且电话那头的人，早就知道了这种情况。

危机

荷枪实弹的特警包围了一号控制室，阿普顿上校和两人一同进来，蒙面的黑衣人已经被抓到了，旁边是用液压钳拆除的微波手雷。

上校一把扯下他的面罩。

“尼……尼尔博士……你……为什么……”顾黄河、石默和阿普顿上校感到惊愕，其他人只能为他们的惊愕而惊愕。

“……‘旭日’工程，它是我一生的心血……费拉罗……那些无耻的政客，他们想毁掉它，从而牟利……所以，我想通过自己的努力……采集所有重要资料，然后继续秘密研究……后来，有个将军给我打电话，说有我需要的一切，希望能帮助我……虽然我不清楚他的目的，但是我愿意和他合作……”

“但是，我低估了这里的发展……红色安全协议把我困住了……我打赌那位将军是知道的……哈哈……他想利用我……”尼尔有气无力地笑着。

众人面面相觑，这时一位白制服的工作人员突然发疯似的喊道：“裂了……主放电机的三号喷口产生裂缝！”另外一个声音：“等离子体密封层产生裂缝！”

两个声音让整座塔内陷入混乱，数百名白色制服的工作人员在走廊上狂奔，最高安全协议启动。

“是微波手雷！你……如果要秘密研究这个实验，为什么要用微波手雷破坏它……”没等顾黄河说完，尼尔竟然如鬃狗一般扑了上去，眼神里闪烁着诡异的光。周围的特警大喊：“放开他！立刻投降……放开他……”尼尔强有力的手臂像钳子一样控制住顾黄河，将他挟持为人质缓缓向里移动。等他们进入一号控制室，顾黄河瞥见桌上的一顶蓝色头盔，上面有白色的UN字样。他没有细想，抓起头盔就往后方砸，正中尼尔的太阳穴。手臂松动了，顾黄河乘机逃脱，一大群特警冲上去死死地按住了倒在地上的尼尔。

顾黄河刚脱离险情，一股滚烫的热流让所有人不得不弯下身子。

情况很是严峻，等离子体发生泄漏，而加温仪器的检测失灵，隔离层也有裂痕，如果让等离子体失去控制，可能会引起核反应的提前进行，而且是无法控制地进行……顾黄河和石默来到控制台前，阿普顿上校说：“等离子体隔离层已经破裂，可能会引起室内温度急剧升高.……请两位立刻撤离……工程的失败与否，我愿自己承担。”

“上校，既然你们叫我们回来一定是需要帮助，我们不会就这么离开……”顾黄河坚定地说。

“……你们……”

“别说了……等离子体轨道稳定已失灵，隔离层破损……有没有办法减缓等离子体的运转？”

“不可能，受到惯性约束的等离子体已经被赋予了极大的动能，在短时间没不可能停止运转……”

“保护措施呢？”

“……”阿普顿上校沉默了一会，“α 协议，在发生不可控危机的最后 15 分钟，将封闭所有出入口，在内部喷洒液氮降温……用全体人员的生命为外界争取 15 分钟时间……调出核泄漏预估时间……”

“是……是 22 分钟……”

“是否达到 α 协议启动标准？”

“是！”

……

5 分 15 秒，八百多名工作人员重启了几乎全部控制子系统，尝试过关闭进气口和放电口，甚至尝试关闭“第一壁”的铍元素供给……

已经经过了所有可能性的尝试，等离子体的动能和辐射泄露完全没有明显的减小。

1 分 15 秒倒计时。

所有人员陷入了绝望的状态，有些人已经放弃了挣扎。

1 分 10 秒倒计时。

“旭日……旭日……”顾黄河的大脑在飞速运转，旋转的等离子体在他的大脑中出现。

……

1866 年，德国化学家凯库勒在比利时大学任教时，边想着苯分子的结构边入睡，他在睡梦中看见一条小蛇不停旋转，突然咬住了自己的尾巴形成了环结构，成功悟出了苯的结构……

顾黄河的大脑就是这样在高速转动。想停下转动，就需要一个反方向力矩，他想。

55 秒倒计时。

顾黄河突然清醒过来，对着阿普顿上校说：“上校，听着，我现在要把两台等离子机靠拢，连接喷口，产生一个逆流的等离子体，然后让两束等离子体相撞，结果会怎么样……我不管……我们只有 50 秒……现在告诉我，产生一个同规模等离子体需要多久。”

“30 秒！”

“快！”

机器已经启动了起来。

“现在让所有电源超负荷！”

几个工作人员将所有可以控制的装置开到了最高马力。

隆隆声从管道深处传出，电磁辐射超量警报不停地响。

20 秒倒计时。

“对正，撞击！”

“撞击失效！”

“再来！对正，撞击！”

“撞击偏移！”

顾黄河的手不停地战抖。

10 秒倒计时！

“再来……对正，撞击！”

“检测……”

五！

四！

三！

二！

……

一瞬间，一股极强的电磁脉冲从缝隙中涌出，周围的人被瞬间的冲击波击倒，一号控制室内的通信装置瞬间失效，等离子机失效，整个磁场塔的安全系统失效，红色的警报灯熄灭。塔里突然一片沉寂。

醒来

不知道过了多久，顾黄河大脑里那个声音逐渐清晰起来：“‘旭日’……‘旭日’工程很是成功啊，顾博士。”

“是……谁……”顾黄河感到头痛，身体似乎无法移动。他慢慢睁开眼，发现自己正躺在一个透明隔离舱内，周围是一群白色制服的人。

发现顾黄河醒了，其中一个工作人员将舱门打开，并扶他下来。

“顾博士，别来无恙啊！”顾黄河转头一看，竟然是石默背着手走过来。

“你……石大校？”

“哈哈哈……看来，还是恢复得不行。”石默顺手拿起桌上一个蓝色头盔，上面有白色的UN字样。

顾黄河看见了头盔，安-124的巨大轰鸣声在他耳边响起。瞬间一阵剧痛袭来。

真相

“现在是旭日工程启动后50年，‘第一壁’运行良好。但不幸的是，等离子机在运行过程中由于轨道运行高度的千分之一毫米的偏差，导致关闭工程时等离子体大量轰击隔离层……隔离层已经产生破裂，辐射大量外泄……这是致命的……磁场塔保不住了……还可能引起不可控核聚变的发生……但是为了拯救磁场塔里工作人员的生命，寻找解决办法……我自愿接受拉维亚政府非公开的，并具有危险性的实验，实验将传送我的意识至模拟空间一号，模拟空间一号将通过大量50年前的空间和时间数据来制造一个伪场景，使实验人进行一次伪时间穿越，实验人将被抹除现在的所有记忆，输入新的记忆，作为一名研究‘旭日’工程的博士，在特定的环境下寻求解决办法。实验代号，拉维亚的太阳，实验人，顾黄河。”

语音播放结束，顾黄河接受了拉维亚政府最高荣誉的奖章。

顾黄河来到旭日大厦最高层，抬头看，一个极其明亮的“太阳”照耀着所有人的心。

阴影处走出来一个人，他拿出笔，在纸上写下了三个名字，然后分别圈出了第一个字母。他招了招手，侍从来到他身边，他吩咐了几句，便离开了。

纸上写着：“SAMMER UPTON NEAL。”

编委会

（排名不分先后）

主　编：吴　微　丛　磊

副主编：高　坤　孙敏莉

编　委：小　威　王　笑　李春平　刘　娜　连　敏

刘汉华　韩建超　李力耕　王思芃　刘　乔

杨阿卓　胡春玫　陈　运

图书在版编目（CIP）数据

N宇宙 / 王晋康等著 .—北京 :北京理工大学出版社,2024. 10

ISBN 978-7-5763-3978-9

Ⅰ. ① N… Ⅱ. ①王… Ⅲ. ①幻想小说 - 小说集 - 中国 - 当代Ⅳ. ① I247. 7

中国国家版本馆 CIP 数据核字 (2024) 第 093784 号

责任编辑：李慧智　　文案编辑：李慧智
责任校对：王雅静　　责任印制：施胜娟

出版发行 / 北京理工大学出版社有限责任公司
社　　址 / 北京市丰台区四合庄路 6 号
邮　　编 / 100070
电　　话 / （010）68944451（大众售后服务热线）
　　　　　（010）68912824（大众售后服务热线）
网　　址 / http:// www.bitpress.com.cn

版 印 次 / 2024 年 10 月第 1 版第 1 次印刷
印　　刷 / 三河市华骏印务包装有限公司
开　　本 / 880 mm×1230 mm　1/32
印　　张 / 10.375
字　　数 / 210 千字
定　　价 / 46.80 元